三日月書版

三日月書版

魔法少女兔英俊

illust.四三

魔王在上

PRINCE OF THE DEVILS

II

Gentle Devil & Viscount's Daughter

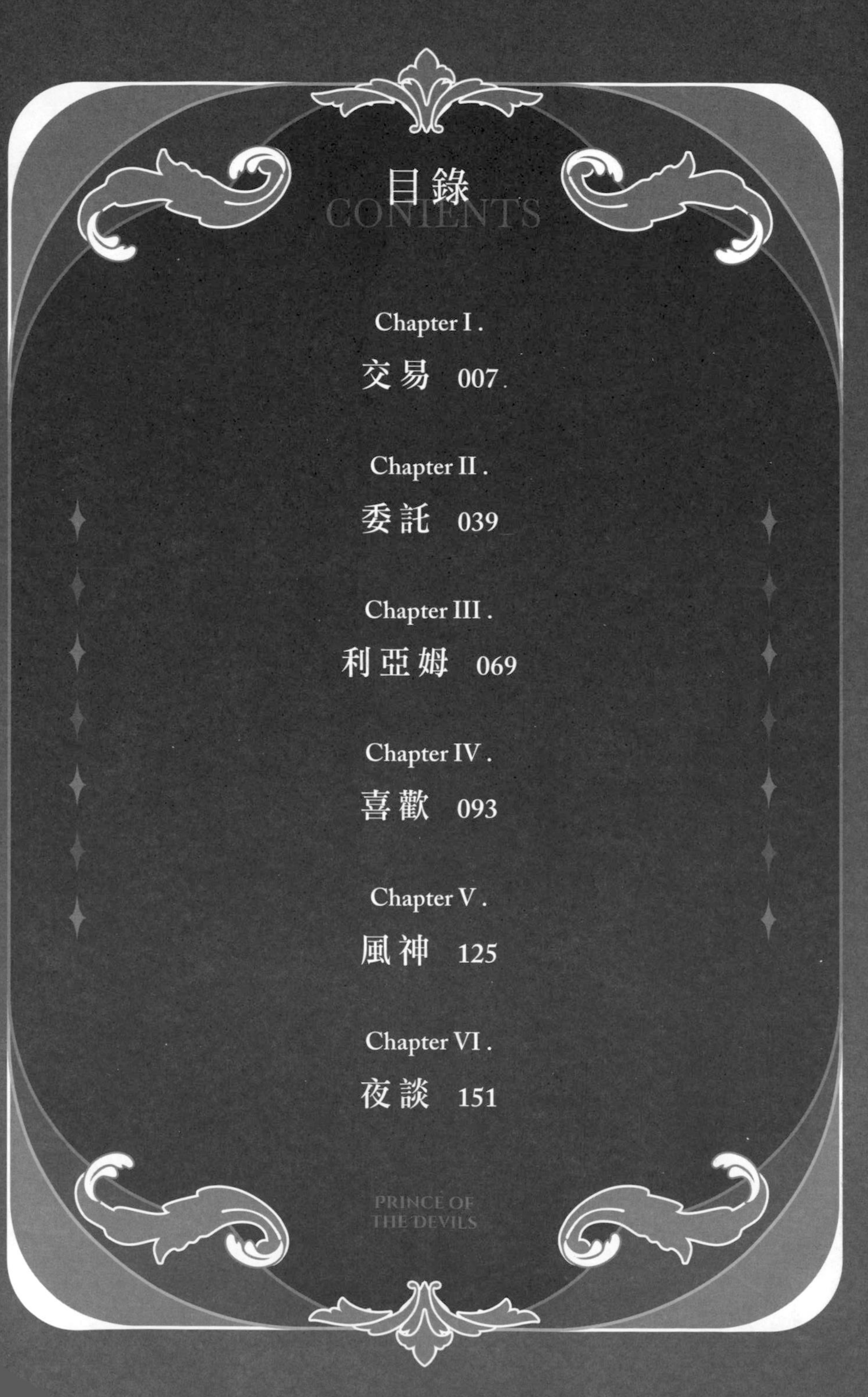

目錄
CONTENTS

PRINCE OF THE DEVILS

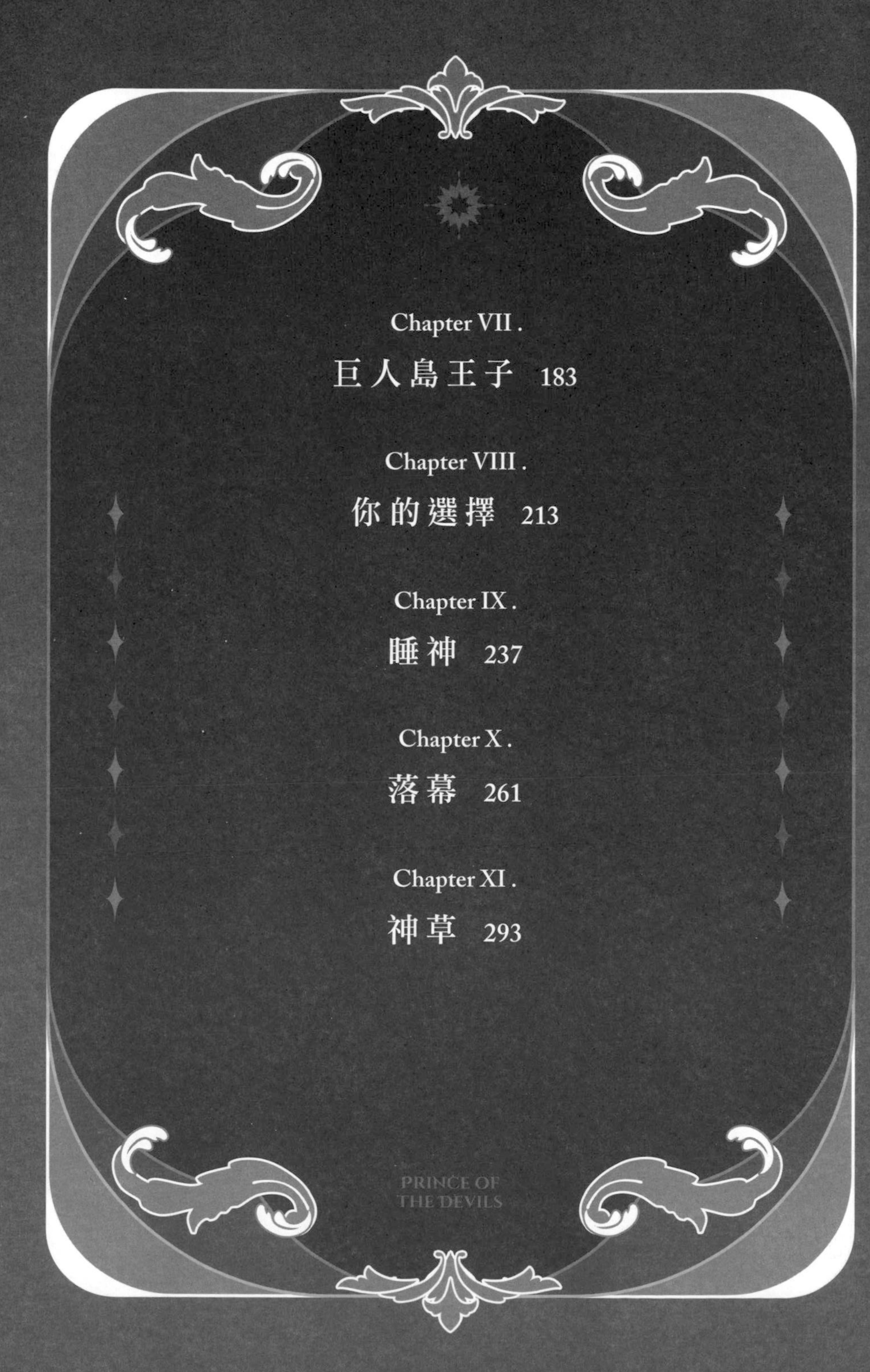

PRINCE OF
THE DEVILS

第一章

交易

CHAPTER

I

魔王很快就察覺到異狀。

他打量著場中所有人——剛剛一瞬間他察覺到了某位神明的氣息，不像是錯覺，可惜只是一閃而過，他來不及追上去，也分辨不出到底是誰。

聖子面露焦急，但還是盡力安撫著智慧神教的小法師和傭兵們。

王子殿下的小情人驚恐地捏著自己的吊墜，似乎只要一個眨眼的時間就會哭出來。她身後幾個皇家侍衛更是像無頭蒼蠅一樣亂轉，有人甚至開始漫無目的地掘地。

伊莉莎白冷著臉，她緊握著韁繩，泛白的指節表露出自己的緊張。

魔王垂下眼，暫時還看不出來這群人裡究竟是誰有問題。他能夠感知到芙蕾的所在地，現在應該還沒什麼危險。但不知道為什麼，她被未知存在帶走的這件事，依然讓他心生焦躁。

短暫地思考之後，伊莉莎白開口，「跟我走。」

露西抿了抿唇，大著膽子反駁，「可是！我們得先救王子，他、他被埋到土裡了，不快點的話……」

「他不可能還在原地。」伊莉莎白冷靜地回答，她並沒有因為對方特殊的身分而展露過多的敵意，「這是大型的土系魔法，很不巧，我們這裡沒有專精土系的魔法師，沒有辦法借助大地的力量定位他們。」

「或者說，全系的紐因閣下，您能根據魔法留下的痕跡追蹤嗎？」

聖子面露苦澀，微微搖了搖頭，「實不相瞞，我已經嘗試過了。對方的能力在我之上，我想，至少是導師等級的大法師。」

「那就跟我走。」伊莉莎白直截了當地指了個方向，「這座城鎮是卡文迪許家的封地，那邊有正在開採的礦山，我們過去請叔叔集結礦工幫忙。

「他們多半還在地底，讓所有人沿著已經開採過的地下礦道深入尋找，總好過這樣無頭蒼蠅般地亂挖。」

魔王看了礦山的方向一眼。芙蕾確實身在那個方位，那就沒必要脫離他們、單獨行動了。他決定暫且冷眼旁觀，沒有出頭。

珍珠還不知道自己的主人已經身陷困境，自以為十分圓滿地完成了任務，歡快地溜達到魔王身邊，尾巴愉悅地甩來甩去。

魔王多看了牠一眼。傻馬兒，不愧是芙蕾養出來的，某種程度來說和她很相似。

沼氣沉底，現在他們所在的這塊區域暫時還算安全，但底下絲絲縷縷飄上來的有害氣體，讓她還是不太放心。不知道是不是錯覺，她開始覺得自己的鼻腔有些不太舒適了。

芙蕾瞥了瞥王子，生死攸關的時刻，王子就變得格外配合了。他屏住呼吸，直到臉色漲紅也不敢輕舉妄動。看樣子她如果再不動作，王子很有可能會先把自己憋死。

芙蕾嘆了口氣。她下定決心，無論如何都不能在他面前暴露神靈之書的存在，她背在身後的手翻到第二十一頁，大聲喊出：「格雷蒂婭！」

雖然沒有直視神靈之書的書頁，但喊出神的真名，看在前幾天一起打牌的分上，春季女神應該會給點回應吧？

芙蕾心裡帶著幾分忐忑，但表面上卻顯得有些深不可測。

春季女神回應了。或許是顧忌外人在場，祂沒有現身。他們腳下迅速伸出一道道土壁，頭頂上的土塊像是被一雙手溫柔地撥開了一般，顯露出天空的模樣。

芙蕾眨了眨眼，迅速適應了照耀於身的光線。

拎著王子、翻身離開這個危險地帶後，土地再次合攏，只剩下明顯被翻亂過的雜亂地皮。他們來到一個完全陌生的地方，當然，這也在他們的預料之中。

「咳！咳咳……！呼——」終於能呼吸到新鮮空氣，王子半趴在地上、咳得死去活來，不顧形象地癱倒在地上。

芙蕾的狀態看起來比他好多了。她扭頭看著王子，有些為難地皺起了眉頭——該怎麼解釋自己擁有的這分土系力量？

如果魔王也在這裡就好了。這樣就可以把他的記憶清除，反正這個王子似乎本就不太聰明。但把他變成真正的白痴，恐怕也會有點麻煩。

說是魔法卷軸的作用可以嗎？就說這是貝利主教給她的，儘管到時候可能會因為他們之間的關係，引來不必要的揣測，但至少貝利主教應該不會否認。

芙蕾思索著，往王子那裡邁出一步。王子突然受驚般地坐了起來，急忙伸手制止，「請稍等一下，先不要動手！」

「嗯？」芙蕾愣了一下，臉色顯露出懷疑。這人是不是誤會了什麼？

王子深吸一口氣，露出笑容，似乎努力想要讓自己保持王室風範，「芙蕾冕下，您既然費心思救了我，如果在這時候就把我殺掉，不就白費力氣了？」

嗯，所以我沒有要殺你。芙蕾面無表情地想，但她沒有拆穿，倒想看看這個王子打算腦補到什麼地步。

見她沒有表態，王子再接再厲，「我能理解您的想法，因為我發現了您的祕密。但請您相信我，我會保密的。」

芙蕾的眼神告訴他，自己並不相信。

「我當然不會說出要您相信我的品格這種空話。」阿爾弗雷德沉著地拋出自己的籌碼，「我們可以交換祕密。比如……我和卡文迪許家的仇怨。」

芙蕾的表情頓時變得有些難以捉摸，她摸了摸鼻子，「我看起來對你們兩位的八……咳，我是說故事，那麼感興趣嗎？」

王子挑了挑眉。「我還以為整個王都的人都滿感興趣的。」

芙蕾默然，她有些新奇地看著王子，「我總覺得您好像突然變聰明了。」

王子沉默了半晌，才艱難地開口，「這也是我的祕密之一。我這副什麼都不會的樣子是裝出來的，任性妄為、風流成性……都是為了活命。」

芙蕾搔了搔頭，「您也不用這麼逞強……」

感覺也沒聰明到哪裡去。

「咳咳！」王子被她氣得咳了兩聲。

眼看他臉色越來越難看，芙蕾體貼地轉移話題。她問：「那麼這次把那位露西小姐帶出來，也是為了表演？」

「這是當然的，我又不喜歡那種類型。」王子滿不在乎地說。

芙蕾瞇了瞇眼，默默往後退了一步，有些遲疑地開口，「您該不會……」

王子惱羞成怒，「也不喜歡妳這種類型！」

「呼！」芙蕾由衷地鬆了口氣。

王子在內心不斷勸戒自己，她好歹救了自己的命，不要衝動。

他接著把話說下去，「我把她帶來，除了演戲，還有特地要氣那個女人之外，也是擔心她一個人留在王都會被伊莉莎白殺掉。畢竟是我把她拖下水的，我也不希望因此害死她。

「別那樣看我，沒有什麼是那個女人不敢做的，她可是曾經想要殺死王儲的女人。」

芙蕾擰起眉頭。「我雖然不清楚其中的來龍去脈，但是阿爾弗雷德閣下，您真的沒有考慮過，這也許是某些人挑撥離間製造的誤會？」

「……我才比較希望是誤會吧。」王子垂下眼，看上去沒什麼精神，「但這是我親眼所見的。」

他看了芙蕾一眼，「這件事我連父親、母親都沒有說過，妳完全可以用這個祕密來威脅王室和卡文迪許家。」

既然他都這麼說了，芙蕾也就姑且聽聽。

說起以前的事，王子臉上帶著難以掩飾的憤怒和懊惱，看樣子是對過去的自己十分不滿，「最初我會和那個女人訂下婚約，是因為我對她一見鍾情。」

「嗯？」芙蕾困惑地歪了歪頭，「這可真是……」

「我那時候才八歲！」王子如此強調，然後不情不願地誇獎了伊莉莎白，「紅色的頭髮漂亮華麗，說話直接，氣質高貴又鋒利。如果要當皇后的話，這種女人是最合適的吧？」

芙蕾摸了摸下巴，贊同地點點頭，「伊莉莎白小姐確實是很有魄力，也具有上位者的氣質。」

「但她背叛了我的信任。」王子眼中閃過一絲厭惡，表情卻比芙蕾想像中的更為平淡，

「她想要殺死我。不，不僅僅是想而已，她已經付諸了行動。

「我十二歲那年去拜訪了卡文迪許家，伊莉莎白便帶著我玩耍。那次我們沒有去花園，也沒有去看小馬。她帶我去了廚房，說自己偷偷跟廚娘學做了點心，想要親手做一份給我。

「我很高興，但回家後不久，我就出現了中毒的症狀。而我因為想要珍藏、偷偷留下的那半份點心裡，檢查出了慢性毒藥的成分。

「我親眼看著她做出來的，那份點心完全沒有離開過我的視線，沒有經過其他人之手。如果不是她，那還會有誰呢？

「那時候她也只是個小孩子而已。」王子抬起眼，「已經能笑著餵毒給我了。」

芙蕾沉默了半晌。「您沒有告訴過國王陛下嗎？」

「沒有。」王子垂下眼，神情相當冷靜，「我從小就身體孱弱，因為我剛出生的時候就已經中過一次毒了。我們至今都不知道這個罪行是誰犯下的，但父親教導我要掩蓋鋒芒。

「無論這是伊莉莎白一個人的意思，還是卡文迪許家的籌謀，對阿爾希亞來說都不是一件小事。我覺得一定是我搞錯了什麼。我告訴父親，點心是街上的一個婦人給我的。

「我抱著一絲希望詢問伊莉莎白，但她卻完全不承認當初為我做過點心的事情。之後我還遇到過幾次刺殺，次次都指向卡文迪許家。芙蕾小姐，妳覺得這全都是被栽贓陷害的嗎？」

芙蕾沉默下來，遲疑著開口，「聽您這個描述……伊莉莎白小姐不會是有雙胞胎姊妹吧？」

「不可能！」王子斬釘截鐵地否認。但他隨即看向芙蕾的眼睛，呆愣了一下，再次遲疑，「應該不可能吧？卡文迪許夫人早就因為難產去世……」

「這和她有沒有雙胞胎姊妹這件事一點也不衝突吧？」芙蕾眨了眨眼。

王子安靜了半晌，掙扎著開口，「我、我回去以後……找人調查一下，但我還是覺得不可能！」

王子強調似地說了一句，「就算最初下毒的事件有隱情，卡文迪許家有問題這點還是不容置疑的！否則一個才沒幾歲的孩子是能從哪裡弄到毒藥?!」

芙蕾笑了起來，「如果您這麼確定的話，為什麼不告訴國王陛下呢？」

就算沒有決定性的證據，提醒國王要提高警覺總是不會錯的。

王子沉默下來，他微微搖頭，「我只是擔心，萬一、只是萬一！如果是有人利用了他們，我也不能正中別人下懷……」

「您果然也心存疑慮。」芙蕾點點頭。看來這位王子雖然胡鬧，但也沒有笨到無可救藥，「對於伊莉莎白小姐，您明明是想相信她的，但又因為被背叛、心懷委屈，所以透過做這些事情試圖傷害她……」

「不，我沒辦法相信她。」王子扭過頭，「我只是想讓她自己提出退婚而已。」

「好吧好吧。」芙蕾決定給王子殿下留一點面子。她忽然靈光一閃，想到了另一個問題。

她笑咪咪地問，「對了，您知道派翠克・馮先生嗎？那位了不起的、創造風系咒語的大魔法師。」

「被稱作『無盡之風』的派翠克・馮。」王子瞇起眼睛，忽然有些警惕，「妳問這個做什麼？」

芙蕾笑彎了眼，不動聲色地給出理由，「啊，也沒什麼，因為他是風系的大法師嘛，我聽說擁有風系天賦的人一直以來都很稀少，所以有點好奇……這位大人莫非是哪位神靈的眷者？」

「阿爾希亞王室沒有特別信奉的神靈，因此也沒有任何官方信仰。」王子在說這句話的時候顯露出了一絲絲的不自然，芙蕾沒有放過他臉上的這點變化。

芙蕾沒有再追問下去，她朝王子伸出手，「您還站得起來嗎？我們得去尋找其他人了……」

王子臉色蒼白，但還是默不作聲地嘗試站起身。

卡文迪許家的礦場內。

聽聞王都那位最為尊貴的伊莉莎白小姐到來，礦場管事幾乎是連滾帶爬地趕往他們的所在之處。

這人的打扮和一般穿著黑色燕尾服的貴族管事相差甚遠，看起來更像是街邊遊手好閒的小流氓。但在人人都靠一把力氣工作的礦場裡，還是這類人更能鎮得住場面。

礦場管事諂媚地搓了搓手，「尊貴的小姐，您怎麼到這裡來了?這裡塵土飛揚的，小心弄髒了您貴重的裙子！」

伊莉莎白從來不喜歡寒暄，她直截了當地開口，「我需要人手，有多少要多少。幫我去地底的礦洞找人，一男一女，兩個貴族，看穿著就能認得出來。」

礦場管事愣了一下，不敢怠慢地點頭答應了。雖然不明白這些出來遊玩的年輕貴族們為何會掉進礦洞裡，但老實幫忙總是不會錯的。

只是他對底下的人宣達了命令之後，又一臉為難地轉過來解釋，「尊貴的小姐，要是在以往，以我們礦山的人手，不出半天就能把整個山脈都檢查過一遍，但現在……」

伊莉莎白挑了挑眉，「現在怎麼了?」

「我們人手不足呀！」礦山管事表情一垮，「您不知道，領主大人不久前才抽調了一批人手，這已經是第二次了!之前那一批根本沒回來幾個，就算回來了也都受了傷，沒辦法立刻上工，我都要急死了……」

伊諾克覺得有些奇怪地抓了抓頭髮，「沒人的話再招募不就好了?」

「哎喲，哪有那麼容易啊！」礦上管事滿臉著急，「平常我們卡文迪許家的工作當然是人人嚮往，但最近……來礦場上工，有可能會被拉去打仗的傳言傳開了，這下還有誰敢來啊？」

「打仗？」伊莉莎白擰緊眉頭，「叔叔在和誰打仗？王都可沒有聽見任何消息。」

礦山管事狠狠打了自己一巴掌，「不、不，沒有打仗！只是和隔壁城鎮有一點小小的衝突，您知道，這種事情在所難免……您來的時機不太湊巧，我馬上再去找人！」

他也沒有多待，一邊大吼，一邊朝人群走了過去。

伊莉莎白若有所思，她看了紐因一眼，「紐因閣下，我原本就覺得為了討伐一頭黑熊，讓這麼多位法師出馬是不是太小題大做了。讓我發現這些，也是您的目的之一吧？」

紐因聖子沒有否認，他苦笑一聲，「我也沒有想到，芙蕾小姐和王子殿下會出事……」

伊莉莎白冷著臉提醒他一句，「您太多管閒事了。再怎麼樣這都是別人領地內的事，如果今天換成其他人，您未必能活著回去。」

她話說得毫不客氣，紐因聖子身邊的幾個人以為她動了怒火，立刻抽出武器護在聖子身邊。

聖子微微抬手，示意他們收回武器。「如果不是在您面前，我也不會這麼提醒。

「即使管事已經請礦工們幫忙尋找了，我們也應該多幫點忙，人多力量大。否則，我總覺得心裡過意不去。」

露西帶著哭腔，「可是這裡的礦道這麼多，我們該從哪裡找起……」

魔王倒是知道芙蕾所在的位置，他選定了一個方向，「這裡。」

伊諾克有點好奇，「你是怎麼知道的？」

魔王掃了他一眼，「直覺。」

「你這個理由是不是有點……」

魔王冷淡的目光不帶一絲感情，「那你有什麼依據？」

伊諾克鬱悶地回答：「沒有。」

「那從哪開始找都一樣。」魔王說完，不再等待他們，率先走進了挑選好的礦洞裡。

伊莉莎白略略猶豫後，也翻身下馬，選擇了和他一樣的路線。

剩下的人面面相覷，最後也只好跟了上去。

露西有些躊躇。但最後她還是鼓起勇氣跟在聖子身後，小聲地喊了一聲，「紐因大人。」

聖子帶著一貫溫和的笑容，「嗯？怎麼了，露西小姐。」

她不安地瞥了瞥走在前列的伊莉莎白，飛快地低下頭，「沒什麼，我只是有點害怕，請暫且讓我和你們一起走吧。」

周圍的幾個傭兵見到她這副模樣，都有點於心不忍，立刻打包票，「沒事，您就跟著我們吧，小姐！」

「就是、就是，我們和某些冷血的貴族可不一樣！」

剛剛伊莉莎白的態度已經讓幾位傭兵心懷不滿，現在再經由露西一暗示，那小小的火苗就加油添醋地壯大了起來。

魔王一馬當先地走在前面。他沒有回頭，但那對順風耳卻沒有錯過這齣好戲。他瞇著眼睛想，這個叫露西的小女孩，在玩弄人心方面可真有一手，完全不像是一般的貴族小姐，以後得提醒芙蕾小心一點。

眾人跟著魔王七拐八拐，不時會聽到有人詢問，「他們真的會在這個方向嗎？」

魔王一個人走在前頭，概不回答。終於，在拐過一個彎後，他停下腳步。

身後的眾人不明所以地跟著停住。幾個傭兵探頭探腦地往前看，在看到前方是一條死路的時候，立刻幸災樂禍地笑出聲。

「嘿！怎麼是死路啊！」

「直覺不靈囉！」

「咳。」聖子清了清喉嚨，他們立刻乖乖閉上嘴。

魔王抬起頭看向礦洞頂端。

伊莉莎白不知道他在想些什麼，她解釋：「這裡應該是過去礦工逃跑的路線，為了防止身後的追兵追上，會將自己通過的礦道炸毀堵住。」

魔王在意的並不是這個，他開口：「已經找到了，在地面。」

伊諾克又驚又疑，「他們到地面上去了？」

「真的假的……」

「不會是為了面子在胡扯吧？」

當然也有不和諧的聲音響起。

魔王沒有理會他們，他握住腰間的佩劍、考慮著，普通的傭兵如果用一劍就把地面戳穿，會不會顯得有些不自然。

聖子往前一步，他不動聲色地打量著魔王，露出微笑，「如果莫爾先生確定是這裡的話，那我就由我來試試吧。」

魔王側過頭看向他。聖子將雙手貼在牆壁上，虔誠地閉上眼，開始念誦土系咒語。頭頂的土塊緩緩張開，露出了亮色的天空。

魔王抽出腰間的佩劍、插在牆上借力，輕巧地躍出礦道，如風一般地落在地面上。

他看到自己尋找已久的兩人，陷入了深深的沉默。

魔王身後的其他人動作就沒有那麼優雅了。他們只能艱難地攀著土壁爬上來，在見到王子和芙蕾的一瞬間，所有人也都不由自主地變得不發一語。

——這兩人不僅沒事，芙蕾甚至還獵了一頭野豬，搭好了用於燒烤的篝火。

芙蕾驚訝地回過頭。她手裡提著豬腿，正試圖把自己的長槍穿入已經被斬去四肢的野豬身軀內，把它架到火堆上。

明明是一把漂亮的銀槍，但這位貴族少女似乎根本不在意它被當成烤肉架。

王子華麗的佩劍也被徵用、當作菜刀，他本人此刻正臉色鐵青地坐在樹下，忍著嘔吐的欲望、把芙蕾片下來的肉串到樹枝上。

篝火旁第一批正在烤製的肉片散發出香味，在場的眾人肚子此起彼落地叫了兩聲。

王子麻木地抬頭看向他們，「來了啊，幫忙串肉嗎？」

聖子總算從震驚中回過神來，他無奈地走過去，「芙蕾小姐，幸好您沒事……」

魔王冷哼一聲，「笨蛋，居然會落入圈套，發現是誰動的手腳了嗎？」

芙蕾乖乖地搖了搖頭。

伊諾克脫力般地倒在地上，「還好妳沒事，不然邦奇老師絕對會發瘋的！」

伊莉莎白皺起眉頭。她走過去一把拉過芙蕾的手，檢查她身上每處沾到泥土的地方，「在野外受的傷可不容小覷。」

芙蕾受寵若驚，「啊，請不用擔心，我沒有受傷，只是蹭到了泥……肉烤好了，大家一起吃吧？我帶在身上的香料沒有弄丟，真是太好了！」

王子目光複雜地看著熱熱鬧鬧的另一頭，雖然並不是很在意，但真的沒有人願意來關心他一下嗎？

了。

「殿下！」露西哭哭啼啼地撲了過來。

王子目露欣慰。這傢伙雖然愛哭，也還是有可取之處的嘛，不然他這裡實在是顯得太冷清了。

眾人騎了半天的馬，好不容易趕到目的地，正要休整，就遇上了不長眼的黑熊來搗亂。還沒來得及喘口氣，又見地面突起異象，法師塔百年一遇的天才和國王獨子一起消失、生死未卜。他們沿著礦洞找了大半天，連口飯都沒吃。直到找回兩人，懸著的心放了下來，眾人才意識到眼前的烤肉香味著實迷人，肚子也後知後覺地餓了起來。

芙蕾笑彎了眼，「大家一起吃吧，有一整頭野豬呢！我剛剛還在想，我和王子兩個人吃一隻也太浪費了，但要拖著走又很耗體力，幸好你們來了。」

王子欲言又止。芙蕾原本對他說，如果站得起來就和她一起走，站不起來也沒關係，她扛著他走。

他為了顧及面子，斷然拒絕，心裡也覺得這女孩多半在說大話——直到看見她拖回那頭野豬。雖然是把幾十公斤的野豬拆解後分別拖回來的，但王子看了看那粗壯健碩的豬腿，忽然又覺得自己或許還沒這東西重。

這傢伙不僅和他想像中的貴族少女不太一樣，也完全不像傳聞中身體孱弱的魔法天才。

聖子啞然失笑，「我們明明是趕來救您的，沒想到還能吃上您獵到的野豬……」

芙蕾招呼他們坐下，有聖子帶頭，其他人也就不再客氣，鬧鬨鬨地幫著一起烤肉。

芙蕾好奇地問：「你們後來看見那頭熊了嗎？」

魔王斜睨她一眼，不客氣地長腿一邁，搶在那些人前面坐到了芙蕾身邊。他順手接過她手裡的長槍，「怎樣，一頭豬不夠妳吃，還惦記著那頭熊？」

聖子忍不住多看了他一眼。雖然傭兵幫雇主做事是再正常不過的事情，但他總覺得這兩人之間的氣氛……似乎有什麼不對勁。

「當然不是！」芙蕾臉上紅暈飛升，不好意思地摸了摸鼻子，「這不是我們的任務嗎？要是牠跑了，我們明天不是還得再出來找。」

而且牠大概也不會像今天這樣主動找上門了。

「已經抓到了。」伊莉莎白抬起眼。她剛剛正一臉嚴肅地研究怎麼串豬肉，聽到芙蕾說起那頭熊，才接話，「那群礦工沒找到你們，倒是找到了那頭熊。

「牠大概是被地震嚇壞了，離開的時候踩中了獵人的陷阱，被網子困住了。礦山管事要把牠送給我叔叔，他一向喜歡這些猛獸。反正無論如何，都不會再出沒去騷擾城鎮了。」

芙蕾看著伊莉莎白生疏的動作，總覺得有點手癢，恨不得自己上去幫忙串肉。但魔王在她身後盯著，芙蕾不敢輕舉妄動，只能口頭指導。

伊莉莎白皺著眉頭，如臨大敵。她嘆了口氣。

芙蕾笑了起來，「伊莉莎白小姐好像不太擅長做這些事呢。」

「嗯。」伊莉莎白也沒有否認，她手上動作不停，沒有抬頭，「這是我第一次擺弄食物。」

芙蕾驚訝地瞪大了眼睛。

伊莉莎白看了她一眼，「處理食物是廚娘、女僕都能做到的事情，既然有了比他人更尊貴的出身，就該把時間花費在更重要的事情上，才能發揮應有的作用。否則就像是親自挽袖下田的領主一般了。」

一旁嫻熟處理食材的露西動作一頓，她迅速低下頭、掩蓋自己微紅的眼眶。

芙蕾無言，不得不說伊莉莎白小姐這張嘴真的很能得罪人。明明沒有這個意思，自然而然就能掃射到一大片人。她不動聲色地瞥了王子一眼。按照平時，這時候他就該藉機發難了，但他的表情卻有點微妙。

芙蕾一愣，忽然想到了什麼——伊莉莎白認為做飯根本不是貴族小姐該做的事情，那她當初怎麼可能親自下廚做點心給王子！

芙蕾朝著王子擠眉弄眼，相信王子也能迅速明白她的意思。他臭著一張臉把目光挪到別處，但看起來卻有些若有所思。

露西做出的表情沒有得到回應，一身演技都白費了。只有幾個傭兵露出憤憤不平的模樣，但礙於被聖子約束過，所以不敢多話。只是他們看向伊莉莎白的眼神都多了幾分敵意。

「不到一天就解決了問題，我們真厲害啊！」吃飽喝足，伊諾克也不提自己之前嚷嚷著會死在這裡的事了，他懶洋洋地靠著大樹，露出了饜足的表情。

「任務完成和你沒有半分關係。」伊莉莎白掃了他一眼，「想來智慧神殿的幾位法師也根本沒有訓練到。我想，等再過一陣子，在冬天到來之前再舉辦一場狩獵大會，讓大家練練身手。」

「啊——」伊諾克倒在地上哀嚎，他不抱希望地開口，「我到時候會生一場大病，可以現在就不把我算在裡面嗎？」

伊莉莎白冷酷無情地看了他一眼。

芙蕾笑咪咪地看著他們胡言亂語，沒注意到聖子已經悄然坐到了她身邊。他清了清喉嚨，「芙蕾小姐，方便談談嗎？」

他臉上帶著溫和的笑意，向不遠處指了指，看樣子已經找好了密談的場所。

芙蕾的眼神瞬間變得有些詭異。她還在思索這次沒有找到機會綁架聖子，現在他自己提供了這樣的機會……

芙蕾回頭看向魔王，用眼神示意——魔王大人，獵物自己跑來勾引她了！要不要上啊?!

魔王挑了挑眉，站起身，「我再去抓點什麼帶回去。」

回來。

聖子和芙蕾也跟著站起來，伊諾克好奇地看了他們一眼，但伊莉莎白伸手把他的腦袋拍了回來。

「別多事。」伊莉莎白冷淡地提醒他。伊諾克撇了撇嘴，也就沒再看過去。

三人走出一段距離，魔王靠在一棵樹上，朝他們抬了抬下巴，「我在這看著。」

聖子道了聲謝，跟著往前走了幾步。

隔著這個距離，一般人應該是聽不到對話內容了，但魔王不是一般人，芙蕾因此覺得很有安全感。

她禮貌地微笑，「有什麼事呢，聖子閣下？」

她心裡盤算著，要什麼時候動手打暈他才比較出其不意。

聖子微微露出笑容，「這一次不是我要找您，是神明的旨意。」

芙蕾愣住了，她很想轉頭問問魔王，智慧神的「全知全能」到底是不是真的，他們的計畫不會已經被看穿了吧？

芙蕾的錯愕在紐因的預料之中，無論是誰突然聽見神將賜予和自己有關的神諭，都會露出同樣的表情。

「請不用擔心，我會為您解釋清楚的。」紐因安撫了幾句，「我原本也覺得奇怪，智慧神的神諭為什麼會和芙蕾小姐有關？但今天又有不似凡人的力量突然襲擊，我想……牽扯其中的或許不只有一位神明。」

他表面上說這次的襲擊可能是某位神明的計謀，暗地裡卻意有所指——一個是撇清今天的襲擊和智慧神沒有關係，另一個是在暗探芙蕾是否也是某位神靈的眷者，才會被牽扯進這樣的紛爭裡。

「哼，說話方式和智慧神一模一樣，拐彎抹角的。」魔王的聲音一在她耳邊響起，芙蕾就知道，他肯定又變成什麼暫且無從得知的模樣過來湊熱鬧了。

芙蕾微笑，既然聖子說話這麼不清不楚的，那她也就如法炮製，「如果全知全能的智慧神沒有告知祂的眷者，那就是您不該知道的事情了。」

「好吧，看來我是沒辦法問出什麼了。」聖子露出相當無奈的表情，「智慧神降下神諭，要我為芙蕾小姐解惑。」

芙蕾臉上掛著無懈可擊的笑容，以不變應萬變，堅決不顯露出半點好奇心。

聖子也不再賣關子，他說：「神說，你們尋找的是歷史上聞名的騙子家族——阿薩一族。」

魔王冷哼一聲，「我就知道那個傢伙聽見了還裝沒聽見！」

就連芙蕾也哭笑不得。自己不露臉、還讓信徒來傳話，看來這位智慧神真是個謹慎萬分的神明。

但是說起這個「阿薩一族」，芙蕾也略有耳聞。她若有所思地摸了摸下巴，「這個家族我倒是有聽說過。」

他們在諸多民間故事裡都扮演著反派的角色，以家族之力，背上各種壞事的黑鍋。據說有些吟遊詩人在創作詩歌的時候，只要懶得想壞蛋的名字，就會將之取名為「阿薩」。甚至那個著名的、偷上天梯愚弄諸神，在神界騙吃騙喝的騙子王，也有傳說是阿薩家族的一員。

但這個故事已經被魔王大人認定是假的了。芙蕾思索著，這個阿薩家族壞事是幹了不少，但黑鍋可能也沒少背。

「這個家族有些特別。」聖子紐因覺得自己不用多說，芙蕾多半也聽說過他們的傳聞，於是他給出了一點一般人應該不知道的消息，「阿薩家族在第二紀元後就銷聲匿跡了。有人說是這個騙子家族遭了天譴，沒逃過魔物的魔爪，但實際上，他們只是隱姓埋名地生活了下去。

「他們是欺詐之神的忠實信徒，傳聞欺詐之神會給每個信徒賜福。當然，並不是給予魔法天賦，而是……賜予改變容貌的能力。

「故事裡阿薩家族的惡徒生性狡詐、擅長逃脫，一旦沒有當場抓住，以後就再也抓不到了。雖然聽起來像是故事裡的誇張情節，但其實是因為他們事蹟敗露後，常常會祈求欺詐之神改變他們的容貌，這樣誰也無法抓到改頭換面後的他們。」

芙蕾神色微動。有了這樣的靠山，怪不得他們敢陷害風神、愚弄諸神。

這群狡猾的凡人完成戲弄神靈的壯舉之後，悄然變換面孔，縱使之後諸神發現也沒辦法找到他們，更何況從現在的情況看來，諸神根本還沒有察覺！

唯一察覺到的智慧神，還是個膽小怕事的傢伙。

芙蕾抬起眼，「這些也是智慧神的神諭？」

這麼長的一段神諭，聖子能背下來也還挺不容易的。

聖子微微搖頭，「不，是我因為好奇，調查了阿薩家族後找到的資料，我有做過考據，可信度相當得高。」

那這就不是智慧神的示好，而是聖子的示好了。芙蕾若有所思。

他們也不方便出來太久，聖子見芙蕾不打算透露自己的情報，也就不再追問她為什麼會突然對阿薩家族感興趣了。

他帶著芙蕾往回走，冷不防地開口，「芙蕾小姐和殿下……沒發生什麼衝突吧？」

「沒有啊。」芙蕾歪了歪頭，她看著對方微笑，「王子雖然喜歡胡鬧，但我好歹救了他的命。他現在看見我，有氣也只能憋著啦。」

她和王子統一口徑，對外只說是芙蕾見事態不妙、用風刃劈開了土層，帶著王子逃了出來。

聖子看著她的笑臉，呆了一下，也跟著笑了起來。他點了點頭，低聲說：「也是，芙蕾小姐這麼討人喜歡，大概也沒什麼人捨得討厭您。」

這句話讓芙蕾不禁一愣，但聖子並沒有停下腳步，他徑直地往前走，芙蕾也只好不明所以地跟了上去。

靠在樹邊的魔王維持著一樣姿勢，見到他們過來也只是微微掀了掀眼皮，十分冷淡地掃了聖子一眼。

聖子驀地感到一股壓力，他面上不動聲色，心裡卻已經警鈴大作。這個傭兵恐怕不是一般人。

他們剛剛用打獵當作藉口，這時空著手回去，總有看不清形勢的傻瓜會多嘴一問，而這個傻瓜就是伊諾克。

他好奇地探頭探腦，「獵物呢？」

魔王眼睛也不眨一下，「太黑了，沒抓到。」

伊諾克直覺他們在說謊，但他還沒張嘴就被伊莉莎白打了一下，她皺著眉頭，「閉嘴。」

伊諾克小聲抱怨：「明明是他們把我當成了傻子。」

芙蕾無奈地笑了笑。大家都好奇，但只有你張嘴問了，當然只有你是傻子。法師塔的導師們都是十分隨性的傢伙，連教出來的學生也十分隨性，一個一張嘴，好事就能說成壞事，另一個則根本不會看氣氛。

芙蕾突然覺得，自己身上法師塔的擔子也不算輕。她坐回去吃肉，今晚格外低調的王子掃了她一眼，清了清喉嚨以吸引她的注意力。

他欲蓋彌彰地看了看周圍的人，壓低聲音開口，「妳也別和智慧神殿的傢伙走得太近。」

芙蕾笑著拿起一塊烤肉，目光沒有投往王子那裡，卻笑咪咪地問：「嗯？」

王子也學著她的動作，「他們這幾年勢力擴張得太迅速了，看上去野心不小。而且……他們那個教會都快把紐因當作是第二個神供起來了，妳要是和他有點什麼……小心被狂熱教徒架在火上烤。」

王子說完，戳了戳眼前的烤豬。

芙蕾的表情變得有些古怪，她好笑地掃了王子一眼，心想這傢伙怎麼也這麼八卦？她道貌凜然地回答：「他不是我喜歡的類型。」

王子不是不知道她在模仿自己先前的說詞，忍不住問：「真的沒有那個意思？那妳喜歡什麼樣的？」

他印象裡的這個年紀的貴族少女，通常會滿腦子都在幻想自己將來會嫁給什麼樣的人，像芙蕾這樣的反而是相當少見。

他哪知道芙蕾此刻的腦子裡，只有魔王、天災、神靈之類的，但凡看見一位男士，都只會先考慮對方是不是能讓魔王的事業產生益處。

芙蕾懶得和他討論這個話題，喜歡八卦是一回事，但別人八卦到自己身上又是另一回事了。她笑咪咪地開口，「反正也不喜歡您這樣的。」

王子果然惱火，毫不猶豫地嗆聲，「我才看不上妳這樣的呢！」

他氣得跳腳，沒控制住音量。伊莉莎白抬起頭、往這邊看了一眼，王子見狀又沒了聲音。他翻著白眼，把頭扭到一邊不搭理芙蕾了。

吃飽喝足後，他們今天就在鎮上的智慧神殿裡過夜。至於那頭沒吃完的野豬，在聖子的提議下，以芙蕾的名義分發給了鎮上的居民了。儘管大多數人都感恩戴德地感謝了「芙蕾小姐」，但還有不少人也沒忘了感謝聖子。

王子又在她耳邊嘀嘀咕咕地說紐因好算計，讓芙蕾聽得直笑。看來這位王子對智慧神殿也不是那麼信任啊。

等到夜深人靜的時候，魔王又翻身坐上芙蕾的窗臺。他意興闌珊地開口，「妳倒是一點都不介意。」

芙蕾揚起嘴角，「畢竟我們不走收攏民心那條路線嘛。智慧神教籌謀多年，如果要比人心、比信仰的普及，我們是怎樣也追不上他們的。既然我們不求這個，那讓他暫時拿點好處、做個人情也不錯。」

魔王多看了她一眼，饒有興趣地問：「那我們走什麼樣的路線？」

這件事情芙蕾倒是還沒細想，她愣了一下，只能臨時開始考慮。她猶豫著開口，「要在短時間內建立威望的話……只能靠展現實力和恐懼了。」

「聽起來很符合魔王的行事風格。」魔王似笑非笑，「那為了讓他人感到恐懼，妳打算怎麼做？做為魔王的眷屬，妳應該先做個示範。」

說著，他雙手抱胸，等待著芙蕾的表演。

芙蕾知道魔王是在揶揄自己，但她並不在意。芙蕾摸著下巴想了想，「您還記得那頭黑熊是怎麼威嚇敵人的嗎？」

她學著黑熊的模樣從床鋪上立起，一臉嚴肅地揮舞雙手。「嘎吼——」

「噗。」魔王抿著唇，扭頭對著窗外憋笑。

芙蕾湊過去看他偷笑的臉龐，一雙翠綠的眼睛帶著毫不掩飾的笑意，「怎麼樣，開心了嗎，魔王大人？」

魔王揚起下巴看著她，明明高興得身後的尾巴都在打轉，卻偏偏要裝出一副覺得差強人意的模樣。他勉勉強強地說：「還可以吧。雖然是個沒什麼用處的大傻瓜，但在取悅魔王這一點上做得還算不錯。」

芙蕾提起睡裙，優雅地行禮，「感謝魔王大人的稱讚。」

第二天一早，他們就騎馬趕回王都。

伊諾克一如既往地趴在馬背上哀嚎，大概是自覺經過這一趟、跟大家都混熟了，他叫嚷的聲音比來時更加洪亮了。

幾個傭兵時不時就會以此取笑他，他也一點都不介意，半點貴族架子都沒有。

伊莉莎白的模樣沒什麼不同，而王子就明顯有些心不在焉，露西也因此比來時更低調了一點。

至於紐因聖子……

芙蕾很想偷偷觀察他，但每次悄悄看過去時，都能對上他帶著笑意的眼睛，總讓人不敢多看。尤其是到王都分別的時候，他意味深長地開口，「如果還有什麼想要知道的，隨時都可以來找我。我既可以為芙蕾小姐解惑，也可以當神明間的信使。」

意思就是於公於私都可以麻煩他。

芙蕾假裝沒有聽懂，笑得禮貌又疏遠。她現在覺得智慧神或許真的有點全知全能的本事了，他的神眷者恐怕也在這方面有所建樹。要是真的去向他詢問，誰知道是被解惑，還是把自己的祕密送上門、讓人白白參觀。

她還在走神，身後就響起一聲歡呼，「姊姊——」

芙蕾立刻回身，露出笑臉，「妮娜，妳怎麼過來了？」

「我聽說妳回來了，就立刻趕來啦！」妮娜從馬車上下來、一路飛馳，有些好奇地探頭探腦，「不是去獵熊的嗎？怎麼沒見到熊呢，姊姊妳不會是把熊放跑了吧？」

一旁準備回宮的王子忍不住多看了她一眼，心裡暗自碎念——霍華德家的女兒到底都是些什麼怪胎，一般要是在打獵的時候遇見熊，關心的都是能不能從熊掌底下逃掉吧？

芙蕾只能無奈地跟她解釋熊的去處。

「噢。」妮娜有些失落，「我原本還打算在過冬前縫一件新的皮領給妳呢。」

她原本都準備好大展身手了，沒想到熊卻被人半路攔截。

芙蕾只好摸摸她的頭，「沒事，不久後還要舉辦狩獵大會，說不定還有機會能遇到熊。」

妮娜立刻精神一振，「姊姊，加油呀！」

芙蕾笑著回應。

回到家裡，庫珀先生也早已在等待她的歸來，想要彙報一下這幾天的事務。

庫珀先生是個心思相當縝密的人，他擔心會有人把整個「六翼魔王」傭兵團和芙蕾牽扯在一起，於是特意在芙蕾外出期間，才讓魔王再次打開深淵大門，將二十個同胞帶了過來——反正對魔王來說，從鄰鎮到王都也只是一眨眼的功夫。

新來的魔族們已經掩蓋身分進入了外城區，那裡有不少來來往往的傭兵，他們混在其中並不算特別顯眼。

「為了防止以後在各個場合遇到，誤傷了自己人，我還讓他們認了下芙蕾的臉。」庫珀笑咪咪地看向芙蕾，「裡面有幾個路易士家的老傢伙，他們都好好誇了妳一番。」

芙蕾有點好奇，「是給他們看了畫像嗎？」

「我可不會畫畫。」庫珀聳了聳肩，他笑了起來，「不過魔王之前教了我變身魔法，我就直接變成了妳的模樣。妳要檢查看看夠不夠像嗎？」

「不用了。」芙蕾斷然拒絕。

庫珀有些可惜地聳聳肩。「總之，我讓他們都記住了妳的模樣。如果妳在外面遇到他們，他們會稱呼妳為『尊貴自由的小姐』，這也算是一種暗號。」

芙蕾認真地記下了。

庫珀嘆了口氣，「現在的問題是，外城區的酒館任務數量有限，恐怕很難滿足我們那麼多人的糧食需求，更何況我們後面還有更多人……」

芙蕾也打算跟著出點主意，妮娜卻忽然探頭進來，「姊姊，斯派克少爺又來啦。」

芙蕾有些驚訝，「這麼快？」

她才剛剛回來，就算是要討論宴會，也不必急於一時吧？

妮娜也覺得有些奇怪，「他昨天也來了，看起來失魂落魄的，今天精神又更差了，說有急事想要找妳……」

那多半是和露西小姐有關了。身在王都內，只要稍微問一句就能收穫一籮筐露西小姐的不良風評。

芙蕾嘆了口氣，請魔王和庫珀接著商量。「那麼，我先去接待客人。」

就讓她來給這位失戀的少年一點朋友的關愛吧！

第二章

委託

CHAPTER

Ⅱ

這次斯派克來得比上一次還要匆忙。之前雖然緊張卻滿眼歡喜，這回卻是肉眼可見得失魂落魄。他就像是被人澆了一盆冷水，鐵青著臉、垂下眼皮，幾乎是從大門口飄進來的。

芙蕾張了張嘴，突然覺得有點不好意思再開口打擊他了。

斯派克坐了下來，手裡捧著一杯熱氣騰騰的紅茶。他抬起頭，臉上顯露幾分苦澀，「芙蕾小姐，我……真是個愚蠢的傢伙，是吧？」

「不……」芙蕾還沒來得及安慰他，他就自己搖了搖頭。

他看起來似乎很想傾訴，芙蕾覺得還是先讓他把想說的說完好了。

他低下頭，眼神渙散地盯著手裡那杯茶，「您當時應該就是在提醒我吧，我……非常感謝您。

「其實、其實如果她只是想往上爬的話，我也沒什麼立場去指責她，畢竟斯坦家也是這樣的。而且，仔細想想，一直都是我一廂情願，露西小姐也從沒給過我什麼回應。」

他現在彷彿念到那個名字就會覺得痛苦，連端著茶杯的手都在微微顫抖。芙蕾看到便嘆了口氣。

斯派克接著說：「我今天偷偷去城門口看了，露西小姐望著王子的眼神……和看我的時候完全不一樣，我早該察覺到的。」

他鼓起勇氣抬起頭，「芙蕾小姐，我決定放棄了，希望、希望露西小姐能夠得到她想要的幸福。您說，她這樣出身的女孩子，真的有可能嫁給王子嗎？」

芙蕾覺得大概不太可能，但他的神色很明顯希望她說「可能」。她只能硬著頭皮點點頭，「應該不會很簡單，但也不是……完全不可能。」

斯派克居然露出了欣慰的笑容，他深吸一口氣，「那就可以了。雖然王都的人和父親都說，她是一心想要往上爬的虛偽女人，但誰不想往上爬呢？這也沒什麼好指責的。我、我還是希望她能夠得償所願。」

芙蕾垂下眼。這位斯派克少爺現在滿腦子都沉浸在愛情裡，還是不要在他面前說露西小姐的壞話吧，至少讓他留個念想。反正按照他的意思，老斯坦先生也知道這件事了，想必他會看好這位為失戀苦惱的年輕少爺的。

她已經提醒過了，接下來該怎麼做還是得看他自己。

芙蕾露出笑臉，「那麼，還要邀請她去參加宴會嗎？」

斯派克苦笑一聲，搖搖頭，「我聽說那位伊莉莎白小姐應該也會來，還是不要給您添麻煩了……」

那可真是太好了，她真的很擔心對方會在自家宴會上惹出什麼麻煩。芙蕾露出了遺憾的表情，但也沒有推辭。

斯派克猶豫了半晌，開口說，「其實……我還打算在最後送一封信給露西小姐，以此當作告別。」

「雖然是我一廂情願，但我既然曾經追求過她，總得有個結束，不能不聲不響地消失。」

芙蕾的目光有些複雜。啊，這位斯派克少爺，還是個情深意重的人呢。

「但是我根本送不出去。」斯派克少爺露出苦惱的神色，「老爹他盯緊了我身邊的人，根本不讓我有這個機會送信給露西小姐……

「我還是用要跟您商量宴會的藉口才出得了門的，而且他還派人跟在我後頭，他們現在正在您的府邸門口守候著，我根本找不到機會。所以，能不能請您……」

他欲言又止，但芙蕾已經了解他的意思了。

她看著斯派克，摸了摸下巴。想到剛剛和庫珀討論的話題，她忽然嗅到了商機。

她做出有點為難的模樣，「其實，我夾在王子和伊莉莎白小姐中間也很難做人，如果讓他們知道我送信給露西小姐的話……」

斯派克露出失望的神色，他低下頭，勉強笑了笑，「是我太唐突了。」

「這件事不方便由我出面去做，但我有適合的人選可以推薦給您。」芙蕾露出真誠的笑臉，「您或許聽說過……『六翼魔王』傭兵團？」

斯派克露出了疑惑的神色。

芙蕾清了清喉嚨，略帶矜持地向他介紹這個名號相當古怪的傭兵團，然後壓低聲音，以一種分享祕密的姿態說：「他們來無影、去無蹤，很適合做送信這種差事。這一次我可以幫您委託他們，只是需要……」

斯派克少爺十分上道地從口袋掏出五枚金幣和一個信封。「我懂，僱傭兵都是需要錢的！這些夠了嗎？」

「夠了。」芙蕾露出滿意的笑容，「您之後如果還需要委託他們的話，就把委託寫在紙上，用正面朝上的五枚金幣壓住，這是您預付的報酬。如果不接受或是任務失敗，他們會把金幣反面朝上還給您。如果不久之後他們還給您一枚正面朝上的金幣，就證明任務已經完成了。」

「啊，這可真是……」斯派克瞪大了眼睛。這種神祕的做法非常符合他對那些強大傭兵的想像，但他還是略微遲疑，「真的不會被其他人發現嗎？」

斯坦家雖然不是什麼底蘊深厚的大貴族，但僱傭護衛的錢也沒少花，他對自家院子裡那些身強力壯的護衛們多少也有點信心。

芙蕾笑咪咪地把那封信遞還給他，「或者，您可以回去試試？」

斯派克猶豫了半晌，最後還是搖了搖頭，「不，還是拜託您了，無論請誰幫忙都好，請一定把這封信送達。」

「我明白了。」芙蕾點頭應允。

送走斯派克少爺以後，芙蕾看了看手裡的信封，她對窺視別人的感情沒什麼興趣，於是直接站起身去找魔王和庫珀。

他們還在商量怎麼解決魔族的吃飯問題。芙蕾忍不住露出驕傲的表情，她嘿嘿笑道，「諸位，我得到一個委託了。」

庫珀十分感興趣地扭過頭，「什麼？」

芙蕾舉起手裡的信件，「幫一位被愛情傷透心的年輕人，遞出與愛情訣別的最後一封信。」

庫珀和魔王同時看了她一陣子，最後興致缺缺地把頭轉了回去。

庫珀提議：「其實打獵也是個不錯的選擇，一頭野豬拆解下來能賣個五、六十銀幣，就算賣不出去也能自己吃。只是周圍都是貴族的領地，萬一被他們發現，恐怕會引起一些麻煩。」

按照律法，貴族領土中的一切都是屬於貴族的，包括山林中的獵物，只是有的貴族會睜一隻眼閉一隻眼而已。以魔王麾下魔族們的實力去打獵的話，收穫恐怕不會是筆小數目，這多半會引起當地貴族的注意。

芙蕾聽了聽，再次舉起自己手裡的信封，試圖吸引他們的注意。

魔王無奈地看了她一眼，「別鬧。魔王麾下的傭兵團，第一個任務是幫一個失戀的小鬼送情書，這怎麼想都不合適吧？」

芙蕾眨了眨眼，「他給了五個金幣哦。」

魔王沉默了下來。

庫珀眼睛一亮，臉上的無奈瞬間變成慈祥的笑容。他快步走到芙蕾身邊，伸手接過那封信，還拍了拍芙蕾的腦袋，「好孩子。」

魔王看了他一眼。雖然對凡人變臉的功夫深有感觸，但也勉強覺得這是個可做的生意。

芙蕾告訴他們自己給傭兵團定下的規則，「王都的貴族們都很喜歡儀式感，在他們眼裡，足夠神祕也是強大的一種表現，所以才設計了這種故弄玄虛的方式。」

對於掌管風精靈的魔王來說，時不時查看王都內有沒有壓著金幣的紙張也不是什麼難事。就算偶爾漏了也沒關係，畢竟強大的傭兵團也不是什麼任務都接。

魔王越聽越滿意，他抬了抬下巴，「很好，這很符合魔王交易的作風。」

難得能受到魔王如此坦率的誇獎，芙蕾的嘴角忍不住上揚。

「只有一點。」庫珀露出略微遺憾的表情。芙蕾有些不安，難道自己的安排有什麼紕漏？

庫珀嘆了口氣，「何必說會還給他們一個金幣呢？銅幣就好了，如果覺得格調不夠，說會還給他們一張有傭兵團標記的紙張也好……」

芙蕾目光微滯，果然先祖的節儉只會更在她之上！

約拿德家二樓的某個房間內，露西正坐在鏡子前，小心翼翼地把自己頭髮上的髮飾拆解下來。

女僕就站在她的身後，謹慎地接過那個價值不菲的小飾品。

露西微微抬了抬眼，「把它收好，免得又被那些蠢貨偷走了。」

「是。」女僕乖巧地低頭，把它放進一個帶鎖的盒子裡，這才轉過身幫露西梳頭。

露西望著鏡子裡的自己。

真是一張我見猶憐的臉龐，即使她沒有擺出任何表情，一雙眼裡彷彿還是含著情意和羞怯。她伸手碰了碰鏡子裡自己的臉，低聲說：「那位大人說，只要見到了這張臉，就算是天神也會降下垂憐。」

「是的。」女僕附和道，「這是大人的恩賜。」

「哼。」露西輕哼了一聲，「我怎麼覺得沒那麼管用。」

女僕手指一抖，一瞬間露出驚恐的表情，「小姐，您……」

「別緊張，我沒有要詆毀大人的意思，只是隨口抱怨一句。」露西心不在焉地別開視線，卻忽然愣了一下。

「那是什麼？」

女僕順著她的視線看過去，也跟著露出錯愕的表情——窗臺上正擺著一封信，上面還附贈了一支鮮豔欲滴的玫瑰。

露西面色凝重，「把它拿過來，小心點。」

她剛剛竟然沒有察覺到，有人神不知鬼不覺地來過這裡！

她從有些害怕的女僕手裡接過信封，徑自看向落款——**您卑微的愛慕者，斯派克．斯坦。**

露西警覺地瞇了瞇眼睛。這位斯派克少爺難道不是個單純好騙的富家少爺嗎？他背後有那麼強大的人物存在嗎？

具有重要意義的第一個任務是由庫珀親自完成。他體貼地捎上一朵帶著露水的紅玫瑰，勢必要讓冤大頭，啊不是，雇主覺得物超所值——反正玫瑰也是從約拿德家的花園裡順手摘下來的。

完成任務後，庫珀帶著憂鬱的神情，面露不捨地把一枚金幣正面朝上、放在斯派克的窗臺，再次消失在風中。

此時身在府邸的芙蕾一拍大腿，懊惱地說：「忘了請庫珀加一張紙條了！應該也要向露西小姐透露一下『六翼魔王』的存在的，她如果想和王子幽會的話，一定很需要我們這項服務的！」

芙蕾不知道自己這個小小的失誤，讓露西小姐誤以為斯派克身後有什麼厲害的人物，於是決定再次籠絡這個傻呼呼的年輕人。

魔王窩在柔軟的座椅上，毫不客氣地將大量的糖粉加到紅茶裡。他喝了一口，露出滿意的微笑，接著說道，「那就讓庫珀再跑一趟，傳信給王子。」

芙蕾覺得很有道理，先展現一下他們的實力才能吸引顧客。

她迅速從書房裡找來紙筆，寫了一封信給王子殿下，大概講了兩件事——一是，幾天後她將舉辦宴會，邀請函會循正規管道發送，麻煩王子別把露西帶過來了。二是，您好，請問您聽過「六翼魔王」嗎？

庫珀才跑一趟，就從斯派克手裡賺到了四個金幣，這讓他對芙蕾開發的這項委託萬分滿意。他二話不說就拿著芙蕾寫好的紙條離開了。

芙蕾以為這次他去的時間會稍微久一點，但庫珀回來得依舊很快。

他幽幽嘆了口氣，芙蕾以為是事情進展得不順利，還安慰他，「王子好歹出身於王室，對能自由出入王宮的勢力一定會相當警惕，就算沒掙到他的錢也……」

魔王瞇起了眼睛，「你身上有血的味道，受傷了？」

「什麼！」芙蕾焦急地站起身。都怪她太心急了，就算是庫珀，去王宮那種地方還是太危險了！

「不，我沒有受到攻擊，請聽我慢慢說。」庫珀嘆了口氣，「不過，堂堂一國王子居然那麼摳門，真是讓人意外。」

芙蕾：「……」

庫珀講述了進入王宮之後發生的事。

他把那封信放在王子房間的窗臺上，王子很快就發現了。他也沒有聲張，只是試圖找出送信的人，他還沒有直接拿起信封，而是十分警覺地在手心上墊了一塊手帕，才把信封捏起。但在看完內容以後他顯得很興奮。他很快地寫了回信，壓上一枚金幣便等待著信被領走。

「一枚金幣！」庫珀痛心疾首地捂住心臟，「任務完成之後我們還得還他一枚金幣，那不是等於白白替他送了信！」

芙蕾忍不住舉手蓋住自己的眼睛，這個白痴王子。

庫珀也跟著露出同樣的神情，「我想提醒他，但是我身上沒有紙筆，實在沒辦法……所以我就在他身後的鏡子上用血寫下『錢不夠』，然後他就放了十個金幣上去。」

「……庫珀先生，您沒把他嚇壞吧？」

「哈哈，怎麼會呢？」庫珀露出爽朗的笑容，「我還擔心讓他等太久，已經叫其他人去送還一個金幣了，現在他一定已經收到了。這是他的回信，拿著。」

芙蕾想，通常這種行為就叫做恐嚇。

她打開了阿爾弗雷德王子的回信。他先對自己的神機妙算表示得意，說他早就知道芙蕾背後絕對有什麼勢力扶持，還順便嘲笑了「六翼魔王」這個名字的品味。

芙蕾悄悄用手指捏住這行字，並小心翼翼地回頭瞥了瞥魔王。發現他似乎對王子的信不感興趣後，這才鬆了一口氣。

王子接下來表示這個組織勉強可用，就是有點花錢。他還十分叛逆地寫下：**雖然妳救了我的命，但是我任性妄為的偽裝依然不能被破壞，露西該帶還是得帶。為了補償，提前告訴妳一個消息，妳家的宴會恐怕會變成青史名留的大事件。**

芙蕾盯著這封信盯了半晌，有些絕望地抬起頭，「青史名留的大事件是什麼啊？這傢伙不會想幹什麼大事吧？」

「嗯——」魔王撐著下巴想了想，「反正也就是他們情情愛愛的那些事吧。」

芙蕾神情肅穆，「魔王大人，不要小看這種事，這些有可能一不小心就會變成大事件的。」

五日後，芙蕾拖了又拖的宴會，終於要在霍華德府邸舉辦了。

妮娜承擔了大部分的宴會準備工作，剩下的另一部分庫珀也幫了不少忙，但芙蕾還是打從心底地覺得疲憊。

她已經擔心受怕了五天，總覺得白痴王子的那封信暗示了，他要在即將到來的舞會上搞個大事。芙蕾忍不住拿出那張紙條，再次細看了一遍，試圖從字裡行間內推測出他這次到底要做些什麼。

她盯著紙條出神，沒注意到魔王已經站在她身後了。

等到手裡的紙條被抽走，芙蕾才回過神來。

「欸！」芙蕾錯愕地回過頭，卻意料之外地對上魔王漂亮的金色眼瞳，芙蕾下意識屏住了呼吸。

——她剛剛還以為只有妮娜那個搗蛋鬼才會做出這種事，差點就直接叫出聲了。

隨後她猛地想起，那張紙條上寫著王子嘲諷「六翼魔王」取名品味的話！

「妳最近好像被它勾了魂一樣。」魔王不滿地瞪了她一眼，接著便想打開紙條，看看上面究竟寫了什麼，能讓芙蕾這麼魂不守舍。

「啊！」

芙蕾搶在他打開紙條之前跳了起來，一把從他手裡搶走那張紙。

魔王似乎沒想到她會這麼做，一時間錯愕地瞪大了眼睛、沒有動作。

芙蕾直接用燭臺點燃了紙條，然後迅速鬆手，看著它落在地面、變成一小撮灰燼。

「芙蕾．霍華德。」魔王瞇起眼睛，「我是不是太縱容妳了？」

芙蕾心裡有些忐忑。她剛剛的動作一鼓作氣，手比腦子動得更快，等冷靜下來、意識到自己做了什麼之後，她才後知後覺地不安了起來。

——她似乎從來沒有這樣忤逆過魔王。

「那上面寫了什麼？」魔王往前一步。芙蕾下意識地想要後退，魔王卻拉住了她，不允許她移動。金色的眼瞳緊緊地盯住她，帶來居高臨下的壓迫感。

芙蕾小聲回答，「是一些……您看了會不高興的話。」

「那我也要看。」魔王哼了一聲，「誰允許妳把它燒掉了？」

芙蕾低下頭，「因為是那個白痴王子寫的，我覺得您會格外生氣。對不起，魔王大人，我代表自己、以及無知的阿爾弗雷德王子，誠摯地向您道歉。」

然而魔王這次卻沒有往常那麼好哄，他似乎更加生氣了。他拔高音調，「妳替那個白痴王子道歉？妳是他什麼人，憑什麼替他道歉？」

芙蕾一瞬間有些茫然，她顯然沒有理解魔王怒氣的背後代表著什麼。

魔王眉頭緊皺，語氣嚴厲，「芙蕾．霍華德……」

「砰！」

一聲清脆的聲響，讓在場的所有人都呆住了。

魔王呆呆地站在原地，芙蕾的表情則從錯愕逐漸轉成驚恐。她的呼吸顫抖著，大聲喊出：「妮娜！」

妮娜端著花瓶，一臉嚴肅地從魔王身後走出來，生氣地冷哼了一聲。

魔王這才反應過來，他摸了摸自己的後腦杓，有些呆滯地開口，「妳……人類的小鬼……

花瓶……我……頭……」

妮娜一點也不害怕，她雙手扠腰、毫不客氣地教訓，「真是的！就算知道姊姊喜歡你，你也不能仗著姊姊的喜歡，就這樣和她說話！」

魔王還沒從前一個打擊中恢復過來，就又聽見了另一件不可思議的事情。「喜……」他甚至沒把那個單字說完，就驚訝地瞪大了眼睛，像極了受驚嚇的貓。

芙蕾只覺得腦袋「轟」的一聲，她捂住自己的臉。「不是的，魔王大人！」

妮娜更加生氣，「你看！就算你提出這麼無禮的要求，要她叫你魔王她都照做了！你知道這是多令人不好意思的事情嗎！」

魔王下意識地想要反駁，「叫我『魔王』哪裡……」

「魔王這種稱呼，比叫『親愛的』還要讓人不好意思得多了！」妮娜震聲道。

魔王一下子被她的氣勢震懾住了，霎時有些懷疑自己。畢竟被關在深淵那麼多年，難道現在的人間，「魔王」這個詞真的帶有什麼特殊含義嗎？

庫珀笑咪咪地從樓上探出頭來，「客人們都快要到了哦，你們在吵什麼？」

妮娜仰起頭告狀，「庫珀先生，莫爾先生剛剛很凶地在和姊姊說話！」

「哦！這可不行。」庫珀板起臉，「莫爾先生，請好好道歉。」

「什麼！」魔王難以置信地瞪大了眼睛。

「你看！」妮娜找到站在自己這邊的人，便理直氣壯地挺起了胸膛，「就算是魔王也得道歉！」

芙蕾站在原地，面無表情地看著自己的妹妹，心想，這也許就是打敗魔王的勇者必備的氣勢吧。

妮娜對上芙蕾的眼神，不好意思地摸了摸手裡的花瓶，小聲開口，「我、我沒有很用力，用力的話花瓶會碎掉，我只是輕輕碰了一下。」

她求助般地看向魔王，「一點都不痛對吧，魔王大人？」

被人類毆打這種事，對魔王來說簡直是莫大的侮辱。魔王冷哼一聲，不屑地仰起頭，「一點都不痛！就憑這種東西也想傷到我？最起碼也得動用滅世等級的神器……」

芙蕾嘆了口氣，摸了摸妮娜的腦袋，「下次不可以這樣。」

妮娜飛快地答應了。

庫珀慈祥地看著他們吵鬧，以沒用祖先的寵溺語氣說：「好啦，好孩子們，要準備接待客人了哦？」

芙蕾調整表情，擺出得體的主人姿態，站在門口迎接第一位到達的客人。

——來人是繁星商會的斯坦一家。

他們做為晚會的贊助商，對這件事表現出十二萬分的熱情。然而出乎芙蕾預料的是，斯派克少爺的精神比昨天好了許多，幾乎又回到了當初的戀愛狀態。

「哦！尊貴的芙蕾伯爵，這可真是一場了不起的宴會！」斯坦先生飛快地打量著大廳內部，露出十分滿意的微笑，毫不吝嗇自己的誇讚。畢竟這是他贊助的，現在誇她也是在誇自己。

芙蕾也十分給面子，笑呵呵地寒暄回去。他們入座後，後面又有貴族跟上。

這位似乎是芙蕾沒見過的人物，但也無妨，為了這場宴會芙蕾做足了功課。她微笑地叫出對方的名字，在對方受寵若驚的眼神中帶著他入席。

「嗨，芙蕾，妳今天的裙子真不錯。」

熟悉的聲音從身後傳來，芙蕾笑著回頭，「艾拉小姐，您今天看起來也是光彩耀眼。」

艾拉開心地展示自己的裙子，然後拉過一旁有些窘迫的少年，「我把邦尼家可愛的小少爺也帶過來囉，怎麼樣怎麼樣？」

芙蕾記得這位少爺，是和她一同晉封伯爵的艾德蒙。

艾德蒙伸手推開艾拉的臉，整理了一下自己的衣服，這才優雅地行禮，「很高興見到您，法師塔的淩風玫瑰——芙蕾・霍華德小姐，我代表邦尼家族為您獻上誠摯的祝福。」

艾拉惋惜地嘆了口氣，「你這樣一本正經是追不到女孩子的哦，艾德蒙。」

「閉嘴！姊姊！」艾德蒙咬牙切齒。

芙蕾記得艾拉小姐似乎是艾德蒙的表姐，她正要笑著打圓場，就看見巴爾克站到了艾拉的身後。他頂著一如既往的冷淡臉色，推了推眼鏡，「妳打算堵在門口堵到什麼時候？」

艾拉眉毛一挑，伸手把艾德蒙推了進去。她旋身靠在門框上，抬起一條腿、「唰」地攔在門口，十分挑釁地抬了抬下巴，「堵到宴會結束。」

芙蕾對他們的互相挑撥已經十分習慣了，反正現在除了巴爾克先生以外，門口也沒有其他人在，還可以讓他們再鬧一下。

巴爾克無言地看了艾拉一眼，似乎沒想到她居然會做出這麼粗魯的舉動。他嘆了口氣，伸手握住艾拉的腳踝，打算把她的腳放下去。

「呀！」艾拉小姐捂著臉發出一聲嬌叫，扭頭看向芙蕾，「看到了嗎？這就是巴爾克垂涎我美色的證據，我這就把這個輕薄的色鬼打出去！」

芙蕾無言地看著她。

「嗯咳！」格雷斯家的兩位老先生也到了，邦奇先生看著堵在門口的法師塔成員，不滿地瞪了他們一眼，「今天是芙蕾在王都的第一場宴會，你們別這樣給她惹麻煩！真是的，不要丟我們法師塔的臉啊。」

「別擔心。」巴爾克表情沒什麼變化，他掃了艾拉一眼，「她會先丟邦尼家族的臉。」

「嘁。」艾拉見有其他人到來，這才把路讓開，將手裡的禮物交給蘭達，自己則往大廳內走去。

格雷斯家族來的人數不少，芙蕾覺得這應該是兩位老先生想要給她面子。一般這種社交宴會，三大貴族真正的掌權人是不會出面的，派出家族中足夠有分量的代表就已經很捧場了。因此芙蕾推測邦尼夫人和卡文迪許公爵多半都不會出現。

「嗯咳！」貝利主教往前一步、把邦奇先生擠開，一張老臉笑得皺紋都擠在一起了，「我帶了禮物給妳哦，芙蕾。」

芙蕾這才注意到他身後的年輕人正托著一個長匣子。聽到貝利先生的呼喚，他趕緊往前一步、打開了匣子，裡面靜靜地躺著一根短杖。

古木製成的杖身纏繞著細小的綠藤，頂端像是個形狀典雅的花托，包裹著內裡的翠綠寶石。

貝利主教神情虔誠，「以春風女神之名，為您獻上這份禮物。有了這根春風之杖，即使沒有土木系的天賦，也能在魔杖的輔助下使用一些簡單的魔法。」

芙蕾注意到旁邊的邦奇老師眼中閃過一絲心疼和羨慕，看來這根法杖確實是個好東西，而貝利主教的那種態度……這說不定還真是女神賜下的。

看來魔王說的是真的，就算一直在輸，女神也還是和他們玩得很開心啊。這應該就是友誼的證明了吧？

她真誠地道謝，心裡想著，這莫非就是王子說的要她不要太吃驚的事？

「咳。」邦奇先生不甘示弱地對芙蕾露出慈祥的笑臉，「至於我的禮物，等妳去法師塔裡面挑吧。」

身後格雷斯家族的眾人忍不住面面相覷，他們實在不懂為什麼自家的家主要對她這麼好。原本他們也懷疑，兩位老先生也許是希望這位天賦驚人的法師伯爵嫁入格雷斯家，但都過這麼久了，也沒見兩位為家族內哪一位青年引薦……

芙蕾眼睛一亮，魔王早已去參觀過法師塔內的收藏了，那裡可有不少好東西！

「這真是太不好意思了。」芙蕾垂下眼，露出適當的喜悅。如果是以前，她肯定不會收下這麼貴重的禮物，但現在春季女神已經上了他們的賊船，壯大魔王的實力就是在壯大自己，想必她也明白這個道理。

至於這兩位慈祥的老先生，芙蕾已經悄悄把他們劃進自己人的陣營內了。總覺得天災降臨時，她想要保護的人變得越來越多了。

「哦——」按照信上所說的，王子帶著露西小姐來到現場。他當著格雷斯家眾人的面，露出意味深長的笑容，「我可不像幾位老先生，帶來了這麼珍貴的禮物，反正我和芙蕾小姐關係也不怎麼樣，來到這裡就算很給面子了吧？」

芙蕾嘆了口氣，「如果能不惹麻煩就是最好的禮物了。」

「哼。」王子揚了揚下巴，越過眾人低聲對芙蕾說：「今天可不是我要找麻煩。」

芙蕾的表情變得更加憂愁了，看樣子會讓她大吃一驚的事情還沒到來。

其他人只當王子又放了什麼狠話，畢竟芙蕾伯爵聽完以後，表情看起來也不是很好看。

邦奇微微擰了擰眉頭，他還沒有開口，就聽見身後響起一聲「老師」——伊莉莎白小姐和麥倫先生來了。

伊莉莎白小姐一如既往得明豔動人，芙蕾大概沒見過比她更適合穿紅裙子的人了。麥倫先生這次則帶著妻子一同前來，他笑得優雅且紳士，看起來比在法師塔時正經多了。

他們帶來了卡文迪許家的特產，一顆顏色相當澄澈的綠寶石。

「這是未經打磨的原石，妳可以找工匠做成首飾，但就算不這麼做，它也具有足夠的收藏價值了。」麥倫先生臉上露出幾分驕傲，「伊莉莎白說它的顏色和妳的瞳色很相似，而我也這麼覺得。」

伊莉莎白輕咳了一聲，「不用在意，這個寶石在外界雖然相當罕見，但在卡文迪許家並不算什麼特別貴重的東西，妳就收下吧。」

芙蕾聽懂了，對方是在擔心她會產生心理負擔，希望她能不介意地就此收下。

芙蕾笑起來，「我明白了，非常感謝您的好意。」

之後不如也遞一張「六翼魔王」傭兵團的小卡片給伊莉莎白吧，卡文迪許家說不定還會用寶石付帳呢。

參加這場宴會的大人物比芙蕾想像中的多，但幸好她也有所準備，幾乎沒有叫不出人名的情況。只是魔王大人似乎還在鬧彆扭，不知道跑到哪裡去了。

芙蕾打量著會客廳，大多數客人都已經來了，三三兩兩地聚在一起閒聊。芙蕾看了看門外，接下來只要講點開場白，就可以請大家開始跳舞吃喝了。

妮娜對她比了個加油的手勢，芙蕾點點頭，提起裙襬、準備朝二樓走去，卻忽然聽見身邊蘭達緊繃的提醒，「小姐！」

芙蕾愣了一下、回過頭，接著驚訝地瞪大了眼睛。「陛、陛下……」

國王居然親臨了！

他頭上戴著象徵權力的王冠，看來並不打算掩飾自己的身分。他帶著溫和的笑容，看向芙蕾，「沒有提前通知，把妳嚇壞了吧，孩子。」

「不。」芙蕾迅速低頭行禮，「您的光臨是我的榮幸。」

不只是國王，連邦尼夫人和卡文迪許公爵都跟在他身後！

宴會廳內的貴族們迅速發現這邊的動靜，一傳十、十傳百地驚呼起來，一時間滿大廳都是此起彼伏的「陛下」。其中以王子殿下的演技最為浮誇，他滿臉震驚地大聲喊出：「父親，您怎麼來了？」

芙蕾跟在國王身後，面無表情地看向王子，臉上彷彿說著——你再演？

「咳。」王子殿下心虛地別開視線，反正他已經事先提醒過了。

國王沒有搭理他，反而將目光投到格雷斯家的兩個老先生身上。他笑了笑，開口說：「我本來打算帶上你們一起過來的，結果到了格雷斯家，他們卻說你們早就已經出發了。」

邦奇先生低下頭，「您又突發奇想了，國王陛下。邦尼夫人和卡文迪許公爵恐怕都被您嚇了一跳了吧。」

邦尼夫人掩唇笑了起來，「可不是嗎，國王陛下真是一點都不貼心，都不知道要留給人充足的化妝時間，我還是第一次這麼匆匆忙忙地趕來參加舞會呢。」

敢這樣跟國王陛下說話的人，翻遍整個阿爾希亞也找不到幾個了。

「即便如此，您的美貌也依然出眾。」卡文迪許公爵接了句話，他依然不苟言笑，看不出什麼表情。

芙蕾聽出來了，這兩位大人物也不知道國王會來參加此場宴會，這居然是國王準備的「驚喜」。雖然對大部分人來說比較像是驚嚇，但國王本人似乎還挺高興的。

該說不愧是白痴王子的父親嗎？骨子裡也有喜歡胡鬧的性格呢。

既然國王來了，這下就不用芙蕾致詞了，芙蕾也不知道該慶幸還是該覺得沉重。即使是三大貴族的繼承人恐怕也得不到這樣的待遇吧？不知道國王陛下到底在想些什麼。

全場唯一高興的人應該就屬斯坦男爵了，他原本只是想借芙蕾的聲望認識一些小貴族，沒想到來的賓客卻比他想像中的更為尊貴。到目前為止，他還沉浸在見到大人物的喜悅裡。

國王代替芙蕾站上二樓的階梯，他寬和的目光掃過樓下諸位貴族，微微露出笑容，「我原本還在想，該用什麼理由來舉辦一場聚會，把大家聚集在一起，就聽說芙蕾伯爵最近正要舉辦晉封後的第一場宴會。真好啊，阿爾希亞的未來們齊聚於此。」

芙蕾挑了挑眉毛，不知道是不是她多心，總覺得「阿爾希亞的未來」這種說法似乎別有深意。

她不動聲色地看了門外一眼，王城內大部分和她相熟的客人都已經到了，但還差了一位——智慧神殿的紐因聖子。他明明回信表示他很期待這場宴會了。

是有什麼事情耽擱了？還是出了什麼突發狀況？

國王不管底下的人們在想些什麼，他自顧自地往下說，「看到這樣歌舞昇平的阿爾希亞，總是能讓我心裡放鬆一些，畢竟此刻國境外頭可不是這麼太平。」

阿爾希亞內部一向很平和，但芙蕾清楚，國境線附近就沒有那麼安全了。他們和各個鄰國時不時就會有大大小小的摩擦，她的父親霍華德子爵，也是從某次戰役中守衛了阿爾希亞王國，才因此獲得了爵位的獎賞。

國王嘆了口氣，「北方的龐波帝國剛剛經歷了一場政權更迭，新繼位的帝王出身貧民窟，號稱喝著狼奶長大。他不斷發動戰爭，讓整個帝國民不聊生。把自己的土地糟蹋得越糟糕，阿爾希亞富饒的土地對他們而言就越像一塊引人垂涎的肥肉，更何況我國並不崇尚武力，沒有足夠強大的軍隊能和那群野蠻的凶徒對抗。

「西方的深藍海域裡，出現了一位自稱『海神遺民』的海盜頭領。他劫掠船隻、戰無不勝，最近更是攻打下不少座島嶼，將群島收入自己囊中。他組成了『海神同盟』，對沿岸城鎮蠢蠢欲動。

「最近巨人島的國王送來了求救信，他們一直是我們良好的交易伙伴，我們使用的珍貴香料，許多都是產自他們島上。做為幫助，我答應為他們提供兵刃和糧食。而為表誠意，他們的王子會親自護送船隻到阿爾希亞，並送來一船隊的香料。

「國王在信中還提到，如果、如果巨人島就此覆滅，請阿爾希亞收留他們的王子，並告訴他永遠不要忘記仇恨，總有一天他們會奪回自己的土地。」

一開始貴族們見到國王還有幾分激動，但聽著聽著，許多人都沉默了下來。國王講述的話題太過沉重了，距離生活富裕的王城貴族更是十分遙遠。他們面面相覷，不懂國王想要傳達什麼。

國王嘆了口氣，「我總是喜歡說些不合時宜的話。抱歉，芙蕾，我好像把妳的宴會氣氛搞砸了。」

「不。」芙蕾知道這時候不能折國王陛下的臺，雖然不清楚他為什麼會選擇在自己的宴會上說這些，也不明白他為什麼點名自己，但她還是開口，「王都的夜晚有無數場宴會，即使今天不能跳舞也沒有什麼可惜的。但您說的阿爾希亞之外的情況，卻是我們很少能聽聞的。」

國王眼中閃過一絲讚賞，「不愧是卡彭·霍華德的女兒，我還記得他那身宛如魔神附身般的黑色盔甲。他曾經守護過阿爾希亞，現在也依然在綠寶石領守護著他的子民。做為他的女兒，妳會同他一起戰鬥嗎？」

芙蕾對上國王的眼睛。他眼中似乎含著某種希冀，還有沉痛的覺悟。

芙蕾不知道他為什麼要這麼問，但她知道這個問題的答案。

「我會盡我所能，保護我能保護的每一個人。」

國王露出鬆了口氣般的微笑。他忽然看向幾位大貴族的家主，笑道：「我就說她是個好孩子。」

邦尼夫人不置可否地笑了一聲，卡文迪許公爵皺著眉頭不發一語，只有格雷斯的兩位老先生臉上帶著與有榮焉的慈祥笑容。

芙蕾總覺得他們的態度有些奇怪，而那位白痴王子看向她的複雜眼神，又變得更加詭異了。

「巨人島的事讓我深有感觸。」國王緩緩掃視周圍，「我忍不住想，如果阿爾希亞不幸遭遇滅頂之災，我能不能將未來託付給阿爾弗雷德。」

嗅覺敏銳的人已經能意識到國王接下來要說什麼了。他們面面相覷，眼中帶著驚恐和興奮。

難道、難道說——

阿爾弗雷德王子似乎也察覺到了，他憤怒地仰起頭，「父親！」

國王沉默地看著他。許久之後，他沉痛地嘆了口氣，「我多想偏心地說他值得託付，但我想王都的諸位心裡，會有更為公平的答案。他是我的獨子，但我不能放心把阿爾希亞的未來交到他手裡，為此我只能……考慮將下任王位讓給更能守護阿爾希亞的人。」

這下子，宴會廳內的竊竊私語怎麼也壓不住了。有人贊同、有人反對，平時舉止優雅的貴族們哄鬧成一團，熱鬧得如同街邊的市場。

趁著這場混亂，魔王悄然來到芙蕾身邊，他壓低聲音道：「那些『大人物』應該都知道了。」

芙蕾了然，三大貴族的家主們臉色都相當冷靜，就連王子，他雖然在大吵大鬧，但這也只是他浮誇的表演。實際上他的眼神一片平靜，看起來早有預料。

這恐怕就是他在信中提醒到的大事了。

芙蕾不禁閉上雙眼，國王陛下到底為什麼要選在她的宴會上宣布這種事啊！她一點都不想看到自己舉辦的宴會因此被載入史冊之中。

「安靜。」邦奇・格雷斯灌入魔力的聲音響徹大廳，整個空間微微震動，宴會廳內的貴族們很快就冷靜了下來。

國王還沒有說完。

「關於王儲的人選，我已經有了決斷。」國王的目光落到了芙蕾身上。

芙蕾愣了一下，隨即露出驚恐的表情。不、不會吧？

「芙蕾・霍華德，格雷斯的家主、以及春風女神教的貝利主教向我保證，以妳的天賦，一定能成為名垂千古的傳奇法師。在即將到來的混亂年代，我們需要像妳這樣的人做為阿爾希亞的保護傘，而剛剛妳也給予了能令我滿意的回答。我宣布，妳就此擁有阿爾希亞的王位繼承權，成為王儲之一。」

芙蕾張了張嘴，但國王並不打算讓她開口。

國王目光複雜地看向王子，「阿爾弗雷德，雖然你是個不成器的孩子，但你身上留著馮氏的王血，依然擁有阿爾希亞王位的繼承權。也許在這些優秀競爭者的壓力之下，你能夠創造奇跡。」

王子把頭扭到一邊。

國王又看向伊莉莎白，「伊莉莎白・卡文迪許，妳一直是王都最閃耀的明珠，比公主更像公主的真正貴族，我有時都忍不住希望妳是我的女兒。妳同樣擁有王位的繼承權，至於跟阿爾弗雷德的婚約……」

卡文迪許公爵抬起頭，「就讓孩子們自己商量吧，伊莉莎白會有自己的決斷。」

「哼。」王子冷笑一聲。

「卡繆拉．邦尼。」

「奧尼爾．格雷斯。」

芙蕾這下才稍稍冷靜下來。原來，她只是暫時擁有競爭王位的資格，並不是直接讓她繼承王位。這個決策看起來雖然荒唐，但仔細一想也能理解。這大概是對她的示好，國王應該也不認為她能從眾多競爭者裡脫穎而出，只是希望最後無論是誰繼位，她都能為此守護好阿爾希亞。王子保留權力、三大貴族各一個名額，而她應該是代表了法師塔，看起來倒是分配得很公平。

魔王笑了一聲，「別太天真了，小鬼，他才沒有那麼高尚。這位國王……可是個相當聰明的傢伙。」

雖然芙蕾也覺得其中有古怪，但魔王好像已經找到了緣由。她忍不住好奇地看了過去。但出乎意料的，魔王別過視線，沒有和她對視。

「還有一位。」國王再次開口。

「嗯？」芙蕾有些驚訝，還有誰？

「進來吧。」國王的視線落在門口，沉聲道。

一個青年在教會信徒的環繞下走進了宴會廳，他擁有一頭淡金色的短髮、戴著一片單邊眼鏡，笑起來溫和、毫無敵意。

「智慧神殿的真正聖子——利亞姆。」

嗯？聖子不是紐因嗎？

芙蕾錯愕地在簇擁著的教會人員中看見神情虔誠的紐因，他看向芙蕾，微微露出歉意的笑容，大概是以此為自己的失約道歉。

等等，這好像還不是重點，利亞姆這個名字……

芙蕾震驚地看向魔王。魔王瞇了瞇眼，露出意味深長的笑容，緩緩朝她點了點頭。

「真虧祂敢用真名啊。」

芙蕾看向在人群中微笑的真．聖子，目光忍不住添了幾分同情。

智慧神等一下可能會被打。

她記得魔王說智慧神不擅長戰鬥，上個被評價成不能打的春季女神在她手下沒撐過一招，不知道智慧神……

芙蕾忍不住又看了魔王一眼。不知道魔王打不打算自己來，希望別再讓她一介凡人幹毆打神明這種大不敬的事情了。

但如果魔王要任性，真的一定要她上……

其實也不是不行，畢竟一回生，二回熟。

第三章

利亞姆

CHAPTER

III

「智慧神教的諸多決策都仰賴利亞姆的推動，而我們熟知的聖子紐因，更像是為了掩人耳目的替身。」國王的目光落向教會群眾，「當然，不可否認，他本身就是個相當優秀的年輕人。」

紐因微微頷首，感謝國王的讚譽。

在場的貴族反應不一，但大部分臉色都不是很好看。

一想就能明白，無論是三大貴族還是代表法師塔的芙蕾，本質上王位都是在「高貴」的貴族群體裡打轉。但這位突然出現的利亞姆先生代表的智慧神教，可是完完全全的平民。

區區平民居然想從流淌著高貴血液的貴族手裡奪權！

國王接著說：「這些年來，智慧神教的成就諸位有目共睹，尤其是聖子的聲望，在王都內並不比大貴族的繼承者們差。既然決定尋找最合適的人選，也不得不考慮民意。利亞姆先生，你也同樣擁有繼承王位的權力。」

芙蕾觀察國王的表情，看樣子他應該不知道「利亞姆」是智慧神的真名，也不知道這位青年就是智慧神本身。

宣布完這個消息，國王也不打算聽取貴族們的進言，他露出微笑，「我要說的事已經說完了，接下來，就把愉悅的舞會時光還給你們吧。」

然而眾人已經無法再擁有這番閒情逸致了，聽到這麼重大的消息，誰還能這樣留下來跳舞啊！連一開始就準備對芙蕾示好的貴族們都有了猶豫，現在她的身分不一樣了，如果貿然向她示好，說不定會被別人當成是在選邊站。

芙蕾看場內氣氛變得有些奇怪，便帶著苦笑站上二樓，「抱歉，我現在恐怕沒有辦法好好招待諸位了……」

客人們也能理解，他們現在巴不得立刻找到人聊聊今天的這場變故，紛紛十分體貼地開口。

「沒關係的，芙蕾小姐。」

「我們也需要時間消化一下這個消息。」

「哈哈，跳舞的話，之後還有的是機會嘛！」

芙蕾鬆了一口氣。然而她目光在現場掃視了一圈，卻發現那位利亞姆先生已經不見了蹤影，魔王也已經走到門口。

她顧不得應付那群和她告別的貴族，把宴會廳交給妮娜和庫珀之後，便匆匆跟上了魔王的腳步。

「莫爾先生！」

魔王已經走出會場，芙蕾趕到他身邊，一把拉住了他的手腕。她知道魔王的本事，一旦他混入人群，恐怕一眨眼的功夫就會變成其他樣子、消失不見了。

如果是平時，魔王大概會嘲笑她的冒冒失失，但這次……魔王複雜地看了看她拉著自己的手，好像正在考慮什麼重大的事情。

芙蕾只以為他在思考智慧神的事情，深吸一口氣，壓低聲音問：「我們要追上去嗎？」

魔王看了芙蕾一眼，很快恢復平常的表情，他挑了挑眉毛，「……怎樣，屠神屠上癮了？」

「咳。」芙蕾摸了摸鼻子，「這、這是不得已的……」

這哪裡是不得已的表情。

魔王搖了搖頭，拉著她避開人群、走到偏僻處，「唰」地張開黑色的羽翼，乘風而起。

「啊！」芙蕾把半聲驚呼吞進肚子。她下意識地拉住魔王的衣襟，接著才反應過來，此刻他們就像是在半空中相擁。

芙蕾一時間不知道該把手放在哪裡。

魔王把頭扭到一邊。「是妳自己要跟來的。」

不然他就可以隨便變成其他型態，偷偷跟過去了，真是會給人添麻煩的小鬼。但更讓魔王心煩的是，明明知道帶著她會很麻煩，但他還是把她帶上了。

魔王煩躁地用力搧了搧翅膀。算了，想不通，還是去找利亞姆的碴吧。

他們落在智慧神殿的後門，周圍完全沒有人，也不知道他們都去做什麼了。和春風女神教的翠綠教堂相比，智慧神殿顯得低調很多，建築色調以樸素白色為主，偶爾才顯露一點隱約可見的金邊。

芙蕾深吸一口氣，「我準備好了，魔王大人，我們要怎麼進去？」

魔王已經走到窗前，推開其中一扇沒有上鎖的窗，十分俐落地翻身落到窗沿上，回頭對她伸出手，「過來。」

芙蕾：「……」

魔王大人，您為什麼會這麼熟練啊！

仔細一想，他天天爬自己窗戶，不熟練反而不太正常。

芙蕾磨磨蹭蹭地握住他的手，腳下發力躍起，輕輕鬆鬆地跳上窗臺。她雙手撐著窗框，一抬頭，就見到屋內一臉複雜地看著她的聖子紐因。

「啊……」芙蕾有些尷尬地眨了眨眼。

魔王已經面無表情地抬起手，芙蕾一把拉住他，「我們好歹先落地吧！」

「噗。」紐因轉頭，像是快要憋不住笑了。他清了清喉嚨，強行壓下自己的笑意，「芙蕾小姐，我特地為你們留了門，沒必要翻窗的。」

芙蕾也強行壓下內心的不自在，她故作從容地點頭，「哦，也就是說，利亞姆先生知道我們會前來拜訪啊。」

「拜訪啊。」紐因意味深長地重複這個詞彙，目光再次落向他們身後的窗戶，像是沒忍住一般又笑了一聲。

魔王再次抬起手。

芙蕾一把拉住他，「算了算了，莫爾先生，算了啦……」

接收到芙蕾寫著「再笑就攔不住他打你了」的眼神，紐因這才收起笑容，手指著某個方向，「大人已經在那裡等著你們了。」

但他們還沒邁步，紐因又喊住她，「芙蕾小姐。」

「嗯？」芙蕾有些茫然地回過頭。

紐因微笑地遞給她一個盒子，「這是原本要送給您的禮物，只是宴會上情況特殊，沒來得及交給您。」

「啊，這個……」芙蕾想要拒絕，然而紐因已經把東西塞進了她的手裡。

「不是什麼貴重的東西。」紐因笑了笑，「請去吧，不要讓聖子大人久候了。」

芙蕾抿了抿唇，只好把禮物收起來。

魔王瞇了瞇眼，有些不愉快地觀察到芙蕾顯而易見的消沉，他冷哼著開口，「怎麼了？」

那個人類，居然敢當著他的面誘惑他的眷者！

芙蕾垂下眼，「魔王大人，他剛剛送我禮物，但我們正要去……毆打、脅迫他信仰的神明，我又覺得自己是個壞人了。」

「我是魔王。」魔王對於應對這種情況已經是熟門熟路了，他揚起下巴，「妳是魔王的眷屬，我們就應該是天底下最壞的壞蛋。」

芙蕾深吸一口氣，「那我做一下當壞蛋的心理準備。」

魔王動動嘴角，「給妳一秒鐘的時間，一。」

風推開了眼前的大門，芙蕾頂著一張自認為冷酷的臉走了進去。

這似乎是一間書房，整間屋子的牆壁上擺滿整齊的書本，從排放的規律來看，屋子的主人似乎無法容忍一絲雜亂。名叫利亞姆的青年端坐在書桌前，面前攤開著一本書，聽到動靜後他微微抬頭，「我就猜到您快來了。」

「祢居然沒有跑。」魔王有點驚奇，「祢不是一向膽小如鼠嗎？」

利亞姆露出無奈的神色，「魔王冕下，我更希望您能稱之為謹慎。而且，我也沒有自信能夠跑贏驅使風的魔王。」

「知道跑不過就不跑了，祢確實很聰明，那祢知道我是為了什麼來找你的嗎？」魔王饒有興致地看向祂。

「復仇。」利亞姆推了推眼鏡，「您從地獄般的深淵裡爬出來，就是為了這個吧。」

魔王點點頭，「看來祢已經做好挨揍的準備了，那我就不客氣……」

「不。」利亞姆從容地抬起頭，他示意兩人坐下，「魔王冕下不打算聽聽我出現在您面前的理由嗎？」

「不能打完再聽嗎？」魔王道，「我原本打算先讓祢知道厲害，再讓祢交代自己為什麼會出現在這裡的。」

「……我主動交代，您讓風精靈安靜下來吧。」利亞姆扶住額頭，「我會出現在阿爾希亞，並不是為了奪取這個國家，而是為了加入這個國家。我從很久之前開始就在做準備了，您應該知道的，遠在您從深淵脫身之前。」

芙蕾聽懂了。祂在暗示魔王，如果按照先來後到，祂才是先看中阿爾希亞這塊土地的人。

「哦——」魔王撐著腦袋，「也就是說王室背後信仰的神明是祢？」

「不，這裡的王室並不信仰智慧神教。」利亞姆遺憾地聳了聳肩，「如果他們信仰我，我哪裡還需要和你們爭奪繼承者的名額。

「我從一開始就很清楚，以我的實力，不可能一個人獨占阿爾希亞這片豐饒的土地，我想，大概也沒有任何一個單打獨鬥的神能夠做到這一點。哪怕一開始大家互相攻訐，最初的混亂過去之後，諸神仍然會各自結盟，到最後很有可能會演變成幾位神共用一個王國的情況。

「我看中這塊土地，除了它足夠富饒，另一個原因則是……格雷蒂婭也在這裡。祂一直沒有拓展信徒，庇護的人類只有格雷斯一族。以神的習慣來說，長情到讓人覺得不可思議。我猜即使神戰來臨，祂也不會離開這裡。

「別那樣看我，我知道祂和我半斤八兩，都不是擅長戰鬥的神靈，但祂不會單打獨鬥。她有母親和姊妹，在眾神還是一盤散沙的時候，祂們就會以家庭為單位組成聯盟，這在神戰初期可是巨大的優勢。更何況格雷蒂婭還是個笨蛋……」

「她只是有點不聰明而已。」芙蕾板起臉。春季女神已經站到他們這邊，她不允許別人這樣說祂！

魔王更加直接，他揚起下巴，「就算是笨蛋也不准祢說。」

利亞姆沉默下來，祂嘆了口氣，「好吧好吧，您的護短還是一如既往。我是說祂過於單純，這樣行了吧？

「一開始聽說您選擇了阿爾希亞，我都慌了。我擅長獲取知識、探知情報，但深淵與世隔絕，我也沒法了解。

「不過據我最近的觀察，就算在深淵裡走了一遭、被染成了黑色，您還是和以往沒什麼差別。比起戰神、海神那些混亂的傢伙，我還是比較喜歡溫和派的。

「您、加上格雷蒂婭一家，阿爾希亞已經擁有足夠在神戰中占據一席之地的實力。」

「聽起來好像不用祢也行。」魔王沒有被祂描繪的美好未來打動。

「我接下來正要展現我的價值。」利亞姆也不著急，他微微一笑，「你們應該都在猜測王室背後是否有神對吧？」

魔王挑眉，「祢知道是誰？」

「不知道。」利亞姆回答得相當乾脆。

魔王沉默地看著他，眼神彷彿在說——這就是祢的水準？

「咳，我確實比一般神明更擅長探聽消息，不過有心隱藏起來的祕辛也不是那麼容易就能夠知道的。」利亞姆試圖展示實力，「但我肯定有能跟你們分享的情報。

「王室身後確實有神。他們從不稱呼祂的名諱，也不會提及祂的權柄，只稱之為——『不可談及之神』。他們的關係和一般的信徒與神明也不太一樣，國王敬畏神明，但也不是言聽計從，他們之間有一些嫌隙。

「至於為什麼會有嫌隙，能打聽到就是我能力的成果。」

儘管十分感興趣，但魔王還是矜持地抬了抬下巴，「先說說看。」

利亞姆也沒賣關子，「國王只有一位子嗣，甚至其他的王室旁支也沒有幾個孩子，這也是拜那位神明所賜。因為他早早下過暗示，要接管阿爾希亞，把這裡變成他的神國。」

「國王似乎做了不少努力，才能夠擁有阿爾弗雷德這個孩子。他剛出生沒多久就展露了不錯的天分，但國王在某場家宴上酒喝多了，失言說出『他將來一定會是位明君』這句話。

「於是當晚，健健康康的王子大人突發惡疾，差點救不回來。儘管最後救回來了，也變成一副羸弱的身體，國王也彷彿從那一刻起厭棄了這個孩子，一直到他成年都沒有把他立為王儲。」

芙蕾忍不住擰了擰眉頭，「那場惡疾是個警告，而最後留下王子的性命也是一種安撫，不讓國王狗急跳牆。這和馴馬的道理是一樣的，鞭打後再給根蘿蔔，讓牠記得只要聽話就會有好處。」

利亞姆微微點頭，「這是很簡單卻很實用的道理。但就算表面上聽話了，國王也一定會心生怨恨，否則不會搞出要從大貴族裡選拔國王的事情來。

「你手裡擁有令人垂涎的寶物，想搶走寶物的人強大到讓人無法抵抗，這時候應該怎麼做？」

利亞姆循循善誘，魔王沒來由地討厭這種語氣。他看了芙蕾一眼，把這個問題丟給她。

芙蕾接收到暗示，往前一步，「那就把所有人拖下水，把寶物放到明面上，擺到所有大人物眼前，讓他們相互爭鬥。」

「很聰明。」利亞姆毫不吝嗇讚美。

芙蕾把對方給予自己的讚美通通當成是在拍魔王的馬屁，神色不動、面沉如水。

「能夠傳承至今的家族，很大機率都有神靈的庇護，至少格雷斯家就是。」利亞姆笑起來，「國王說他選擇的人代表了三大貴族、法師塔以及平民，其實他考慮的是另一層標準。

「格雷斯家背後有春風女神。邦尼家族據傳也和商業之神有所瓜葛，這個沒有被證實，但即使沒有，他們家也有兩、三個叫得出名字的法師。

「卡文迪許家的女兒在妳出現之前，幾乎是近年來擁有最強天賦的凡人了。即便現在沒有神的眷顧，但如果火神見到她，也許會激動到不肯離開。

「智慧神教就更直接了，他要把我拖下水，所以根本不在乎是我來當聖子，還是紐因當聖子。

「還有妳。」利亞姆的目光落到芙蕾身上，「國王不知道妳是魔王的眷者，但妳展露出了如同記載中的大魔法師、神眷者一般的力量，他自然就把妳也算進去了。

「發現了嗎，他只是在尋找能夠對抗王室身後的、那位神靈的力量。」

芙蕾若有所思，「怪不得國王陛下近年來這麼重視法師塔……」

諸神混戰，凡人說不定還有一線生機，但夾在他們這些人中間的王子，光是生存就很困難了。他能夠繼承阿爾希亞的機率恐怕真的如國王所說，幾乎等同於奇跡了。

看他們稍稍提起了興趣，利亞姆再接再厲，「我的作用可不僅僅是說些過去的事情，我這個代表智慧神殿的繼承者名額，也能幫上不少忙。

「智慧神教在阿爾希亞經營這麼多年，可不是白白做善事，我們擁有民意。平民革命者領導著凡人，踩著一眾傲慢貴族，被發現原來是天生尊貴的神明，這就叫做天命所歸，大家都會喜歡這種故事的。」

芙蕾忍不住擰了擰眉頭，小聲抗議，「做這些的都是紐因。」

利亞姆驚訝地挑了挑眉毛，「他是我的眷者，把身心都獻給我的虔誠信徒，他所有的力量都是我的贈予，他所獲得的一切讚美當然都是我的榮光。」

「妳也一樣，芙蕾．霍華德。妳驚豔世人的力量來自魔王，所以妳獲得的爵位、財富，甚至是妳家人的性命，也都屬於魔王……」

芙蕾愣了一下，她想要反駁，卻找不到合適的話語。

魔王不是這樣的，但是……

「別嚇唬我的小鬼。」魔王望著祂，「收起祢那無聊的把戲，還是祢想要祢的腦袋和身體分離一段時間？」

「身為神明，即使被斬下頭顱也無法死去，但疼痛還是不會少的，請您別這麼做，我相當怕疼的。」利亞姆推了推眼鏡，露出歉意的笑容，「我只是想到以後也要在魔王手下做事，便忍不住想要爭寵。我也許會比您的這位眷者更派得上用場呢。」

芙蕾這才反應過來，這個傢伙在挑撥離間！

她憤怒地握緊拳頭，「魔王大人，我可以揍祂嗎？」

魔王摸了摸下巴。

利亞姆自信地笑了笑，「這位眷者小姐，這恐怕是不行的，我還有其他情報，是關於那個騙子家族的。如果妳對我動手的話，我就不告訴妳了。」

「不肯說也可以打到說為止。」魔王撐著下巴，懶洋洋地開口。

「什麼？」利亞姆懷疑自己聽錯了。

「我覺得祢還算派得上用場，說的東西也很有道理。」魔王煞有介事地點頭，在芙蕾不安的笑容面前壞心眼地勾起嘴角，「但是沒有辦法，我是魔王，我不講道理。」

芙蕾眼睛一亮，興沖沖地捲起袖子，「讓我來吧，魔王大人！而且揍祂也是有道理的！祂明知道那群祈求諸神封印深淵的凡人是阿薩家族的人，卻沒有提出異議，任由諸神將您封印在深淵！祂本質就是個冷血無情的神，對您也沒有感情，只是有利可圖才想和您結盟。」

利亞姆沒有反駁，他聳了聳肩，「我只是擅長分析局勢。」

「喔，差點忘了祢還坑了我一把。」魔王瞇起眼睛，扭頭看向芙蕾，「那妳不一樣嗎？」

芙蕾怒氣上頭，脫口而出，「我是真心愛護著魔王大人的！跟這種表面說自己聰明，但實際上唯利是圖的傢伙不一樣！」

魔王覺得自己的耳朵有些發燙，他輕輕哼了一聲，「好了，退下吧，芙蕾，我要親自揍祂。」

芙蕾動作頓了頓，還是乖乖地站到了一邊。

「等一下！」利亞姆大喊一聲。

「放心。」魔王露出和善的笑容，「我還不打算殺死祢，不必急著說遺言。」

利亞姆面露掙扎，最後深吸一口氣，「可以不要在我的神殿裡打我嗎？外面有我的信徒，幫我留點尊嚴……」

「麻煩。」魔王嘆了口氣。他踹開窗戶，一手抱起芙蕾、一手提著利亞姆的衣領，帶著他們倆振翅而飛，然後降落在春季女神的教會裡。

利亞姆看清周圍的陳設後，目光複雜，「也不用把我帶到別人的教會裡打吧？」

這裡就不必爬窗了，芙蕾帶著他們大搖大擺地走進去。

春季女神最近接受了芙蕾「神界墜落以後都得在地面上生活，不如早日習慣」的建議，所以她正在自己的神殿裡享受下午茶。

眼看芙蕾和魔王帶著另一個人過來，格雷蒂婭目光微凝，接著燃起了熊熊鬥志，「你們是上門來……找我打牌的嗎？」

芙蕾無言，指了指身後的利亞姆，「這是當初明知道祈禱者是阿薩一族，結果還默不作聲地坑了魔王的壞蛋智慧神哦。」

格雷蒂婭看清楚來人後，立刻露出同仇敵愾的表情。

利亞姆無奈地推了推眼鏡，「也不用幫我加上那麼十惡不赦的形容吧。」

「背叛者得付出代價，格雷蒂婭，祢做見證。」魔王張開了翅膀。

春季女神微微點頭，「走的時候可以打掃乾淨嗎？」

魔王露出和善的微笑，「如果祂還站得起來的話，祢可以讓祂自己清。」

芙蕾只覺得眼前一陣狂風吹過，再睜開眼時，利亞姆已經飛出了好幾公尺外。

魔王興致缺缺地撇了撇嘴，「真無聊。」

芙蕾的目光帶上一絲同情，「祂真的好弱哦，當初打格雷蒂婭的時候，祂好歹還反抗了一下。」

利亞姆咳嗽了兩聲，站起來，「這是我的智慧，對於毫不反抗的敵人，魔王很快就會失去興趣的。」

魔王看向芙蕾，「妳去替祂放血吧。」

「關於這個，我也猜到了。」利亞姆推了推眼鏡，從衣袖中掏出一個袖珍小瓶，「魔王要恢復神力，從神血中汲取力量是最快的，我也準備好了。放心，這種東西的真假很容易辨別，我不會在這方面作假的。」

更沒意思了。

魔王掃了祂一眼，「那個騙子家族的消息？」

利亞姆勾起嘴角，「今天的宴會上，有兩個阿薩家族的人。」

「哪兩個？」魔王對利亞姆這種明顯賣關子的行為很不滿意。

利亞姆似乎完全感覺不到魔王的怒氣，對他露出一個稍安勿躁的笑容，理了理衣服才站起來。

「一個是如今在王都名聲籍甚的那位露西小姐。」

芙蕾神色微動，她和魔王也懷疑過這位露西小姐的身分，但一直沒有找到什麼明顯的證據。

如果她真的是騙子家族的一員，那她接近王子的目的……恐怕就不是那麼簡單了。

利亞姆從容地敘述，「露西・約拿德並不是約拿德家的孩子，她是約拿德家收養的女兒，她應該知道自己是阿薩家族的人。這些年來，阿薩家族一直在做這樣的事，把能夠記事的孩子送到各個大小貴族家裡請求收養。

「似乎……有幾個孩子已經成功鳩占鵲巢了，但露西・約拿德的日子就沒這麼好過了。那個家的女主人很討厭她，這次前往王都甚至還差點把她撇下。

「這或許就是近年來落魄的阿薩家族選擇的生存手段，依附在各地貴族之下，隱姓埋名地延續血脈。但這說不定就是欺詐神的圖謀，誰知道那個傢伙到底在想些什麼呢？」

提起欺詐神，魔王的眉頭忍不住皺了皺，「沒人能猜透祂在想什麼，總之盯緊那個女孩。」

「欺詐神的畢生所願，就是完成一場驚世的騙局，藉著神戰的混亂局面或許是個好機會。」利亞姆無奈地挑了挑眉毛，「別那樣看我，魔王大人，我和祂可沒有什麼交情，我只是在做合理的分析而已。」

魔王不置可否，沒有在這個問題上與祂糾纏不清，畢竟這也無法被證實。他只是問：「還有一個呢？」

利亞姆遺憾地搖了搖頭。「還不知道。或許可以從露西．約拿德身上下手，我也是從她和身邊女僕的交流中得到這個消息的。

「那個女僕只是個出身普通的凡人，她知道露西．約拿德和某些大人物有交集，但並不知道她出生於那個著名的騙子家族。」

魔王瞇起眼睛，似乎有些不滿意，「雖然祢帶來了不少消息，但我怎麼覺得問題反而變多了。」

祂似乎知道很多，但給出的多數情報卻都不完整，讓人不由得懷疑祂是不是有所保留。

利亞姆高深莫測地笑著，「魔王大人，知識就是這種東西，懂得越多，並不會讓你覺得自己對這世界了解得越完整。相反地，你只會覺得自己所知甚少，覺得自己更加渺小。」

魔王面無表情地盯著他，「我有沒有和祢說過，我討厭別人對我講大道理。」

在魔王動手之前，利亞姆飛快地後退一步，大聲喊道，「我再也不說了！」

芙蕾和春季女神看祂的眼神都帶著不屑。看看這狗腿至極的模樣，哪裡有半點神明該有的樣子！

眼。

但祂確實帶來了不少情報，魔王大人不會被祂的花言巧語矇騙吧？芙蕾擔憂地看了魔王一眼。

正巧魔王也看了過來，他揚起下巴，「去拿血。」

芙蕾點了點頭，正要從身後抽出那本神靈之書，魔王卻清了清喉嚨。

芙蕾的動作頓了一下，這是叫她不要拿出來的意思嗎？

雖然來不及細想，但她還是按照魔王大人的指示收回了手，改從腰間抽出一條手帕。她走到利亞姆面前，攤開手帕，示意祂把那一罐血放到手帕之上。她裝作不經意的模樣，說：「居然會提前準備好神血，您還真是料事如神呢。」

利亞姆並不覺得芙蕾是在真心地讚美，祂認為這更像是某種陰陽怪氣的挑釁。

區區凡人。

利亞姆眯了眯眼睛，但魔王就在不遠處看著，祂不方便動手，只能冷笑一聲，「這麼漫長的歲月，就算是神也會有受傷流血的時候。我只不過有備無患地存下自己的神血，畢竟萬一到了油盡燈枯的地步，一滴血裡的神力也許就能扭轉局面。」

也就是說這的確不是現放的，芙蕾立刻扭頭對魔王說：「魔王大人，這瓶血不新鮮！」

利亞姆：「……」

有那麼一瞬間，祂甚至以為自己是市場裡任人挑選的魚肉。

魔王不怎麼在意地擺擺手，「我又不喝。」

「噢。」芙蕾有點失落，她還想讓利亞姆現放呢。

利亞姆把裝著神血的小瓶交給芙蕾，意味深長地看了她一眼，「魔王大人的眷者跟我想像中的很不一樣。聽紐因的描述，我還以為她會是更聰慧機敏、謹慎優雅的貴族小姐。」

魔王掀了掀眼皮，「是祢的眷者自己誤會了。」

「也不用說是誤會吧。」芙蕾小聲抗議，「我平常也還算稱得上聰慧機敏、謹慎優雅……」

魔王掃了她一眼，芙蕾就乖乖閉上嘴。

春季女神一直覺得自己似乎插不上話，但她也算加入了魔王一伙，比利亞姆還要早，總得幫忙問點什麼。

但對方是智慧神，隨便問話反而有可能會被祂套話，春季女神想了又想，終於找到一個適合的問題。祂抬起眼，目光沉著冷靜，表面平靜的聲音下還帶著幾分不易察覺的驕傲，「祢一直在觀察芙蕾？」

利亞姆並不慌張，「合作對象總是需要精挑細選。按理說，凡人的命運軌跡在我眼中根本無法隱瞞，但她遇見魔王之後，和神靈有了糾葛，我就無法窺見了。畢竟同為神靈，我也無法隨時窺見祢在做什麼，對吧？」

春季女神覺得祂說得也沒錯，就點了點頭。

利亞姆眼帶笑意，藏了一些話沒說。祂如果探查一般眷者的消息，是能觀察得到其軌跡的，但會驚動擁有他的神靈，祂一般也不會這麼做。

不過，這次祂的確是有去偵查芙蕾的動向，但祂卻什麼都看不見。

她不只身處在魔王的庇護之下，身上肯定還有一件與神靈同級的神器，只是他們似乎還不打算在祂面前暴露實力。利亞姆索性裝作不知情，什麼也沒問。

魔王懶洋洋地打了個哈欠。「那就勉強先把祢算在我的陣營裡，不過可不是同盟，是魔王的下屬。」

利亞姆看起來對名號這回事沒什麼意見，祂應了一聲，準備離開，身後卻響起魔王的告誡——

「祢應該知道我有多麼討厭背叛者，利亞姆。」

利亞姆笑容不減，「我明白。」

祂消失在窗口。

春季女神看著祂離開，斟酌用詞，「您真的要和祂合作？祂太聰明了，我擔心您吃虧。」

「我也不笨。」魔王抬起頭。

春季女神便安靜下來。祂一向不太會說話，平時也不以為意，但面對智慧神時，總會不由自主地產生一種危機感。用祂妹妹們的話來說，就是面對壞心眼的聰明人時會產生的、天生的危機感。

芙蕾笑著打圓場，「哎呀，春季女神也是在關心我們嘛，畢竟大家都是一伙的。對了，您喜歡吃藍莓派嗎？艾曼達最近學做了新的甜點，妮娜可是讚不絕口呢！」

「我喜歡藍莓。」芙蕾的話讓春季女神放鬆下來，祂也不再操心什麼了。反正就算祂操心了，多半也想不出對付智慧神的辦法，索性把這些問題拋到腦後。祂點點頭，「那我之後帶一些新鮮藍莓過去，我自己種的。」

春季女神是掌管豐收的大地之母的女兒，祂種的水果一定很好吃！

芙蕾笑彎了眼，還來不及道謝，魔王就伸手按住了春季女神的腦袋，「幹正事。我還沒有對智慧神放鬆警戒，別告訴祂我們有神靈之書。這件事祢之前有告訴過別人嗎？」

「沒有。」祂搖了搖頭，「我知道我不聰明，所以什麼都沒提。不過……」

「什麼？」魔王看著祂。

「斐迪南有跟我打聽過您，似乎已經有不少神都知道您從深淵回來了。」春季女神老實回答，「我搞不清楚祂的意圖，所以沒有回答祂。但祂自說自話地告訴我，如果要祂加入我們的話，我們要給他什麼樣的條件。」

她舉起手，一個光球在眼前炸開，形成一幅影象。一個爽朗青年的虛像頓時出現在他們眼前，祂的頭髮耀眼到彷彿太陽都會失去光澤。

青年掰著手指，認真講述，「要修一座高塔給我，還要安排至少一百個僕人，好吧，也不是非要這麼多，但是不能有人比我更多。

「我要一群懂事的魔法師做為信徒，但不允許其他人的信徒踏入我的領地。要給我地面上最華美的衣服、最美麗的寶石，要有專人幫我設計服裝和首飾，還要替我美容化妝……」

魔王的臉色一點一點地變得難看，他忍無可忍地開口，「祂是公主嗎！」

他一揮手，閃耀的神明便消失不見。魔王一臉嫌棄地搖頭，「別理祂。」

春季女神點了點頭。看到芙蕾好奇的視線，祂解釋，「斐迪南是太陽神的名字，祂是個……性格相當麻煩的傢伙，但更麻煩的是，祂的力量還相當強大。希望妳不要誤會，我們神明不全是這樣的。」

芙蕾沉默不語。在她眼裡，這些神靈已經沒有什麼光輝的形象可言了，感覺都不太正常。

啊，魔王大人除外，不過現在他也不是神明了。

第四章

喜　歡

CHAPTER

Ⅳ

芙蕾和魔王在春風女神教會逗留了一陣子，格雷蒂婭秉持著禮尚往來的原則，也招待了他們一頓下午茶，然後就莫名地又開始打牌了。

他們只有三個人，格雷蒂婭就把自己的眷者——曾經也是個美少年的貝利主教拉了過來。大概是能和自己信奉的神明同桌打牌，讓他太過興奮，貝利主教的牌技慘烈到彷彿在挑戰這個比賽的下限。有了他的加入，女神終於擺脫了萬年倒數第一的現狀，能夠在倒數第一、第二之間徘徊了。

春季女神顯然很滿意這次的進步，祂看自己眷者的眼神也越發和善了起來。為了珍惜這分得來不易的進步，祂久久不願放芙蕾和魔王回家。

等到芙蕾和魔王回到自家宅邸，天色已經完全黑了。

妮娜氣呼呼地教訓他們兩個，「真是的！不要一聲不吭就跑出去一整天啊！」

芙蕾乖乖低頭認錯，魔王則把頭撇到一邊，假裝沒聽見。

等妮娜發完脾氣，她才一個個詢問他們吃飯了沒、肚子餓不餓。在她心裡，無論芙蕾是變成魔王的眷屬，還是王位繼承人，似乎都比不上她有沒有吃飽重要。

芙蕾往樓上走去，魔王也跟著要上樓，卻被妮娜小聲叫住，「莫爾先生。」

他如臨大敵，捂住了自己的後腦杓，一臉戒備地看著她，「幹什麼？」

妮娜看到他的表現，也知道他還在記恨自己當初用花瓶敲他的事。她有些羞愧地低下頭，

「抱歉，莫爾先生。」

魔王眨了眨眼，越發覺得她心裡有鬼，默默往後退了兩步。

妮娜手指糾纏在一起，似乎想要挽回自己的淑女形象，「我不該用花瓶打您的，真的很抱歉，我只是有些著急，因為您實在不太會討女孩子的歡心。」

魔王沉默地看著她。雖然沒有回答，但他的眼神裡明明白白地寫著：「那是我的問題嗎」。

「咳。」妮娜清了清喉嚨，「但是您今天下午做得很不錯！為了讓感情進一步升溫，兩個人單獨約會也是必要的！如果能提前告訴我，讓我不用準備這麼多晚飯就更好了。」

魔王覺得自己再不說點什麼，這個話題就會朝奇怪的方向一去不復返了，他板著臉回答，「不是約會。」

「嗯？」妮娜狐疑地看著他，「不是約會，那你們去哪裡了？」

魔王想了想，回答，「去看了教堂，智慧神教的和春風女神教的。」

至於去幹什麼……她沒問，魔王也就沒說，反正他一向話少。

「呀！」妮娜捂住嘴巴，眼裡燃起某種熱烈的光芒，「已經去教堂了嗎？是去挑選婚禮的場地嗎？真是的，莫爾先生，這種事您可以問我，我可是熟知各種愛情小說告白或結婚情節的專家！而且，兩個人出去做這種事就叫做約會啦！」

「……只是去商討事情。」

妮娜困惑地歪了歪頭，「和誰？」

魔王如實回答，「智慧神和春季女神。」

妮娜沉默了半晌，一臉了然地點點頭，「是去禱告了啊，也不用講得這麼了不起嘛。」

「不……」魔王還想再解釋什麼，庫珀便趕緊走過來，打著圓場把他推走，並朝妮娜擠了擠眼睛，「妳忘了我們的約定嗎，妮娜？」

「順其自然。」妮娜洩氣地低下頭，「抱歉，我又沒忍住了。」

魔王沉默地看著她，一時之間也不知道該怎麼和她解釋，可能直接把她的腦袋整個換掉比較方便。

芙蕾回到房間，把從智慧神那裡得到的小瓶放在桌面上。她還在等待魔王回來，和她一起把血液滴在神靈之書上，但魔王來得有點慢。

芙蕾在房間轉了兩圈，忍不住走到窗前、一把推開窗——她差點和魔王撞了個滿懷。

魔王伸手扶住她，半跨坐在窗臺上，朝她揚了揚下巴，「開始吧。」

他沒有解釋自己為什麼這麼晚來，芙蕾雖然好奇，但也沒問。

她把神靈之書擺在面前，打開那個瓶子，故意不翻開。神靈之書受到神血的吸引，自動展開書頁，「嘩啦啦」地落到第十五頁，上面寫著：**利亞姆**。

一滴神血落下，融入書頁很快消失不見。芙蕾看向魔王，不太確定地開口，「好像是真的？」

「至少是神血，也是利亞姆的血。」魔王興致缺缺地說，「沒關係，反正我也不會真的相信祂，所以祂騙我也沒事。」

芙蕾鬆了口氣，把小瓶裡剩下的血液遞給魔王，露出微笑，「您不會真的相信祂就好。」

魔王挑了挑眉毛，饒富興致地看向她，「妳看起來對祂很有意見。怎麼了？魔王麾下的人只會越來越多，妳總要習慣的。」

「不一樣。」芙蕾撇了撇嘴，「祂……祂還想挑撥離間！」

而且還想搶占她在魔王心裡的位置！

魔王似乎看出了什麼，他目光複雜地撐著下巴，想起了妮娜嘮嘮叨叨的那些話。

「你就仗著她喜歡你！」

那個膽大包天的小鬼的話，似乎又在他耳邊響起來了。

魔王盯著芙蕾看了一段時間，盯得她有點發毛。她小心翼翼地開口，「魔王大人？」

魔王哼了一聲。

芙蕾不明白他怎麼突然又鬧起了彆扭，正要開口詢問，就聽見魔王幽幽地開口，「妳知道嗎？在遠古時代，膽敢覬覦神靈的狂徒，是會被掛到城牆上風乾示眾的。」

芙蕾愣了愣。魔王偏過頭，緩緩開口，「但我已經不是神了，所以沒關係。」

芙蕾沒有從他身上感覺到怒氣，於是她大著膽子站到窗口，小聲詢問，「是……覬覦也沒關係的意思嗎？」

「安靜點，還沒到妳開口的時候。」魔王沒看向她，尾巴卻甩了甩，「我還沒說完。」

芙蕾乖乖閉上嘴，等待魔王接下去的話。

「我之前明明對妳說過，妳不虧欠我、路易士家也不虧欠我，卻還是在妳面前擺魔王架子。」魔王有些彆扭地抓了抓下巴，他似乎從來沒有做過這樣的事情，話說得有點結結巴巴的，「稍微……有點不像話。總之，我沒有生妳的氣，也不是想讓妳生氣。」

他偷瞄了芙蕾一眼，心想，這樣應該可以了吧？她能了解我的意思嗎？

芙蕾抿著唇、笑了起來。她現在不是那個沒見過神靈、沒見過世面的小女生了，但正是因為見過了其他神靈，才更明白魔王和祂們是不一樣的。

世界上再也不會有這麼溫柔的神明了。

她趴到窗臺上，笑著看向魔王，「我知道，您從來沒有真正生氣過。」

魔王瞪她一眼，「別說得妳好像很懂的樣子。」

芙蕾有些得意地搖頭晃腦，「我呀，別的東西不敢保證，但看人這方面還是挺準的哦。魔王大人很溫柔，沒人比我更清楚了。」

魔王似乎很喜歡她的誇讚，他抖了抖翅膀，看了芙蕾一眼，「我可不是小氣的神明，我是慷慨的魔王，之後會補償妳的。」

反正又收穫了不少神血，外城區的傭兵們還沒安頓下來，不急著找其他人過來。倒是可以試著讓「那個」重見天日。

他覺得這應該是無上的榮耀了，但芙蕾卻眼巴巴地看著他問，「還要等到之後嗎？」

「得寸進尺的小鬼。」魔王瞇起眼輕哼一聲，然而心裡卻沒有生氣。他看著芙蕾眼裡的笑意，居然開始認真思考有什麼是現在就能給她的。

——好像什麼也沒有。

他的本體還被困在深淵中，除了一身神力以外，簡直稱得上一窮二白。

「其實也不用特地補償什麼。」芙蕾笑得眼睛都瞇了起來，「可以讓我摸摸您的角嗎？」

「芙蕾．霍華德！」魔王倏地張開翅膀。

「是的，您的眷者就在這裡！」芙蕾舉起手，坦然接受魔王憤怒的目光。

好像已經不能用這招對付她了，魔王盯著她，看了片刻，扭過頭說：「我要回去了。」

他說著，微微揮動翅膀，消失在夜色裡。

芙蕾揮揮手，小聲和他告別，「路上小心——」

芙蕾伸了個懶腰。就算是智慧神，也絕不可能超過她在魔王心裡的地位！

不過得叮囑妮娜，不能讓她在魔王面前胡說了。這次她用開玩笑的方式成功糊弄過去，但萬一之後次數多了，真的被魔王掛到城牆上面怎麼辦！

雖然魔王大人的確很俊美，就連角和尾巴都很可愛。就算他似乎不怎麼喜歡自己被深淵汙染後的模樣，也還是相當符合芙蕾的審美。

至於性格就更不用說了，天底下哪裡還有像魔王這樣溫柔的神明……

等等，這樣一想，妮娜不是也覺得她會喜歡上魔王，並不是這麼難以理解的事情嗎？畢竟誰能不喜歡魔王呢！

芙蕾點了點頭，在內心贊同了自己的想法。

不過還是得收斂一點，畢竟魔王大人很容易害羞。

芙蕾鑽進被窩，無奈地笑了笑。雖然妮娜對她的愛情很關心，但她現在根本無暇考慮這件事。

她要跟著魔王大人，把能合作的諸神拉到自己的陣營內、有惡意的攔在阿爾希亞之外。至於王位繼承者的事，成為女皇的話，似乎更能順理成章地把這裡變成魔王的神國，但還需要和魔王大人商量一下，也不知道他有沒有興趣……

芙蕾緩緩閉上眼睛，陷入沉眠。

周圍是濃重的黑，彷彿只要一伸手，就能觸摸到濃稠的黑霧。

芙蕾下意識抬了抬腿，霧氣彷彿拖累了她的步伐，每一個動作都顯得沉重壓抑。

這是哪裡？

芙蕾有些混沌的思緒想不出個所以然來，她漫無目的地前進，腦袋裡慢吞吞地反應過來——這應該是個夢。

但如果是做夢，她好像更應該做一個被掛到城牆上風乾的夢。

芙蕾麻木地邁步。她不知道自己該去哪裡，但她直覺自己應該要往前走。

不知道走了多久，她終於看見一點光亮。眼前有一個被濃重黑霧層層包裹的繭，裡面偶爾會透出一點青色的碎光。

芙蕾感覺到一股難以言喻的熟悉感，她試著靠近，躁動不安的黑霧便稍稍後退，她從縫隙裡窺見了繭裡的模樣——是魔王！

「魔王大人！」芙蕾驚呼出聲，繭內沉睡的魔王便緩緩睜開雙眼，猩紅的眼瞳不帶一絲感情，恍若魔物般的目光落到芙蕾身上。

芙蕾霎時從夢中驚醒。

她驚魂未定地喘著氣，舉起手看了看自己的手掌。

沒有黑霧，是一場夢。

她鬆了口氣，接著一扭頭，就對上一雙猩紅的眼。

「啊！」芙蕾瞪大了眼睛，差點從床上滾了下去，對方眼疾手快地一把將她撈回床上。

這位有著猩紅雙眼、明顯一副魔族長相的高挑女士表露歉意，「嚇到妳了？抱歉，我是來送信的，妳看起來好像睡得很香，我不敢吵醒妳。」

她遞出一個信封。

芙蕾的視線落在她布滿黑色鱗片、像是某種冷血動物的利爪上，女士不好意思地笑了笑，「庫珀說，在妳和魔王面前偶爾可以不用變成人，這讓我覺得輕鬆多了。啊，我還沒說暗號吧？『尊貴自由的小姐』……」

芙蕾本就只是被自己床鋪邊有人這件事嚇了一跳，反應過來以後也就不害怕了，反而多了幾分好奇。

除了庫珀以外，這是她第一次見到其他的魔族。

芙蕾忍不住多看了她幾眼，開口詢問，「您也是……路易士家族的先祖嗎？」

「不，我是其他家族的，但一起被困在深淵這麼久，大家早就拋棄姓氏、像一家人一樣了。」魔族小姐露出微笑。她似乎想伸手拍拍芙蕾的腦袋，但礙於自己鋒利的爪子，就又縮回了手，只能努力散發善意，「我們雖然不是妳血緣上的先祖，但在我們眼裡，妳依然是大家的後輩。大家都很想找機會來看看妳呢，我可是殺出重圍才搶到這個送信任務的。」

芙蕾看著她握起的拳頭，相信了她說的殺出重圍的這番話。

她仰起頭，「您還沒有告訴我您的名字。」

魔族愣了一下，一拍手，「我就說我好像忘了什麼！妳可以叫我梅利莎，或者姐姐也可以。我可不像庫珀那些傢伙那麼一板一眼的，輩分什麼的根本不重要，我剛進入深淵的時候也只比妳現在大了一點而已！」

芙蕾從善如流，「梅利莎姐姐。」

「嗯嗯！」梅利莎露出看毛茸茸小動物的寵溺表情，雙手托著下巴，笑了起來，「妳先看看信吧，如果需要回信的話，我可以直接幫妳送過去。」

「好。」芙蕾應了一聲，她也有些好奇是誰寄來的。

寄信人是阿爾弗雷德王子，看樣子昨天那場在王都內掀起風暴的宴會，對他反而沒有多少影響，他的言辭一如既往地活潑……且欠打。

「嘿，芙蕾·霍華德，我猜經過昨天那場宴會，妳一定沒辦法睡個好覺。我有些事情需要和妳商議，但不太方便光明正大地過去，那個『六翼魔王』傭兵團既然能送信，應該也能偷偷把我帶出皇宮吧？」

這個難度比單純把人帶出皇宮高多了，芙蕾摸了摸下巴，沒有貿然答應。她看向梅利莎，「可以把王子從宮殿內帶出來嗎？」

梅利莎露出自信的笑容，「只要妳說可以，那就可以！」

芙蕾想了想，提筆寫了回信，內容相當簡潔：可以，但得加錢。

她把信封交給梅利莎，打算叫魔王一起去會客廳，準備接待王子。但是詢問了門口的女僕後才發現，他似乎還沒有從房間內出來。

芙蕾原本打算去大廳等他的。但她又突然想起，魔王似乎說過，他在完全脫離深淵之前無法陷入沉眠。

芙蕾摸了摸下巴，邁開腳步挪到魔王的房門前。她輕輕敲了敲，低聲問：「您醒著嗎，魔王大人？」

房間內響起魔王懶洋洋的聲音，「進來。」

芙蕾打開房門，卻被眼前的景象嚇了一跳。她迅速關上身後的門，隔絕了女僕的視線。

——她幫魔王大人準備的床並不算小，但魔王身後還有三對體積頗大的翅膀，因此空間仍然顯得格外狹小。他的六隻翅膀似乎都有自己的想法，一隻囂張地盡可能伸展，一隻沒什麼精神地微蜷著，還有一隻委屈地縮在身側……

芙蕾忍不住多看了幾眼。

經過最近和魔族們的相處，芙蕾已經大概了解了，對他們來說，顯露出魔族的一面會更加放鬆，就像人類脫下束縛的服裝、拆下辮子一樣。

魔王窩在床上、半瞇著眼，窗外的陽光灑落在他身上，讓他渾身都散發著一股暖意，看起來就像是正在曬太陽的貓。

芙蕾忍不住露出微笑，「您不是說您不能睡著嗎？」

魔王的黑髮散落在床鋪間，他用翅膀支撐著坐起來，沒什麼精神地撐著下巴，打了個哈欠，「所以我在努力抵抗睡意。這麼早有什麼事？」

芙蕾點了點頭，「阿爾弗雷德王子傳信給我，說想避開他人和我談談。」

「一大早？」魔王挑了挑眉毛，「還真著急。」

「他還說我昨晚肯定沒睡好，明明是他自己在著急。」芙蕾摸著下巴，不由得猜測起他的來意，「他如果要我協助他爭奪王位的話，我該怎麼拒絕呢？」

「直截了當地拒絕。」魔王不滿地瞪了她一眼，「還要替他留什麼面子嗎？」

芙蕾正要回答，窗口卻忽然被人噠噠敲響。沒等回應，梅利莎就把頭探進來，她露出笑容，「啊，妳在這裡啊芙蕾，我剛剛還去妳的房間找妳了呢。」

芙蕾有些錯愕，「這麼快就回來了？王子呢？」

「哦，他還沒準備好，但是他送來了一封回信。」梅利莎笑咪咪地遞過紙張，臉上帶著豐收的喜悅，「別催他，讓他多發幾封，反正錢還是得照給！」

芙蕾無言地展開信封，從下筆的力度和用墨的濃度，都能看出對方憤怒的情緒。上面只寫了幾個字：「憑什麼！」

「什麼憑什麼？」不知前情的魔王困惑地看向芙蕾。

芙蕾如實回答，「他問我能不能把他從王宮裡偷帶出來，我說可以，但得加錢。」

「哼。」魔王嗤笑一聲，「為了省錢，多花錢回一封信，不愧是白痴王子。」

梅利莎皺了皺眉，十分大度地說：「沒關係，其實五個金幣也夠了，反正在我眼裡，扛一個男人和拿一封信也沒什麼差別。」

芙蕾思考了一下，露出一個壞心眼的笑容，「請不用擔心，就交給我吧，我會讓他乖乖掏錢的。我回房間找一下紙筆……」

魔王伸手勾住她的領子，讓她硬生生停在原地。他招了招手，書桌的抽屜自動打開，風精靈托著紙筆來到她面前。芙蕾試著下筆，儘管紙張是懸空的，但並不難寫。她放下心，坐在床沿回信給王子。

「尊貴的阿爾弗雷德王子殿下，我們這裡依照重量計費。當然，如果您不接受，我們也願意降價帶您過來。畢竟我們的傭兵也說了，在她眼裡，一國王子和一封信也沒什麼區別……」

魔王撐著下巴，坐在她身邊、看她寫信，黑色的長髮從他耳邊滑落，掛在芙蕾的手腕上，更襯得他髮絲如墨、芙蕾肌膚勝雪。芙蕾的動作頓了一下。

魔王毫無察覺地催促，「快點。」

芙蕾遲疑著開口，「您真的不是魅魔……」

話還沒說完，魔王面無表情地扣住她的腦袋，語帶威脅，「芙蕾・霍華德！」

以前聽到魔王這樣喊她的全名，芙蕾一定已經被嚇壞了，但現在她就像是被寵壞了的孩子一般，笑嘻嘻地開口，「是！我亂講的！還有最後一句就寫完了！」

魔王冷哼一聲鬆開手。

芙蕾在信的結尾加上一句「**我在霍華德府邸恭候您的大駕**」，然後遞給了梅利莎。

「放心，我很快就回來。」她一個閃身消失在窗前。

芙蕾好奇地看著她離開的方向，「魔王大人，跟隨您、得到您庇護的魔族，都會擁有和我一樣的力量嗎？」

魔王瞥了她一眼，「如果眷者這麼廉價，那智慧神的那些信徒早就一統大陸了。

「他們只是被深淵影響、成了魔族。魔族本身就比人類更加強悍，而我最初為了讓他們能夠在深淵活下來，用我的神力支撐他們存活，所以他們或多或少都能變得和風元素更親近。最差勁的，至少奔跑的時候也會得到風的助力。」

芙蕾點了點頭，又充滿信心，「這樣一想，魔王一派本身的實力就很強悍了，如果不是神明親臨，守護阿爾希亞也算是綽綽有餘了吧！」

「嗯。」魔王沒有否認，但他提醒，「斐迪南也開始尋找自己的領地了，這代表天災正在一步步接近。接下來這座富庶的王城，也許會源源不絕地吸引神靈降臨。」

芙蕾側頭看著窗外，起身整理了一下裙襬，「嗯，我明白。那麼我先去會客廳準備，魔王大人您也不要賴床了！您又不能真的睡覺，賴在床上又有什麼意義！」

魔王閉上眼睛，黑色的翅膀往臉一蓋，假裝沒有聽見。

芙蕾一邊往門外走，一邊不放心地再次交待，「不可以再賴床了哦，再賴床的話我就讓妮娜來叫您了！她會帶著神器花瓶上來的！」

魔王憤怒地搧了搧翅膀。

梅利莎扛著低垂著頭、顯然正處在昏迷狀態中的王子，動作輕巧地從窗戶跳進來。她對著芙蕾笑了笑，「怕他看見我的臉，我就噴了點迷魂香。對了，他看了妳送過去的信之後，一股腦倒出了一百個金幣，嚷嚷著自己是無價之寶，這不過是個訂金……真厲害！他果然把錢拿出來了！」

梅利莎看芙蕾的眼神帶著滿滿的尊敬。

芙蕾靦腆地笑了笑，「沒有那麼厲害啦，主要還是王子好騙。」

魔王靠在椅子上、看著王子，表情有點微妙，「……這人平常是不是沒保護好腦子？」

芙蕾看向梅利莎，「他還要多久才會醒？」

梅利莎將一個小盒子遞給她。「讓他聞一下就好了，我先走了。」

大概是擔心暴露身分，梅利莎一閃身消失在窗口。

芙蕾哭笑不得。她打開那個盒子，一股難以言喻的臭味立即衝出，就連魔王都臉色大變，嚇得差點振翅飛起。芙蕾眼疾手快，迅速把盒子遞到王子的鼻子下、晃了一下，然後以此生最快的速度把盒子蓋上。

這個盒子似乎也是一件魔法道具，蓋上以後，那股驚天地泣鬼神的臭味居然就一點都聞不到了。

「嗚咳！這是什麼味道！」王子一臉驚恐地瞪大眼睛，他驚疑不定地看向芙蕾，「這、這裡是……我……」

芙蕾從容地笑著，把早就準備好的紅茶遞到王子眼前，「您在說什麼呢，不是您委託『六翼魔王』的傭兵把您接出王宮，來霍華德府邸一聚的嗎？您還給了我們一百個金幣當作訂金。」

王子驚疑不定地檢查了下自己的身體，最後他摸了摸自己的肚子，「我總覺得腹部有點痛，妳是不是趁機打了我？」

「怎麼會呢。」芙蕾矢口否認，臉上的笑容不變，「我們『六翼魔王』傭兵團一向是以優秀的服務出名的哦。」

魔王贊同地點了點頭。

眼看他還有點懷疑，芙蕾提醒他，「您不是有事想要和我說，才會特地前來的嗎？」

「哦。」王子回過神來，點了點頭，「我的確是有事才來的。關於昨天王位繼承人的事，我說，芙蕾・霍華德小姐，妳考慮和我結成同盟嗎？」

芙蕾訝異地挑了挑眉毛，飛快地和魔王對視一眼，斟酌著字句開口：「您是指什麼樣的同盟呢？如果是因為我看起來贏面不大，所以您試圖拉攏我成為您的助力，那我覺得……」

「不。」阿爾弗雷德王子罕見地沒有動怒，他看起來異常冷靜，與平常的表現判若兩人。他看著芙蕾，「我知道，一旦走到公開競爭王位的地步，國王之位多半也回不到我手裡了。我並不是要妳協助我，而是問妳需不需要我的協助。」

魔王盯著他看了片刻，突然笑了一聲，「你甘心嗎？這本來應該是你的王位。」

王子苦笑了一聲，並沒有計較魔王的插嘴。他也有所耳聞，這位就是那個傳聞中的傭兵團的首領。

他開口：「如果是以前，告訴我這種消息我肯定是會憤怒的。但父親已經幫我做了十多年的心理準備，我多少也接受了這個事實。但我總覺得自己還能再做點什麼，或者至少把這個國家的王位，留給我看重的人。」

芙蕾揚起眉毛，「您的意思是，比起三大貴族和智慧神教，您更相信我嗎？」

「也不是完全相信，所以才要找妳商量。」王子直起身體，緊緊盯著她的眼睛，「能不能請您告訴我，芙蕾小姐，您背後的那位……究竟是誰？」

芙蕾沒有立刻回答，她喝了口紅茶。

魔王沒有出聲，那就是由她做主的意思。

王子並不如他表現出來的那麼愚笨，而且芙蕾多少還是有點在意他和伊莉莎白的事情。還有王室的祕辛，將那位「不可談及的神」交由王室的人去打探，顯然是最適合的……

這麼一想，他或許還有點用處。芙蕾在內心說服自己。

她抬起頭，為了不讓對方覺得自己是在開玩笑，她頂著一張異常嚴肅的臉，開口說道，「是魔王。」

「什麼？」就算是這樣，王子還是擺出了一副「妳在跟我開玩笑嗎」的表情。

「說起來，我們也從來沒有掩飾過，畢竟連傭兵團的名字都叫做『六翼魔王』。」芙蕾試圖讓他意識到自己是認真的，「難道我們的行事作風一點都不像魔族嗎？」

王子很想說「一點都不」，但考慮到他們可能是他未來的同盟對象，他違心地沉默了下來。

他顧左右而言他，「我調查過你們那個傭兵團，沒有人知道他們的來歷，就像憑空出現一般。我只知道他們自稱是從北方來的，實力也異常強大，渾身是謎。

「我曾經懷疑他們是不是從北方的龐波帝國來的，畢竟那位剛剛登基的狼皇，一直對阿爾希亞的土地蠢蠢欲動。」

芙蕾愣了一下，「狼皇？」

「是他自稱的。」王子撇了撇嘴，「他還號稱得到了神明的啟示。有傳聞說，他戰鬥的時候會變得渾身包裹著鱗片，刀槍不入、力大無窮，宛如傳說中的巨龍。」

芙蕾眨了眨眼，「那怎麼不叫龍皇？」

王子聳聳肩，「我怎麼知道，又不是我取的，是他自己這樣叫的。」

「這種表現，他恐怕是龍神的眷者。」魔王似乎是透過他的描述，想到了什麼，「龍神是不會允許人類自稱為龍的。我想那位狼皇原本就有些許龍族血脈，在這個巨龍已經消失的年代，龍神只好迫不得已選擇了他。」

在王子面前，魔王總算想起應該要替諸位神明留點隱私，沒有直接叫出龍神的真名。

王子疑惑地看向魔王，「龍神……你怎麼會這麼了解？」

芙蕾笑咪咪地開口：「都說了我們是魔王的部下，『六翼魔王』的首領當然就是魔王了。」

王子再次沉默下來。他看看芙蕾，再看看魔王，看樣子正在努力消化這個事實。

他嘆了口氣。「我是想問妳，妳確定他們不是龐波帝國的人嗎？」

芙蕾點了點頭，「他們當然不是來自龐波帝國，他們自深淵而來。不過……」

鱗片和巨力，這種特徵不是和梅利莎很相似嗎？嗯……

芙蕾扭頭看向魔王，同時在對方眼中看到了相同的意思——這個狼皇，必要的時候也許可以讓他來替他們背鍋。

王子看著他們兩個的眼神，沒來由地打了個寒顫。

芙蕾突然轉過頭，好奇地問，「知道我們是魔王一派後，您看起來好像也不太害怕？」

王子嘆了口氣，「怎麼說呢，我畢竟是個王族，就算妳自稱正義之神的眷屬，我也不會馬上放下戒心的。」

魔王挑了挑眉毛，「沒有那個神。」

王子相當無言，他咬牙切齒地說：「我知道！我就是舉個例子！只是想說比起名號，我更看重妳的行為。

「妳雖然自稱魔王一派，但也沒做過什麼濫殺無辜、攪起腥風血雨的事情。當然，我也很想知道，魔王大人您如果把阿爾希亞收入囊中，打算怎麼對待這裡的臣民？」

魔王認真地思考了半晌，他回答：「給魔族一個能夠生活的地方。」

王子愣了一下，他追問：「然後呢？」

「然後就問芙蕾。」魔王絲毫沒有負擔地把問題扔給芙蕾，他往後一靠，理直氣壯地說，「王位繼承者又不是我，我幹嘛要煩惱這些事情。」

王子的表情有些古怪。誰都知道，如果王位繼承者背後有著神靈的影子，那最後他就算坐上了王位，也只不過是變成神靈的傀儡而已。但這位魔王似乎不打算對這個國家干涉太多……

「不過，說是要結盟……您打算怎麼幫助我們呢？」芙蕾用手心托著下巴、看著他。經過待在王都多日的薰陶，她已經不是綠寶石領那個天真的少女了，她掌握了一些談判的技巧，比如適當地給對方一些壓力。

王子看向她，「有了我的支持，至少妳能更名正言順地獲得王位。」

「但這對我們來說不重要。」芙蕾微微擺手，「我們是魔王一派，無論如何都不會名正言順的。到時候恐怕連您都會被當成是被魔王迷惑、誤入歧途的倒楣鬼，感覺更符合您白痴王子的形象了。」

王子差點惱羞成怒。芙蕾淡淡地看著他，「我覺得您可以更有誠意一點。比如說，想辦法弄清楚王室背後的那位神靈身分。」

她伸手指了指天上，王子很快就了解了她的意思。

他略微思考了一下，最後沉重地點點頭，「我會想辦法的。不過父親現在已經不希望我過問任何有關神明的事情了，所以他未必會告訴我，我可能得要自己調查。」

芙蕾頷首。她其實也沒有完全把希望壓在王子身上，但說不定會有意外之喜。她試探著開口：「咳，我還有一個問題。您真的不考慮伊莉莎白了嗎？你們的婚約好歹還沒有解除。」

王子垂下了眼，「……卡文迪許公爵應該是整個王都內最希望我們解除婚約的人了。那天他沒有要求立即解除，應該是因為我還有繼承王位的可能。

「我想，他最近大概正盤算著怎樣才能讓我再丟一次臉，如此一來就能順勢提出這件事，說不定還能把我繼承王位的可能性變得更小一點。」

芙蕾同情地看著他，「雖然覺得您很可憐，但也沒辦法。您確實給伊莉莎白惹了很多麻煩。如果有人這樣欺負我的女兒，一旦找到機會，我肯定也會狠狠還擊的。」

更別提那位公爵還是出了名地寵女兒。

王子嘆了口氣。「我和伊莉莎白，我們都有各自的立場。我們……也都不是會為了愛情不顧一切的那種人。

「如果當年的事真的與她有關，就當作是我逃過了一劫。如果當年的事和她無關，那就當作……我配不上這個好女孩吧。」

他說完話，沉默地看著窗外，眉間淡淡的憂鬱讓他看起來比平常聰明不少。他站起身，「我該離開了，能讓『六翼魔王』的傭兵再送我一程嗎？」

「當然。」芙蕾笑容滿面地朝他伸出手，「一百金幣。」

「什麼！」王子一臉震驚，「妳怎麼不去搶！從王宮到這裡，我就算乘坐最高級的馬車也不用花到一個金幣！」

「原來您知道啊！」芙蕾也跟著露出驚訝的神色，「我看您剛剛出手就是一百金幣，還以為您根本不知道呢！」

王子：「……」

他現在感覺到了，這確實是惡魔的作風！

芙蕾淺淺一笑，決定給他們的同盟一點優待，「好吧，您現在也算是我們的盟友了，就當您已經買了回程票，請我們的傭兵溫柔地把您抱回去吧。」

「等等！抱?!」王子還沒來得及抗議，熟悉的香味就此傳來，他頭一歪，毫無知覺地昏了過去。

魔王伸手捂住芙蕾的口鼻。

梅利莎熟門熟路地從窗口爬進來，一把將他扛在肩上，露出爽朗的笑容，「那我去送貨了。」

她走後，風迅速把空中殘留的迷魂香帶離乾淨。

芙蕾小聲詢問魔王，「王子好像深受打擊，我如果跟他說是扛過來的，他會好一點嗎？」

魔王毫不猶豫地回答，「我覺得不會。」

芙蕾終於撐不住一本正經的表情，捂著肚子笑了起來。

魔王翹起嘴角，毫不客氣地拆穿她的把戲，「妳是故意的。」

「咳。」芙蕾不好意思地說，「誰叫他突然露出愁眉苦臉的樣子，而且欺負他真的很有趣嘛。」

魔王對她的老實很滿意，他點了點頭，「除了他以外，其他人應該也會對妳身後的人很感興趣。我記得明天你們是不是有狩獵活動？」

芙蕾愣了一下。「有是有，但這是之前去鄰鎮抓熊時約定的，現在……不知道他們還會不會去。」

魔王不怎麼在意。「如果去的話，就讓他們見識一下妳身後勢力的真面目，順便還能……」

把欠的禮物送給妳。

芙蕾眨了眨眼，「順便？」

「沒什麼。」魔王沒有再說下去，他收回了目光。

人類收禮時，比起直接收到，似乎更喜歡有驚喜感的送禮方式，所以還是到時候再說吧。

芙蕾派人問了邦奇先生還要不要繼續舉行狩獵活動，邦奇先生很快回覆：最近事多，差點忘了這件事，但還是要的。

經芙蕾提醒，第二天的狩獵活動於是照常舉行。

因為這件事，第二天芙蕾到達現場、看到唉聲嘆氣的伊諾克時，顯得格外心虛。但願邦奇先生沒說是她提醒的。

「咦？」伊諾克看見了她，芙蕾心裡一緊，卻聽到他問，「妳今天怎麼一個人來？那個一直一臉『你們這些愚蠢又吵鬧的凡人』表情的傭兵呢？」

芙蕾眨了眨眼，這才意識到他指的是魔王大人。她忍不住笑了一聲，「咳，他今天有點事情，而且狩獵還帶傭兵的話，不就像是作弊一樣嗎？」

伊諾克呆了呆，忽然猛地一拍大腿，「對啊！我怎麼沒想到！可以找傭兵幫忙啊！」

「咳。」邦奇先生嚴厲地掃視過去，伊諾克縮了縮脖子，差點留下悔恨的淚水。

芙蕾好奇地問，「怎麼了？」

伊諾克欲哭無淚，「邦奇先生說，如果我再一點實戰能力都沒有的話，他前往北方戰線的時候就要把我也帶去……我只想蹲在煉金房裡啊！」

芙蕾拍了拍他的肩膀，「他也是為了你好。」

北方的勢力已經蠢蠢欲動了，國王便請邦奇先生前往邊境鎮守——因為那位狼皇據說刀槍不入，使用魔法或許會有奇效。

戰爭的腳步一點點逼近，神戰還沒正式開啟，形勢就已經變得如此緊繃，誰也不知道諸神降臨之後，這裡會變成什麼樣子。伊諾克難得擁有魔法天賦，老師們自然還是希望他能擁有一點自保能力。

不過……芙蕾看了看自己身後的位置，魔王不在身邊，的確讓她稍稍有些不安。他早上只說今天有點事情，不能和她一起去狩獵，其他什麼都沒有多說就離開了，讓芙蕾很是在意。

伊莉莎白準時到來，她看起來和平常沒有什麼不同，只是好像也有點在意消失不見的魔王。

王子照樣把那位露西小姐帶在身邊，但他來得十分低調，他故意不看向芙蕾這邊，顯得有些心虛。芙蕾這才想起，她之前忘了提醒王子要小心這位騙子家族的女兒，之後得找機會告訴他才行。

至於智慧神教那邊……前任聖子紐因帶著其他幾位新手法師趕來了，而那位真正的「聖子」利亞姆卻沒有出現。

紐因笑著解釋，「利亞姆先生去教導居民搭建簡易的防護牆了，還會順便舉行宣講，把外面的形勢告訴民眾。」

他看起來並不介意利亞姆取代他的聖子之位，畢竟那是他信仰的神明，只是……芙蕾看著他的臉，他似乎有些憔悴，臉色不是很好看。

紐因注意到她的視線，便朝她露出微笑，低聲問道，「我臉上有沾到什麼東西嗎？如果是我出發時腳步匆匆、沾上了早餐的果醬，請您千萬別嘲笑我。」

雖然他這麼說，但他肯定知道自己臉上根本沒有果醬，他不過是給芙蕾一個臺階下而已。

「沒有。」芙蕾笑了笑，她有些關心地問，「只是您的臉色看起來不是很好，智慧神教最近很繁忙嗎？無論如何，也要注意身體啊。」

紐因愣了一下，隨後露出苦笑，「真是抱歉，還讓您為我操心。智慧神教一向有很多事情要處理，不過利亞姆先生出面以後，我反而清閒了許多。」

芙蕾感到奇怪地眨了眨眼，那看上去的樣子怎麼好像變得更疲憊了？

紐因看了她一眼，有些猶豫，但最後還是開口，「也許您只是以關心做為寒暄，我不該真的說出自己的難處，但是……」

「您可以說的。」芙蕾真誠地看著他。

雖然這位前任聖子思緒敏捷得像隻聰明的狐狸，還是利亞姆的眷者，但她其實沒有那麼討厭他。他在王都能獲得這麼高的聲望，並不是全靠演出來的，他確實是個善良的人。

就算立場不同，偶爾也可以幫個小忙，要是能因此得到些關於智慧神的情報，那就更賺了。

紐因閉上眼睛，有些疲憊地開口，「我最近總是被噩夢纏身，夢到一些讓我打從心底感到恐懼的事情，我有些擔心這會不會是某種不好的預兆。」

「嗯？」芙蕾愣了一下。她突然想到自己之前做過的那個夢，她行走在深淵裡，還有滿眼殺戮氣息的魔王……

她一直保持著輕鬆的心態，沒有意識到這其實是個噩夢，她或許也在恐懼會發生這樣的未來？

芙蕾有點茫然。

紐因沒料到芙蕾會是這種反應，他疑惑地喚了一聲，「芙蕾小姐？」

「咳。」邦奇清了清喉嚨，「既然人都來得差不多了，那就開始吧。這場狩獵沒什麼規則，主要就是讓你們鍛煉一下實戰能力，畢竟現在的情勢你們也都知道。」

他神情複雜地看著自己的學生，光法師塔內就出了兩個王位候選人，但他並不希望看到伊莉莎白和芙蕾相互爭鬥。至於格雷斯家的那個小子，邦奇倒是不擔心，他們並沒有對王位的野心，也已經打定主意跟隨女神到底了，表面上爭奪王位、暗地裡全力支持芙蕾。

他嘆了口氣，揮揮手示意他們開始。

紐因看了芙蕾一眼，芙蕾點點頭，和他朝著相同的方向出發。

等到周圍沒人，紐因才開口，「您剛剛的表情有些奇怪，是想到什麼了嗎？」

芙蕾猶豫著點點頭，「聽您提到做夢……我想起自己最近也做了一個噩夢，不過並沒有到每天那麼頻繁。」

說起來，昨天魔王要她在睡覺的時候，把神靈之書墊在枕頭下面，難道是察覺到什麼了？

芙蕾不由自主地多想了起來。

紐因並沒有把這件事當成巧合，他擰緊了眉頭，「回去之後，我會把這件事告訴利亞姆先生，您最好……也和那位大人彙報一聲。這或許不是件小事，我記得神譜曾經記載過，有一位名叫『睡神』的神明，祂掌管人類的睡眠和夢境。」

芙蕾已經仔細閱讀過神譜了，經他這樣一說，她也意識到了什麼。「睡神是黑夜女神的孩子，黑夜女神有諸多子嗣，其中一位就是欺詐神。睡神是欺詐神的姊妹，很有可能和他同一陣營！」

紐因凝重地點了點頭。

芙蕾摸著下巴想了想，或許魔王此刻不在，就是去找睡神的麻煩了？

「呼——」

忽然一陣風吹過，芙蕾猛地抬頭，她似乎聽見了魔王的聲音。她遲疑地看向紐因，「您有沒有聽見……」

「風的聲音。」紐因皺起眉頭，求證般地看向她。

芙蕾指了個方向。「過去看看。」

他們跟著風的指引，一路往前。那裡已經圍了不少人，除了他們這些前來狩獵的法師之外，還有不少平民。

伊莉莎白蹙起眉心，「怎麼會有平民出現在這裡？這裡可是貴族的私人獵場。」

縮成一團的平民們跪了下來，不安地請求原諒。他們七嘴八舌地說起自己進入此地的理由——都是因為風。

有人是聽見了風的聲音，有人是被風吹走了帽子……

芙蕾已經確定這是魔王的傑作了，只是不知道他究竟打算做些什麼。

她嘗試往前走了幾步，魔王的聲音變得越來越清晰，「芙蕾，到這裡來。」

她下了馬，跟著聲音前行。忽然，狂風大作，然而所有狂放的風都避開了她的身側，只把她周圍的人吹得睜不開眼。

「小心！是空間魔法！」匆匆趕來的邦奇先生大聲喝止，可是已經來不及了。在場所有人都被一口氣吸進了風暴中央，只留下一片毫無落葉的乾淨林地。

邦奇的目光有些呆滯，但他很快就反應過來。他還記得女神交代過，從今以後王都內的每個異常都可能與神有關。他得立刻前去請示女神！

而被吸進了風暴之中的人們，此刻出現在一座古老的建築裡。芙蕾抬頭打量，遲疑著開口，「這裡好像是……一座神廟？」

第五章

風神

CHAPTER

V

大廳內的光線有些黯淡。

芙蕾取出石中火，還沒來得及點亮，就看見伊莉莎白手掌間燃起了明亮的火光。芙蕾動作頓了頓，緩緩把石中火放了回去。

「這是哪裡？」

「天啊，救命啊，我還不想死！」

「安靜點。」伊莉莎白板著臉，看起來很有威嚴，「沒有自保能力的站到中間，法師站在外圍！」

伊諾克小聲嘀咕，「我覺得我也算沒有自保能力……」

但說歸說，他還是乖乖站到了外側。

不安的平民們擠成一團，紐因安撫他們，「別害怕，我們會保護你們的。」

就算沒有聖子的名號，他在王都累積多年的聲望還是很有用處的，眾人迅速冷靜下來，乖乖聽從了指示。

王子本來想逞強地站到外圈，但露西緊緊抓著他的手，小聲啜泣著開口，「殿下……」

芙蕾無奈地掃了他一眼，「別添亂，去後面待著。」

王子憤憤不平地小聲抗議，最後還是聽話地往後退了幾步。說實話，芙蕾的態度讓他放心了不少，她看起來游刃有餘，問題應該不大。

進入神廟以後，魔王就沒有再提示了，也不知道是在搞什麼鬼。芙蕾張望了一下，「牆壁上是不是有圖案？」

伊莉莎白手中的火光往牆側照了照，果然看見上面有大幅的彩繪壁畫。

見多識廣的前智慧神教聖子紐因開口，「看起來像是一座古老的神廟。我曾經聽聞，某些地區因為經歷過信仰的更迭，有些教會會拆毀不是自己宗教的教堂和神廟。為了防止教堂被破壞，教會內的人員在離開時，會利用空間魔法將教堂隱藏起來，並等待後人找尋，讓它重見天日。」

伊莉莎白開口詢問，「這裡是誰的神廟？」

「還看不出來。」紐因微微搖頭，「看看壁畫也許就能知道了。往這邊，一般神廟壁畫是從這邊開始看的。」

伊諾克嘀咕了一句，「但願不是什麼邪惡的神靈……」

平民們抱成一團，嘰嘰喳喳地祈禱了起來。

王子半真半假地笑了一聲，「在人家的神廟裡向別的神靈祈禱，小心真的觸怒了這裡的主人。」

場面立刻安靜了下來。

伊莉莎白沒有理會王子的話，她一個人往前邁了幾步，照亮紐因指的方向，讓他們能看清這裡的壁畫。

一位沒有面目、渾身赤裸且散發著光芒的巨人頂天立地，山川在祂的腳下，而雲只在祂的腰間。祂的鼻息間吹出狂風，風中有一道六隻白色羽翼包裹著的身影。

紐因試圖理解這幅畫，「很多神廟裡的第一幅壁畫都是在講述神的誕生。就比如智慧神誕生於至高神的靈光，太陽神和月神誕生於至高神的左右眼……」

這位沒有面目的巨人，應該就是神話裡的眾神之父——至高神。傳聞中祂在創造了諸神之後，於第二紀元徹底失去了蹤影。理論上除了二代神以外，諸神都是至高神的子嗣，彼此都是兄弟姊妹。

不過要是真的這麼算，欺詐神還得叫魔王大人叔叔。芙蕾的臉色變得有些古怪。

伊莉莎白略略點頭，「那這位神明，誕生於至高神的呼吸之間……神譜上似乎沒有這樣的記載？」

「神譜並不完整。」紐因眼中閃過一絲驚嘆。這幅壁畫年代久遠，看樣子應該不是第三紀元的產物，很可能可以追溯到第二紀元，甚至第一紀元。

「而且有些神靈偏愛隱祕，從古至今，只留下一些祕密的信仰。」

「也就是說，這可能是一位不為人知的神靈……」伊諾克神色震驚，忽然一本正經地摸了摸下巴，「等等，這樣的話，如果我現在立刻信仰這位的神明，那我不就是大主教了嗎？」

話一出，現場的氣氛凝滯了幾分鐘。

芙蕾冷漠地看了他一眼。死心吧，魔王大人已經有我了。

伊莉莎白嘆了口氣，「沒有任何信眾的大主教？」

伊諾克大概也察覺到自己太異想天開了，他小聲嘀咕，「只是隨便說說的嘛。」

「往下看看吧。」芙蕾出聲催促。她也有點好奇，魔王大人的神廟壁畫上都記載了什麼。

這個壁畫像是一張敘事長卷，之後的壁畫都是以那位有著六隻翅膀的神靈為主軸。他懶洋洋地躺在高大的樹木頂端曬太陽，純白的翅膀自由自在地舒展著。

他棲身的樹梢掛著碩大的果物，即使在壁畫上也顯得分外誘人。高大的樹木底下，有一群衣著簡陋的人類眼巴巴地看著樹上的果實。

神靈微微睜開眼，風把枝頭的果子吹落，樹下的人們興高采烈地撿拾，不住地向神靈跪拜感謝。

紐因鬆了口氣，微微露出笑意，「看來是位溫柔的神靈。」

芙蕾驕傲地仰起頭。當然了，整個神界再也找不到如此溫柔的神靈了！

接下來的壁畫，就是在描繪這位不知名神靈和人類的相處模式了。得到神靈幫助，獲得了食物的人類在樹下定居，神靈就在樹上悠閒地看著他們勞作。

人們對神靈保持敬畏，但天真無邪的孩子們卻悄悄爬上神靈棲息的大樹。

伊莉莎白心頭一緊，很多神話故事裡都有人類冒犯神靈的下場，這是為了展現祂們的威嚴。就連智慧神也有關於國王嘲笑祂的智慧，最後自取滅亡的警示故事，這幾個孩子……

彷彿是在證明她的預想，下一幅壁畫裡，天空烏雲密布、電閃雷鳴，斗大的雨點嘩啦啦地落下。孩童掛在高高的枝頭上哇哇大哭，聞聲趕來的大人們也束手無策。

伊莉莎白捏緊了拳頭。然而下一張圖，一直沒移動過的神明換了地方，祂落到孩子們掛著的枝椏上，張開白色的羽翼替他們擋雨。一排小蘿蔔頭擠來擠去地躲在他的翅膀下傻笑。也不知道這幅壁畫的作者是怎麼想的，居然還畫了其中一個小鬼頭，偷偷摸了神靈的翅膀。

看著畫像上不算和藹的表情，芙蕾覺得這幅壁畫一定是屬於寫實畫風。魔王肯定就是頂著一張不情願的臉，卻溫柔地保護了那些孩子。

——真的好像雞媽媽哦。這個想法絕對不能讓魔王知道。

見孩子們不再害怕，神靈拎著小不點們落了地。這也是祂第一次從高高在上的神樹上下來。

人們向祂獻上感謝，邀請祂參加晚宴。說是晚宴，也不過就是圍著篝火喝酒吃肉而已，和綠寶石領的慶祝倒是有點相似。

神靈坐在柔軟的獸皮凳子上——這大概是這個小部落能拿出來的最高待遇了。和凡人們歡聚一堂，懶洋洋地看著眼前熱鬧的景象。喝醉酒的凡人四腳朝天地倒在了祂身邊，祂也不介意，只是端著自己的酒杯，露出了溫和的笑意。

芙蕾忍不住屏住呼吸，她盯著那位神靈，祂有著銀白色的長髮和金色的眼瞳，聖潔、高貴，又擁有無與倫比的溫柔。

這就是魔王原本的模樣。

芙蕾有些失神，但她在人群中並不突兀，眾人都和她同樣呆滯著。

最先開口的還是伊諾克，他左看右看，試圖尋求認同，「這個神靈，是不是和其他神靈不太一樣啊？」

其他人沒有立刻接話，但心裡多少都有了答案。眾神高高在上，無論是再怎麼親近人類的神靈，也不會允許人類在祂面前這樣放肆……

「真的是神靈嗎？」王子靈光一閃，大膽猜測，「會不會其實不是神靈，是像精靈、巨人那樣的物種……」

「祂誕生於至高神的呼吸。」伊莉莎白顯然抱持著不同意見。

王子沒有再接話，但他也知道自己的猜測沒什麼根據。

「就算是精靈，也是森林女神。就算是巨人，也是泰坦之神。」紐因表達了自己的觀點，他看向另一側，「似乎還沒有結束。」

他仔細查看了一下，「這裡的壁畫比較新一點，有可能是第三紀元初的東西。」

比起另一邊的溫馨，這裡就顯得慘烈了許多。深淵出現，人和動物被汙染、變成魔物，整片大陸民不聊生。

神靈庇護的人們已經不再是衣衫襤褸的樣子了，他們的裝扮顯示著身分，儼然是一群高貴富裕的貴族，身後的領地也井然有序，和外面的民不聊生形成鮮明的對比。

神靈舉起弓箭，意氣風發、銳不可當，箭尖直指著深淵。

他身後從者眾多，有男有女，皆披堅執銳、氣勢驚人。

然後就是一片空白。

牆壁明顯還留下能繪製後續的空間，但這座神廟被空間魔法隱藏起來了，再也沒有人能替故事寫上結尾。

「這裡寫著一行字！」王子眼尖地看見壁畫底端留下了一行古語。

紐因嘗試著翻譯，「似乎是……」

——「您何時歸來呢？我們無時無刻不在眷念著您，哪怕只是讓風傳遞一縷吉報……」

所有人都久久說不出話來，伊諾克喃喃說道，「祂去了深淵，再也沒有回來……祂究竟是誰……」

「祂是風神。」

所有人聞言，轉頭望去。芙蕾站在最後那幅壁畫前，伸手觸碰壁畫上風神的臉頰，綠寶石般的眼瞳盛滿淚水。

無論您離開多久，故土的信者依然等待著您的消息。他們關上神廟、藏起慶賀的黃金酒具。然後待您歸來之日到來，一定、一定會有最盛大的酒會……

芙蕾近乎虔誠地仰起頭。「祂從至高神的呼吸之中誕生，祂是落難的神子，是保護人類的溫柔神明。」

時隔千年，那些蒙塵的榮光和權柄，終於重見天日。

沒人問她是怎麼知道的。

他們看著眼前的壁畫，似乎也有一瞬晃神、被拉進另一個年代的錯覺。

伊莉莎白卻想得更多。她記得當初自己調查過芙蕾的家族，她母親出身於路易士家，那個第二紀元突然沒落的大家族，難道就是跟隨風神去了深淵……

如果真是這樣，那芙蕾能因緣際會得到風神的啟示，也不是不可能的事情。

就在這時，神廟深處傳來「嗚嗚」的風聲，看起來像是在召喚人們前進。

即使知道這裡的神明對人類十分親切，但身在對方的神廟裡，大多數人還是覺得要保持警惕。

然而，芙蕾已經走了進去。

「芙蕾！」伊莉莎白喚了她一聲。

芙蕾微微側過頭，神色有幾分迷茫，「你們沒有聽見呼喚嗎？」

眾人面面相覷，微微搖了搖頭。伊莉莎白擰緊眉頭，「小心點。」

這或許是她的機緣，自己也沒什麼理由阻攔。

芙蕾點了點頭，消失在眾人的視線裡。

這座神廟並沒有多大，芙蕾一路往裡面走，很快就到了盡頭。和大多數的神廟一樣，整個空間的最裡頭擺著一尊神像——是半躺在樹上，呈現慵懶姿態的風神。

而神像的對面，站著漆黑的、張開了六隻黑色羽翼的魔王。

芙蕾停下腳步，她喊了一聲，「魔王大人。」

話說出口，她才發現自己的聲音帶著哭腔，無論怎麼聽都很委屈。

魔王顯然也被她嚇了一跳，他回過頭，驚疑不定地看著眼中帶淚的芙蕾，嚇得翅膀上的羽毛都差點立了起來。

芙蕾眼巴巴地看著他，「嗚，魔王大人……」

然後她用力吸了吸鼻子，嗆出一聲抽噎。

魔王有些慌亂，他遲疑地摸了摸自己的口袋，但他又不是王城那些講究的貴族，身上哪有手帕之類的東西？最後他只能下定決心般、朝她伸出衣袖，「擦一下？」

芙蕾的眼淚劈里啪啦地落了下來。她搖搖頭，掏出了自己的小手絹，但她還沒哭完，一點也不急著擦。

「嗚嗚嗚，魔王大人，我以前一直知道您很好，卻不知道您有這麼好……」

魔王表情緊繃，有些手足無措。他凶巴巴地瞪著她，「怎麼了！妳哭什麼！」

芙蕾才不怕他裝凶，繼續哭道：「嗚嗚嗚，您在深淵這麼多年，一定受了很多委屈……」

「就這樣啊。」魔王鬆了口氣。他還以為自己一段時間沒看著她，這傻瓜就在外面被人欺負了呢。

「什麼叫就這樣！」芙蕾拔高了音調，「這可不是件小事！大家都還不知道您曾經為人界做了那麼多……」

「幹嘛要讓他們知道？」魔王不自在地抖了抖翅膀，「我又不是為了向他們誇耀才去深淵的。」

「嗚嗚嗚……」芙蕾又開始哭，「他們等了您好久好久……」

魔王不說話。他嘆了口氣，直接伸手捏住芙蕾的臉，皺起眉頭幫她擦眼淚，「不准哭！」語氣凶巴巴的，下手的動作倒是輕柔。

芙蕾睜著淚汪汪的眼睛、看著他。魔王垂下眼，放柔了語調，「不是說了，叫妳過來是為了給妳禮物嗎？哭成這樣，是要不要禮物？」

「不要也行。」芙蕾眨了眨眼。

「嗯？」魔王目光不善地挑了挑眉毛。

「我現在只想送禮物給您。」芙蕾望著魔王，他的樣子看上去十分令人心疼。雖然現在的魔王也很好看，美得讓人差點誤會他是魅魔，但他之前都不肯讓別人看見他的尾巴和角，顯然是不喜歡自己這副模樣。

芙蕾認真地看著他，「您沒有什麼想要的嗎？」

魔王稍稍思考了一下，「要妳不許哭可以嗎？」

「好。」芙蕾鄭重地點了點頭，抿緊嘴唇、試圖憋住眼淚。

魔王盯著她盯了一陣子，眼裡忍不住帶了點笑意，「妳現在好像一條不能呼吸、快要被淹死的魚。」

芙蕾有些遲疑，「魚也會被淹死嗎？」

「不會。」魔王伸手拍了拍她的腦袋，「所以才稀有又好笑。」

芙蕾：「……」

好吧，讓魔王開心也算是她力所能及的一點小事。

魔王轉過身，牽著她往前走，「妳看，說好的禮物。」

芙蕾這才注意到，神像前面還擺著一張弓——說是擺著或許不太準確，它漂浮在半空中，隱隱能聽見周圍的風聲。

「這是我的弓。」魔王露出了有些懷念的神色，「我本來是留給他們了，萬一遇到麻煩，有這張弓也許會好一點。但他們也沒有使用，反而把它和這座神廟一起保存了起來。」

他抬了抬手，那張弓就飛到他手裡。

他遞給芙蕾，「芙蕾・霍華德，我將這張『風神弓』贈予妳。之前的事，妳還生氣嗎？」

芙蕾伸出手，托舉著弓的風精靈便四散開來、繞著她轉圈，那張弓才落到她手裡。金屬的弓身包裹著翠綠的彩繪，色彩鮮豔又明亮，令人感到生機勃勃又輕快。

芙蕾有股預感，只要她拉開弓，即使沒有弓箭，也能射出威力不小的一擊。

她很喜歡這張弓。更何況，此刻的魔王眼裡帶著不明顯的笑意，溫柔得出奇。

芙蕾這才後知後覺，自己剛剛哇哇大哭的樣子簡直丟臉極了。她有些羞愧地低下頭，小聲說：「沒有人在這種時候還會生您的氣吧。」

而且她從一開始就沒有生氣，明明是魔王為了送她禮物，特地找了個藉口。

魔王卻對這個答案不怎麼滿意，他挑了挑眉毛，追問：「沒有人是什麼人，他生不生氣關我什麼事。我只問妳，妳還生不生氣？」

芙蕾大幅度地來回搖頭，小聲回答，「我非常高興，也非常喜歡您的禮物，只是我不知道該還什麼禮給您。」

魔王並不在意，「那就認真想想。」

芙蕾小聲抗議，「一般來說，這種時候會說不用回禮。」

「哼。」魔王笑了起來，「我就知道妳不是真的想回禮，狡猾的小鬼。快出去吧，不然外面那群傢伙會以為妳是不是出了什麼事。」

芙蕾抱著弓，走了兩步又回過頭。「我在家等您。」

魔王笑了一聲，「我會比妳先到家。」

芙蕾放下心，朝著出口離開。

「真是麻煩的小鬼。」魔王搖了搖頭，尾巴卻愉快地轉了個圈。

芙蕾抱著風神弓，出現在眾人面前時，好幾人都忍不住面色一凜。果然，這位風系天賦出眾的法師受到了風神的眷顧。

至於幾位知道內幕的……

紐因看著她，若有所思。智慧神只告訴他芙蕾是魔王的眷屬，至於魔王的身分卻沒有多說。紐因當然也猜測過祂或許是哪位神明，但沒想到居然是連神譜都沒有記載的風神。

這樣一想，再看看壁畫上面、風神帶著信徒前往深淵的部分，以及第二紀元後，深淵就不再出現的疑點，多多少少也都能連在一起了。

而王子想的則是——魔王什麼的果然是為了掩人耳目，這不還是個正經八百的神嗎！

露西輕輕拉了拉王子的衣服，小聲問：「王子殿下，那是……神器嗎？」

她雖然壓低了聲音，但在這麼安靜的情況下，沒人聽不見她說的話。

眾人的目光整齊地落在那把弓上。它一看就不是件凡品，而且還是從一座年代久遠的神廟裡找到的，確實很符合神器的條件。

芙蕾坦然地點點頭，「是風神贈予的。」

眾人齊唰唰地倒吸一口涼氣。就在這時，神廟中央忽然浮現一個空洞，邦奇先生的聲音從中傳來，「芙蕾？伊莉莎白？」

伊諾克第一個哭了起來，「老師！好歹叫一下我的名字啊！」

邦奇先生沉默了一瞬。「都在就好。快出來，這個時空卷軸撐不了多久！」

眾人對視一眼，伊莉莎白當機立斷，「平民先走，動作快。」

用不著催促，幾個平民聽到她這麼說，立刻像是得救一般衝了出去。

時空卷軸安然撐到眾人離開，所有人再次回到那片樹林。

邦奇先生總算鬆了口氣。儘管女神告訴他不用擔心，只要等著接人就好，但他還是不由自主地操心了起來。現在看到他們平安歸來，懸著的心才總算放下。

出了這麼一齣事件，眾人都沒了打獵的興致，紛紛打道回府。

邦奇先生留到了最後，看起來欲言又止。

芙蕾手裡抱著那張弓，寶貝地摸了摸。她看了邦奇先生一眼，十分大方地遞到他面前，「如果您想看的話，請隨便看吧。」

邦奇先生啞然失笑，他微微搖頭，「我不是要看這個。」

他回以芙蕾好奇的眼神一個微笑，「我原本還想要給妳一件魔法道具防身的，畢竟我就要離開王都一陣子了，總是有點放心不下。」

芙蕾第一反應是覺得自己虧了，但她緊接著一愣。「您這就要出發了嗎？一個人去？」

邦奇先生苦笑了一聲。「也只能我一個人去，現在王都內的法師哪個不是三大貴族爭相拉攏的助力？就算是妳的那幾位導師本身或許願意幫忙，但出身於貴族家，他們一出生就帶著家族的烙印。既然享受了家族帶來的便利，需要出力的時候也必然要以家族為優先。」

芙蕾沉默了下來，她只能徒然地開口，「請您一路小心。」

邦奇先生點點頭。「魔法道具是不需要了，但我會派人送點魔法卷軸給妳，妳好好收著。遇到什麼困難也可以去找貝利，那個老傢伙雖然沒那麼可靠，但也能幫上一點忙……願女神庇佑妳。」

說完所有的交待事項後，他溫和地看著芙蕾。芙蕾抿了抿唇，「也願女神庇佑您。」

邦奇先生怎樣也是春季女神的眷屬，應該是不會出事的。但以防萬一，還是問問魔王大人能不能調派點人手，跟著邦奇先生一起出發好了。

霍華德府邸。

魔王坐在大廳內吃著甜餅、配著紅茶。就算沒有露出尾巴，庫珀也能看出他現在心情不錯，「看樣子芙蕾很喜歡那張弓。」

「嗯。」魔王矜持地點了點頭。

庫珀笑了起來，「我也覺得這個禮物很合適她。有了風神贈予的神器，自然就能解釋為什麼她才學了幾天魔法，就能擁有這麼強大的力量。

「這樣不僅能讓王都內的貴族知道芙蕾身後也有神的存在，還能提醒天上的諸神，祂們曾經對您有所虧欠。順便還能把我們的傻女孩哄開心，真是一舉數得的禮物呢。」

魔王拿甜餅的動作頓了頓，遲疑著開口：「哦……嗯。」

庫珀露出了然地笑容。「不過您當時肯定沒想這麼多，只是思考自己有什麼好東西，然後一股腦地就把它送給芙蕾了，對吧？」

魔王沉默了下來。庫珀雖然說得沒錯，但總覺得承認了以後，他會露出很討厭的神情。

魔王索性不吭聲，把好東西送給自己的眷屬有什麼問題嗎?!

真煩人。

「芙蕾．霍華德。」卡文迪許公爵看著自己桌上擺著的資料，面色有些許的凝重。

他原本並沒有把她放在眼裡。就算是個突然崛起的新秀，但在王都根基尚淺，家族也遠在綠寶石領，幫不上一點忙。比起她，反而是大多數貴族都看不起的智慧神教更有威脅性。

但她背後有了神明，這一切可就不一樣了。

卡文迪許的指節輕輕叩著桌面，開始考慮應對方法。

在他身後的陰影裡，一個身形挺拔的年輕人突然從影子裡走了出來，附在他耳邊，溫柔地說：「你看，現在聰明人都知道要和神合作了。」

卡文迪許公爵嚇了一跳，但他鍛鍊多年的自制力強迫自己鎮定了下來。他只是微微側過頭，恭敬地垂下了眼。「是的，但我背後也有您在，所以我並不擔心。」

「不不不，他們的關係和我們可不一樣，他們才是真正的、一條船上的人。」一身黑衣的青年動作輕巧地繞過書桌，在他對面坐下。儘管祂有一張十分漂亮的臉，但不知道為什麼，這張臉卻很難讓人留下印象，彷彿一轉眼就會被遺忘。

卡文迪許公爵不是沒有聽懂祂的暗示，但他並不想聽懂。他抿了抿唇，沉默著沒有接話。

「芙蕾．霍華德已經是神靈的眷者了，你打算讓你的女兒就這樣赤手空拳地和別人競爭嗎？我說啊，你真的有競爭王位的野心嗎？」青年把玩著自己的手掌，祂一下子把它變成纖細白皙的模樣，一下子又變成布滿厚繭的粗獷樣子，看得卡文迪許公爵額上滑下了一滴冷汗。

他深吸一口氣，露出笑容，「我其實早就準備好了，但伊莉莎白還是個小女孩，您真的不考慮讓我當您的眷屬嗎？」

「你太老了。」青年不客氣地開口，「未來是屬於年輕人的，你得學著放手。」

卡文迪許公爵對祂的拒絕並感到不意外，他再次開口，「既然這樣，我就在家族裡找一個合適的年輕人。」

青年似笑非笑地看著他。「你在和我討價還價嗎，博格特．卡文迪許？你知道要獻給神靈的貢品，如果用次等的東西濫竽充數，會有什麼下場嗎？」

卡文迪許公爵抽了抽嘴角，他問：「什、什麼？」

「我也不知道。」青年突然露出了燦爛的笑容，「你如果惹我生氣了，我不能保證自己會做出什麼事情來。」

祂從座位上站了起來，向卡文迪許公爵的臉湊近，「但你也知道我的脾氣，如果在我面前耍小手段……」

卡文迪許公爵慌張地搖頭。「不、不，我絕對沒有這個的意思，只是那個孩子一向很有自己的主意，就算是我說的話，她也未必會聽……」

「那就想辦法哄騙、威脅、逼迫她，想盡辦法讓她乖乖聽話。」青年彷彿耗盡了耐心，祂微微嘖了一聲，「我只是叫你說服你女兒，又不是叫你去說服哪位神明，這麼推三阻四的。我當初答應你的請求時，可一句話都沒有推辭，真讓我失望。人類真是忘恩負義的傢伙，頂著弱小的名義，幹的事卻比以欺詐為名的神靈更卑鄙。你可要小心，一不注意或許就會受到神罰呢。」

祂說完這句話後，又像來時那樣，突兀地消失不見了。

卡文迪許公爵低下頭，他看見自己害怕得不停顫抖的手，猛地將它按住，眼中閃過一絲狠意。果然，和這種惡名在外的神靈做交易，無異於與虎謀皮，但他沒有辦法。他不敢想像凡人欺騙欺詐神的下場，然而伊莉莎白……

卡文迪許公爵的目光落向書房對面的畫像。那是他年輕時的模樣，身側的夫人擁有一頭和伊莉莎白一樣火紅的長髮，她的小腹微微隆起，臉上帶著幸福的笑容。

卡文迪許公爵沉痛地閉上了眼睛。

入夜，約拿德府邸。

月光灑進房間，床鋪上的少女眉頭緊鎖，蒼白的指節不安地抓緊了床鋪，似乎正被可怕的夢魘追趕著，讓人忍不住想要輕聲安撫她。

但此刻站在陰影裡的青年可沒有這麼溫柔，祂伸手在她耳邊打了個響指，用漫不經心的語調說道，「嘿，我的女孩，該工作了。」

「啊！」露西猛地驚醒。在見到眼前人的一瞬間，她立刻從床上站起，虔誠地跪在牠面前，「大人！」

欺詐神滿意地點點頭，他惋惜地嘆了口氣，「如果所有人都像妳一樣識時務就好了。那個老東西，還想跟我討價還價。」

察覺到他話裡毫不掩飾的殺意，露西恭敬地把頭垂得更低。

「該讓他付出一些代價了。有些人啊，就是要把刀架在他的脖子上，才會知道配合。」欺詐神玩味地笑了一聲，「去吧，去登上妳的舞臺。讓那些以為能主宰妳命運的人知道，他們才是妳手中的玩物。」

他話音剛落，房間裡就燃起了熊熊大火。

「啊！」露西驚慌地跌坐在地，不可置信地看向欺詐神，一時間邁不開腳步。

「還傻站著幹什麼，不是早就把計畫告訴過妳了嗎？」欺詐神露出惋惜的神色，「快跑啊，叫起來，讓更多人看到妳。要是動作太慢，真的被燒死的話，我也不會救妳的哦。」

露西知道，祂絕對是會說到做到的！

她不再猶豫。也不管自己還穿著睡袍、光著雙腳，她奮不顧身地撞開窗戶，一咬牙，從露臺上跳了下去。她放聲高呼，「來人啊，失火了！失火了！救命啊！」

這座露臺並不高，但赤裸著雙足的露西還是覺得自己彷彿踩在了刀尖上。她不敢停下，她知道可怕的並不是身後那場大火，而是那個比魔鬼更可怕的神靈。如果她表演得不夠讓祂滿意……

露西眼中流露出深層的恐懼，她聲嘶力竭地喊道，「救救我！救救我！有沒有人——」

鄰家的貴族們飛快地派人出來查看，所有人都被眼前的景象嚇呆了——約拿德府邸已經被漫天大火包圍，根本是救不了火的程度了！

怎麼會這樣？什麼樣的火才會突如其來地燒起來，火勢又這麼迅猛！

有人大喊：「去找法師！這已經不是一般人能救得了的火了，去找水系法師，快啊，不然隔壁也要燒起來了！」

「快看！」有眼尖的人似乎在扭曲的灼熱空氣中看見一道人影，「那裡是不是有人？是有人縱火！」

「我也看見了！有人，是一個穿著斗篷的人！天吶，究竟是誰……」

「露西小姐！」有人匆匆趕來，為她披上外套。露西淚眼婆娑地抬起頭，沒想到來人居然是斯派克。

她早就知道當初只是一個美妙的誤會，這位斯派克少爺根本沒有什麼背景。但他此刻頂著一頭亂髮，明顯是剛剛從床上爬起來的，滿臉的著急也不似作假……

這分真心誠意居然讓露西呆愣了一下，但也僅僅是一瞬間。

她的眼淚順著臉頰落了下來。她緊緊抓著對方的手，茫然無措地問道，「有人？是誰，究竟是誰放的火?!」

「我、我不知道……」斯派克少爺茫然地搖搖頭，他心有餘悸地看了看宛如煉獄的火場，低聲安撫她，「好歹妳活下來了……妳、妳的家人呢？」

露西沒有回答。

「這麼大的火，如果還沒逃出來，恐怕……」

「喂，和露西．約拿德有仇、還是用火的，該不會是那位……」

「噓，別胡說，你不要命了！」

「但是……」

「老實說，剛剛那個身影，真的和她很像啊！」

「讓開！不讓開的就要淋雨了！」衛兵遠遠趕來、驅散了人群，僅僅披著一件外套的艾拉手裡拎著法杖，面容嚴峻地走到火場之前。

她舉起法杖、念出咒語，「偉大的天空之神啊，我祈求雨水的潤澤、祈求您的慈悲，沖刷大地上的一切罪惡吧！」

天空彷彿在回應她的召喚，很快便落下了淅淅瀝瀝的小雨。沒多久後，雨勢迅速增大，滂沱大雨宛如是傾倒下來的一般，火勢終於弱了下來。

艾拉從雨中走了出來，那些雨滴完全沒有沾到她的身體。但其他人可就沒有那麼好運了，他們都被雨水淋得全身溼了個透。

露西被斯派克用外套遮了起來，但在艾拉經過她身邊的時候，她突然猛地撲了出去，一把拉住她的腳踝。

「幹什麼！」艾拉從見過這種街邊無賴般的架勢，一時間瞪圓了眼睛。

「求求您，求求您告訴我，那場火、那場火是不是用魔法做的！」

她本來就長得楚楚可憐，這時還淋著大雨、不住地顫抖，任誰看了都會於心不忍。

但艾拉聽懂了露西的意思。她的臉色變得越發難看。如果她說「是」，擺明了就是要把伊莉莎白拖下水！

人群中又響起了竊竊私語，「喂，她不否認啊，不會吧，難道真的是……」

「不可能！如果真的是那位，那幹嘛偏要用縱火的方式害人啊，這樣不是給自己找麻煩嗎？這肯定是被栽贓的！」

「就算要栽贓，也得有火系法師才行吧？現在這個年代，上哪去找火系法師犯案啊！」

眼見局面漸漸變得難以控制，艾拉的臉色更難看了。

這樣的大火也驚動了王宮，阿爾弗雷德匆匆趕來，正好見到了這一幕。

他看著火災後的約拿德府邸，心頭一震，皺著眉頭喝止，「夠了！」

「殿下……」露西脫力般地放開了艾拉，她顫抖著、朝王子伸出手，「救救我，殿下……」

就在這時，派去搜救的衛兵匆匆趕回來報告，「殿下，屋子裡的人都已經……」

露西無法置信地瞪大了眼睛，身體一軟、倒了下去。

斯派克內心一緊，但最後還是沒有上前，只能看著她被接進王子的馬車裡，一路送回了王宮。

約拿德府邸的大火已經熄滅，但與這場火災有關的話題卻越燒越旺，一路燒到了卡文迪許家那位尊貴的小姐身上。

第六章

夜談

CHAPTER

VI

芙蕾被人叫醒的時候，原本睡得正香。

迷迷糊糊間聽到旁邊有人叫她，她下意識朝那邊一滾，伸手就摸到了一把滑潤的羽毛。

平時一掀翅膀就能把整個屋子掀翻的魔王，被人拉住了一隻翅膀，只能渾身僵硬地站在原地。他不敢動彈，生怕把這個小女孩也一起掀飛到三百公里之外。

「芙蕾．霍華德！」

魔王咬牙切齒的聲音再次響起，芙蕾終於睜開了眼睛。

窗外的月亮還掛在夜空上頭，一點都沒有準備要日出的跡象，正是適合睡眠的最佳時間。她看著夜色濃重的窗外，敢怒不敢言地望向自己的頂頭上司，有些委屈地開口，「怎麼啦？魔王大人。」

梅利莎從窗口探出腦袋，笑咪咪地朝著芙蕾伸出手。「是笨蛋王子找妳哦，今晚王都出了大事，發生了好大一場火災呢！」

芙蕾的腦袋瞬間清醒，一個翻身從床上坐了起來。她匆匆走向衣櫃，「稍等一下，我換件衣服就來。」

說著她動作一頓，回頭看向魔王。他已經消失在原地。

「咳。」芙蕾清了清喉嚨，提醒他，「魔王大人，不是變成了小蜘蛛就可以假裝自己不在喔。」

窗臺上往外爬的蜘蛛憤怒地抬了抬前腿，魔王的聲音傳來，「我知道！妳沒看見我還在走路嗎！」

芙蕾眼中閃過一絲笑意，「非常感謝您的紳士，魔王大人。」

最後，這趟旅程也沒有麻煩到梅利莎，魔王大人親自抱著芙蕾前往了王宮。在半空中趕路的時候，他順便告訴她今夜發生的事情，「約拿德家發生了一場大火，除了露西・約拿德以外，所有人都被燒死了。最麻煩的是，有人聲稱看見了伊莉莎白的身影，她穿著一件遮掩面容的灰袍從現場逃離。這件事甚至驚動了國王，他三更半夜召開了貴族會議，露西・約拿德也被接到王宮裡接受保護。」

芙蕾擰了擰眉頭，她的看法，顯然更傾向於不是伊莉莎白做的。「除了一個模糊不清的人影，沒有任何能夠指向伊莉莎白的證據吧？三大貴族家的女兒不會因為這點莫須有的指控而背上罪名的。」

魔王微微點頭，贊同了她的說法，「是，但這就更麻煩了。」

芙蕾明白他的意思。「現在是競爭王位的關鍵時刻，如果伊莉莎白拿不出任何反駁的證據，卻依然被宣判無罪的話……他們就能借機在王都宣傳，卡文迪許家利用權勢包庇自己的繼承者。

「再加上她和王子、露西小姐的愛恨情仇，加油添醋的荒唐故事說不定會傳到鄰國去，可不能小看民眾對這種八卦的熱情程度。」

魔王眼中閃過一絲讚賞。

不過幾句話的時間，他們就已經悄然落在了王宮範圍內。

芙蕾一回生、二回熟，熟練地從王子殿下的窗臺上爬了進去。

阿爾弗雷德王子坐在書房內，顯然已經等候多時。儘管臉上的焦躁難以掩飾，他還是露出相當無言的表情，先說了一句廢話：「為什麼妳被運過來的時候不用被迷昏？」

芙蕾無奈地笑了一聲。「先說正事吧，王子殿下。」

「記得不要發出聲音。」王子點頭，朝她招了招手。芙蕾這才注意到，書房的牆上有一扇巴掌大的正方形小門。王子偷偷把它推開——從這裡居然能看到國王在隔壁議事的姿態，就連聲音也都能聽得清清楚楚。

王子早有準備地把紙筆遞給芙蕾和魔王，自己手裡也拿了一份。

芙蕾一邊豎起耳朵，一邊寫下，「我有錯過什麼重點嗎？」

王子回覆：「沒有，好戲才剛剛開始，他們來得也沒比妳早多少。」

芙蕾略略點頭。

他們得到消息的時間或許比自己早，但腳程怎樣也沒有魔王飛得快。

三大貴族的家主都赫然在列，只有邦奇先生因為出發前往了邊境，所以來的是他的弟弟，貝利主教。

除此之外，裡面還零零散散地坐著不少身分尊貴的貴族。大多數人的臉色都很不好看。他們爭執不休，似乎是在討論這件事究竟和伊莉莎白有沒有關係。

「有人看見了！伊莉莎白當時出現在火場！」

「呵，只是看到一個穿著斗篷的人就能說是伊莉莎白的話，栽贓也太容易了一點。」卡文迪許公爵冷哼一聲，看起來很有威嚴。但有資格能參加這場議會的都不是什麼小貴族，對方顯然並不買帳。

很快就有人反駁，「如果有人告訴我他清楚看見了伊莉莎白的面容，我反而還不太會相信，畢竟沒有人會傻到一點遮掩都不做就去犯罪。

「而且，法師塔的法師可不會隨隨便便栽贓給她，但他們也判定這確實是使用魔法做的！邦尼夫人，是艾拉小姐親自確認的吧？」

邦尼夫人冷冷淡淡地看了他一眼。「艾拉那個笨女孩已經被我好好教訓過一遍了，她當時什麼都沒有回答，因為她什麼都不知道。

「親愛的，每個以為能利用邦尼家族的傢伙，最後都會自食其果的，說話請謹慎一點。」

這句話的意思就很明顯了，邦尼家族似乎並不打算摻和這件事。

卡文迪許公爵的面色稍稍緩和，他掃視了眾人一圈，「先不說王都內除了伊莉莎白以外，還是有幾個人會使用火系魔法。就算真的是魔法，也有可能是用魔法卷軸製造的火災。伊莉莎白當天晚上絕對沒有出去，她的女僕就在門口守著。」

有人陰陽怪氣地笑了一聲。「什麼時候自家的女僕也能當作是證人了？」

卡文迪許公爵面沉如水，但也沒有辦法反駁。

接下來就是這些貴族們你來我往的爭論了，沒有再聽到什麼有意義的消息。

芙蕾皺緊眉頭。這下麻煩了，看樣子伊莉莎白不但拿不出能證明自己清白的證據，反而還被證實了她有時間、能力跟動機作案。

如果真的有人推波助瀾，感覺就此定罪也不是不可能的了。

王子沉默了半晌，寫下：「妳打算怎麼做？」

兩人同時陷入沉默。

按理，他們這個同盟是為了奪取王位而成立的，能夠趁機解決掉伊莉莎白這樣的競爭對手，是百利而無一害的。

但是……

兩人對視了一眼，同時從對方眼裡看出掙扎和愧疚。

王子舉起紙，「我覺得她不會殺人。而且這種落井下石的方式太下流了，有違我王子的身分，我們可以光明正大地奪得王位。」

芙蕾寫道，「我覺得她不會為了您殺人，而且我也不想害她。幫助她解決掉這個大麻煩，她說不定就會站到我們這邊。」

王子除了認為芙蕾的某些措辭是在攻擊自己脆弱的自尊心以外，他們兩人的想法勉強算是一拍即合。

確定外面的貴族們沒有再說出什麼重要消息後，王子悄悄關上了小窗。

他看上去像是鬆了口氣，但忍不住又看了魔王一眼，小聲向芙蕾問道，「那個，風……」

魔王看了他一眼，他迅速改口，「咳，我是說，魔王大人對我們的計畫沒有意見嗎？」

他覺得對方如果意在整個阿爾希亞的話，這時候就不會任由他們幫助伊莉莎白了，因此顯得有些躊躇。

芙蕾充滿自信地點頭，「放心吧，魔王大人很寵我的！」

「咳。」魔王清了清喉嚨，居然也沒有否認。王子看向他們的眼神變得有些古怪。

魔王挑了挑眉毛，似乎不太滿意他的眼神，「魔王的眷屬就是可以隨心所欲，想做什麼就做什麼，你有什麼意見嗎？」

王子搖了搖頭，把那些奇怪的想法先放到一邊，認真問道，「你們要去看看露西嗎？她看起來受到了很大的驚嚇，怎麼也不肯睡下去，似乎擔心會重回那個噩夢。」

芙蕾蹙起眉頭，「您最好別太相信她，她是信仰欺詐神的信徒。」

「哈？」王子不可置信地瞪大了眼睛，「妳說她是……」

露西泫然欲泣的表情在他腦中一閃而過，一時間感到有些複雜，就連她背後也有神靈……

就在這時，門口的侍衛輕輕敲了敲房門，探進頭來提醒，「殿下，伊莉莎白小姐親自到來，說想要見見露西小姐。」

王子苦著臉，抓了抓腦袋。「當然不能讓她見到對方啊，要是出了什麼事，我還不被外面那群準備找碴的貴族生吞活剝！」

魔王若有所思地開口，「那就讓她們意外碰上一面吧。」

芙蕾配合地露出小狐狸般的笑容，「啊，不如這樣，您就說您想見露西小姐，請她過來，再讓侍女帶著伊莉莎白離開王宮，只不過不能走平常的那條路……」

王子靈光一現，「想辦法走到露西的必經之路上！」

伊莉莎白就站在走廊裡。

周圍的侍從和侍女行事匆匆，他們看向她的眼神多半都帶著幾分猜忌和古怪。

伊莉莎白挺直了脊背，沒有給予任何回應。即使是在半夜匆匆忙忙地出門，她也盡可能保持貴族的禮儀，把自己打扮得一絲不苟。

她很清楚對方是衝著她來的，現在對這些被傳聞迷惑的人生氣也沒有任何用處，她需要的是搞清楚真相。

王子的侍從很快就走了出來，他遺憾地搖了搖頭，「抱歉，我們現在不能讓您見她。」

這是意料之中的回答，但伊莉莎白還是嘆了口氣，她不失禮貌地朝對方行禮，「那麼我就先……」

「請往這邊來。」侍從指了個方向，「諸位大人正在議事廳和國王商議，您現在不方便出現在他們眼前，請跟著我走其他路線離開吧。」

伊莉莎白直覺他在暗示什麼，一聲不響地跟了上去。

在王宮內左彎右拐，直到最近的一個轉彎之前，她忽然聽到另一道腳步聲，有人低聲說：「請別難過了，露西小姐……」

伊莉莎白神色微動，眼中閃過一絲讚賞，那位王子終於做了一件聰明事。她正要道謝，卻忽然聽見護衛對她說：「王子殿下要我轉告您，無論如何，千萬不要衝動。」

伊莉莎白直接從拐彎口走了出去。

露西身邊的侍女顯然也知道這次的計畫，她十分識相地跟侍從悄悄地退到一邊，為他們留下足夠的空間。同時，他們也不無緊張地注意著這裡，好似是在擔心伊莉莎白或露西在衝動之下，會做出什麼不可挽回的事情。

露西臉上帶著恰到好處的驚懼，她往後退了幾步，「您、您是……」

伊莉莎白注意著她的舉止，她優雅地行了一禮。「露西．約拿德，我聽說了妳家中的噩耗，願妳早日從悲傷之中走出來。

「儘管很抱歉，但我還有些事情想要問妳。那場火災之中，妳是否有見到任何人的身影？」

露西不動聲色地後退兩步，不斷用求助的目光看向不遠處的侍女和侍從。她慌亂地不停搖頭，「沒有，我什麼都沒有看見！」

伊莉莎白略略皺起眉頭。她看起來十分害怕自己，就算再怎麼追問，恐怕也得不到什麼結果。

是她太心急了。

她聽到王都的傳聞，以及父親深夜被召進皇宮的事情，擔心他們會對卡文迪許家不利，這才匆匆趕到皇宮，請求見露西一面。

但其實這麼做並不妥當。露西顯然還對自己有所懷疑，她不會對自己說真話，還不如把這件事委託給王子，請求他把相關資訊告訴自己。

伊莉莎白重重地嘆了口氣，儘管她表面冷靜，但實際上也不過是個十幾歲的少女，突遇這樣的變故還是亂了陣腳。

想通了這些，伊莉莎白冷靜下來，又朝露西行了一禮，「抱歉，是我唐突了，還請妳好好休息吧。我以卡文迪許家之名起誓，一定會把這件事調查得水落石出。」

說完話，她也不留戀，越過對方朝著侍從走去。

「您不懷疑我嗎？」

身後響起幾不可聞的聲音，伊莉莎白霎時頓住了腳步。

她回過頭打量著身後的少女。她的膚色似乎比一般人更淺一點，顯得蒼白而惹人憐愛，配上此刻有些虛弱的神態，更加讓人難以對她產生警惕。但此刻她的語氣有些奇怪。

伊莉莎白沉吟了一會兒，還是按照自己的想法回答，「懷疑過。」

露西抬起頭來和她對視，她並沒有挪開視線。

露西笑了一下，看起來居然像是鬆了一口氣，「我想也是，我也在懷疑您，伊莉莎白小姐。我想，您應該也同樣在懷疑我。」

伊莉莎白點了點頭，「但妳放心，我不會對妳出手的。」

她的目光坦然而無畏，就像她的站姿一般，挺拔得如同山頂的雪松。

「如果妳真的是這個計畫的始作俑者，那麼等妳的罪行昭告天下以後，我會讓妳得到應有的懲罰。但如果妳只是被捲進這個事件的無辜受害者，那我會連同妳的公道一起討回。」

說完這句話，她便不再停留，朝王宮外走去。

露西沉默地看著她離開，長長地嘆了口氣。她用只有自己聽得見的聲音說：「……可是我們從來都別無選擇。」

大概是她頓住的時間有點久了，侍女輕聲催促，「露西小姐，您怎麼了？」

露西這才回過神來，她低下頭，「沒什麼，我們去見王子吧。」

她心裡其實有些忐忑。別人看不出來，但她卻明明白白地知道，那位王子其實沒有傳聞中那麼迷戀她。

一開始只是為了惹伊莉莎白小姐生氣，之後因為擔心她會受到報復，才會一直把她帶在身邊。比起愛情，這更像是某種同情和慈悲。

那位神靈並沒有告訴她太多消息，但她很聰明。她敏銳地感覺到，也許在這座王都之中，已經有人知道她是哪位神明的信徒了。

可惜她依然無法知道對方是敵是友，包括這位王子。她彷彿被懸在了一片絕境的懸崖之上，那位神明留給她的路，是一條細細的鋼索，一旦稍有差池就會墜入萬丈深淵。

她沒有別的選擇，只能往前走。

王子就在會客廳裡等著她，他泡了溫熱的紅茶，屋子裡也燒著明亮的爐火。似乎是擔心她看到火會勾起什麼不好的回憶，還特地用屏風把壁爐遮了起來。

這樣和緩又寂靜的夜晚裡，就連那位王子都顯得溫暖且可靠了起來。

他沒有多問什麼、沒有逼問她到底看到了什麼，甚至盡量避免提起那場大火，只是擔心她有沒有受到驚嚇。

露西多希望此刻能像那些天真的小姑娘一樣，把這一切單純當成是王子的寵愛，但她很清楚這並不是什麼好事。

——他起了疑心。

也許是知道了自己的身分，也許是看出了什麼端倪，總之他不相信她會說出實話，所以覺得她的話沒有任何參考的必要。

這場會面，也許都只是讓她和伊莉莎白見面之後，為了讓這段安排不顯得過於突兀而進行的必要敷衍而已。

露西垂下眼，假裝什麼都沒有察覺到的樣子。

等她回到自己房間、熄滅了燈火，一切重回黑暗。她用柔軟的被子蓋住頭，這才彷彿卸下心防一般顫抖了起來。

如果有人看見，也許會以為她是在哭泣，但實際上她是害怕地不禁在發抖。

約拿德一家都死了！

雖然她不只一次在心中詛咒過，希望那個尖酸刻薄又小氣的夫人、那個貪得無厭又愚蠢的老爺、那個總是用下流的目光打量自己的少爺，他們通通去死……

但他們真的都死了！

那一場大火沒有人能逃出來，她逃跑的時候甚至沒有聽到其他聲響，宛如他們從一開始就是死的一樣。

她發現自己的牙齒抑制不住地發出「喀喀」的聲響，但臉上卻依然沒有任何表情。

只要祂想，那位神靈可以輕而易舉地殺死任何人，包括這個國家的國王。

但祂偏偏不那麼做。祂要製造混亂、策劃詭計，要所有人按照劇本，像個傻子一樣被他愚弄！她終於明白這個惡劣的神明並不是有什麼想要的東西，祂只是想要找點樂子而已。

而她想要活下去。

露西緊緊地閉上眼睛，她一定要活下去。

今夜，不眠的人注定不會只有她一個。

卡文迪許府邸。

公爵從王宮回來的時候，天色已經微微透出了亮光，漫長的夜晚就要過去。

管家詢問他要不要回去休息一下，他疲憊地揮手，「去書房。」

「在那之前，您至少應該先吃點東西。」伊莉莎白來到他面前，她還穿著出現在皇宮時的那身裝扮，看樣子也是一夜未眠。

卡文迪許公爵無奈地露出微笑，「好吧好吧，畢竟我也不年輕了，是得多注意身體一點。」他慈愛的目光緊緊落在伊莉莎白身上，看著看著，忍不住露出了悲傷的神色。她越來越像她的母親、那位早已過世的卡文迪許夫人了。

「喝點熱湯。」伊莉莎白把準備好的食物端到他面前，香味和熱氣伴隨著裊裊煙霧瀰漫開來，讓滿腹心事的卡文迪許公爵也產生了一點食欲。

這位在外總是一臉嚴肅的公爵大人，毫不吝嗇自己的誇讚，「真懂事，伊莉莎白真是個好孩子！」

在場的諸位都習慣了他在小姐面前這副笨蛋父親的模樣，誰也沒有露出任何奇怪的神色。

卡文迪許伯爵把一碗湯喝得乾乾淨淨，向伊莉莎白亮出碗底以後，他才被放行去了書房。他臉上帶著溫和的笑容、直起身，用溫柔卻堅定的聲音說：「別擔心，伊莉莎白，外面的事我會處理的，這幾天妳先不要出門。無論發生什麼事，我都會保護妳的，孩子。」

伊莉莎白抬起頭，「我已經不是小孩子了，父親，我也會幫忙調查的。」

卡文迪許公爵露出無奈的苦笑。「好吧，但妳記得千萬不要勉強。」

伊莉莎白答應了。

卡文迪許公爵走進書房，坐在自己的書桌前，他什麼都沒有做，只是雙手合十、安靜等待。身側的窗臺照進暖烘烘的陽光，隨著時間的推進，太陽也漸漸偏移，最終沉入地平線的另一邊。天色暗了下來。

累了一整天的卡文迪許公爵終於抵擋不住席捲而來的睏意，緩慢而疲憊地閉上了眼睛。

「轟」的一聲，火舌瞬間包圍了他的書房，房間外突然響起了無數的尖叫和腳步聲。他茫然無措地站起身來，卻被危險的火焰給逼退。

怎麼回事？這是怎麼回事？

卡文迪許公爵忍不住大喊，「伊莉莎白！伊莉莎白，妳在哪？」

是那位神靈，祂為了報復自己的愚蠢，降下了和約拿德家一模一樣的大火！

他踉踉蹌蹌地衝出去，不顧一切地呼喊著自己女兒的名字。

不會出事的，伊莉莎白是火系法師，這種火焰是沒辦法傷到她的，她不會有事的。卡文迪許公爵不斷在內心安慰自己，但在見到她之前，他實在沒辦法安心。

終於，他找到了伊莉莎白的身影。

燃燒倒塌的木柱下面，露出了半片用金線繡著不死鳥圖樣的紅色裙襬，屍體焦黑的手腕上，還戴著那串伊莉莎白最喜歡的紅寶石手鍊。

卡文迪許公爵只覺得腦袋中「轟」的一聲，所有的思緒瞬間消失。他麻木而迷惘地雙膝跪地，不敢置信地開口，「伊莉莎白？」

頭頂一聲巨響，卡文迪許公爵茫然地抬起頭，巨大的水晶吊燈赫然落下，他一動也不動，沒有一點想要躲開的意思。

他眼前一黑，預料中的劇痛卻沒有到來。

卡文迪許公爵猛地直起身體，意識混亂。他調整了一下呼吸，接著才反應過來，自己是做了個太過真實的噩夢。

他擦了擦額頭的冷汗，慶幸和恐懼同時湧上心頭，他知道自己不能再等下去了。他起身推開身後的書櫃，露出裡面暗藏的小空間。裡面擺著幾份文件，一些寶石、黃金，還有一尊小小的漆黑神像。

卡文迪許公爵面色凝重地取出這座神像，在它面前點燃特製的名貴香料。裊裊的煙霧似乎有安撫人心的作用，他總算稍微鎮定了一些。

他不敢多看那座神像。漆黑的雕像沒有被刻上五官，不知名的神靈姿態隨意地翹腿坐著，明明沒有面目，卡文迪許公爵卻總是能從它的臉上察覺到一絲若有似無的嘲弄。

他閉上眼睛、虔誠地祈禱。平時他從不敢提及「欺詐」「騙子」這種稱謂，就連在腦中都只尊稱為「那位神靈」，就是因為祂曾經說過，只要呼喚祂，祂就能聽到。

卡文迪許公爵滿懷期待地睜開眼，卻發現眼前依然是空蕩蕩的。

他心急如焚地在整個房間找了一圈，期盼那個神出鬼沒的神靈能突然從某個角落裡站出來，但祂還是沒有出現。

卡文迪許公爵幾乎支撐不住身體的重量，他頹然地撐著眼前的桌子，腦中一片混沌，思緒朝著越來越差的結局一去不復返。

祂已經拋棄他們了？

是的，這位神靈一向是沒有耐心的。

他不該考慮這麼多，不該因為遲疑浪費了這麼多時間……

只要伊莉莎白能活著，成為誰的眷者又有什麼差別！如今的王室馮氏不也把自己的信仰藏得滴水不漏，還號稱自由民主！

他不能放棄，他得想辦法，他要讓伊莉莎白活下去……

對了，那個女孩，露西．約拿德！去找她，她一定有辦法能見到那位神靈！

卡文迪許公爵勉強打起精神、站了起來。他整理了一下自己的衣裝，沉聲對著門外喊道：「管家！準備馬車，我要去……」

房門被迅速打開，一道諂媚的聲音響起，「來啦，尊貴的公爵大人！」

卡文迪許公爵看到來人的臉，腿一軟地直接跪了下去。他哆嗦著看向那位青年，祂頂著俊美卻毫無特色的臉龐、微笑地走了進來，還體貼地隨手帶上了門。

他腦袋裡不由自主地想像起家中的情況——管家呢？僕人呢？難道都死了嗎？但凡還有一

個有呼吸的，都不可能讓祂這樣大搖大擺地假裝成管家，走進他的房內！

即使心裡念頭飛轉，卡文迪許公爵還是十分恭敬地請欺詐神入座，「大人，您又在跟我開玩笑了，我怎麼敢在您面前自稱尊貴呢。」

「哈哈，因為我最喜歡開玩笑了嘛。」欺詐神一臉和氣地笑了起來，然而經過了這些事，卡文迪許公爵可不敢把祂臉上的和善當真。

「我還以為你不打算和我合作了呢，現在又改變主意啦？」欺詐神笑咪咪地看著他，「你呀，還真是完美體現了人類的劣根性，身居高位的時間久了，就忘了面對神靈時該怎麼表現了。」

卡文迪許公爵一咬牙、跪了下去，「我已經知道錯了，大人，請再給我們一次機會吧！我馬上去找伊莉莎白，要她準備接受神賜，成為您的眷屬。」

「哦——」欺詐神拉長了語調，顯得不是那麼感興趣，祂意味深長地說，「她是個正直的孩子，不會願意背負欺詐神眷屬的名號吧？」

「她會願意的。」卡文迪許公爵虔誠地低下頭，「我會讓她願意的。」

欺詐神哈哈大笑，「好啦，我也不是那麼壞心眼的傢伙。既然你知道錯了，那明天我就叫人把誤會解開吧。」

這下讓卡文迪許公爵更加錯愕了，他難得失態地呆愣了半晌，才開口，「明、明天就？」

欺詐神好奇地歪了歪頭，似乎有點不解，「怎麼了，你還想讓伊莉莎白被多罵幾天嗎？」

「不不不！」他迅速低下頭，「明天很好！我誠懇地感謝您的仁慈和慷慨！」

欺詐神似乎很少被人用「仁慈」和「慷慨」稱讚，忍不住憋笑，「別這麼誇我，我都不好意思欺負你了。」

「你一定很好奇，我這樣的傢伙怎麼會在還沒見到好處之前，就提前幫你的忙。」

「不！我怎麼會這麼想呢！」卡文迪許公爵矢口否認，「您是率性而慷慨的神靈，那些與虛名有關的汙蔑，都是愚蠢且不明所以的凡人之妄想！」

如果不是知道自己是什麼德行，欺詐神彷彿都要被他說服，覺得自己是個絕世大好神了。

「人類可真是奇妙。」祂不無驚嘆地看著眼前的卡文迪許公爵，隨後又笑了起來，「但我真的沒安什麼好心哦。」

祂也不管自己的話給對方造成了多大的心理壓力，只是笑著說，「你的女兒，伊莉莎白小姐，是個相當正直的人啊。我對你能不能說服她實在不太看好。不過就算你沒有說服她也沒有關係。」

卡文迪許公爵驚疑不定地看著祂，似乎還是無法跟上這位過於率性的神靈的思路。

「明天我就會把事情處理好。如果你接受了我的饋贈，卻沒有達成你答應好的事情，那就是欺騙了神靈。」欺詐神十分高興地拍了拍手，「我已經好久沒有對付過敢欺騙我的凡人了！

「神太久沒有回到地面了。好多凡人都忘了，我們高高在上，不容褻瀆和愚弄，我們捏死凡人就像捏死螞蟻。」

祂臉上帶著孩童般天真的笑意，似乎是真的打從心裡覺得高興，而卡文迪許公爵整顆心卻像是墜入冰窖。他忽然意識到——他打從一開始就沒有選擇。

從他引起這位任性妄為神靈的興趣開始、從祂出現在他面前、接受了交易開始，他就沒有選擇何時離開的權利了。

欺詐神站了起來，不帶任何慈悲地拍了拍他的頭。這個親暱的動作在卡文迪許公爵眼裡宛如死神宣判，他差點落下淚來。

欺詐神愉悅地開口，「沒關係，就算你沒有說服成功，也可以盡力把自己的最後一幕戲做得熱鬧一點，這麼做會讓我很高興的。」

卡文迪許公爵用乾澀的、像是從喉嚨裡擠出來的聲音問：「您打算怎麼做？我該怎麼做……」

「你什麼都不用做。」欺詐神笑容滿面地掃了他一眼，「你只要等著好戲開場就可以了。你知道，故事最精彩的部分是哪裡嗎？」

卡文迪許公爵茫然地搖了搖頭。

「當然是反轉了！」欺詐神眼裡閃爍著興奮的光芒，「只要是故事就可以反轉，一想到眾人驚愕的、意想不到的表情，我就覺得非常高興！

「雖然讓人一直迷迷糊糊地被騙下去也很不錯，但最令人感到有趣的，果然還是發現自己被騙的時候，那一瞬間的表情了吧？」

祂彎下腰，語重心長地開口，「你可要好好逗我開心呀。」

說完，祂再次消失在這間房間裡。

卡文迪許公爵試圖撐著桌子起身，失敗了好幾次才成功站起。

他咬著牙，在內心憤怒地咒罵。這哪是什麼神靈，祂是邪靈！是惡魔！

他靠著一口怒氣朝門外走去，屋外站得筆直的管家迅速轉過頭，「怎麼了，老爺？」

卡文迪許公爵呆愣了半晌。他已經做好心理準備，自己會看見僕人們倒成一片，甚至是血流成河的殘忍畫面。但他沒想到門外幾乎沒有任何異常，他的管家和僕人稀鬆平常地站在門外，一點都沒有察覺到門內剛剛發生了什麼！

可是他剛剛明明開了門……

卡文迪許公爵的模樣看起來有點奇怪，管家關切地問：「您怎麼了？是太勞累了嗎？先生，我去叫醫師過來吧……？」

卡文迪許公爵疲憊地擺了擺手，「不，不用。去把小姐叫過來吧。」

他沉默地回到書房，仰起頭看著那張畫像。和伊莉莎白十分相似的卡文迪許夫人，一如既往地笑著望著他，他忽然伸出手，細細描摹她的臉頰，並長長地嘆了口氣。

他不安地低聲問道，「親愛的，我能保護好她嗎？」

沒有人回答他，門外很快響起了輕輕的敲門聲。「父親。」

「進來吧，伊莉莎白。」卡文迪許公爵收起臉上的悲傷，在自己的座位上坐下，「我有些事情想要告訴妳。」

伊莉莎白皺了皺眉，她好像從父親反常的表情中察覺到了什麼。她點點頭，坐到他的對面，一眼就瞥見了父親桌上那個讓人不太舒服的古怪雕像。

王宮內，王子來到國王面前。這位不再年輕的國王熬了一夜，臉色也不是很好看。

「父親。」王子仰起頭看著他。

「嗯。」國王點了點頭，他看著王子，嘆了口氣，「明天巨人島的王子就要到達了，你準備一下，安排他的歡迎晚宴。」

王子的臉色有些古怪，他還以為國王叫他過來是想討論伊莉莎白的事情。

他小聲嘀咕了一句，「真會挑時間來啊。」

國王淡淡地掃了他一眼，「巨人島的風俗和我們很不一樣，他大概會有很多不習慣的地方，你要好好招待他。」

「是。」王子應下了。按照常理，他現在應該去調查巨人島的風俗，準備一場讓他賓至如歸的優秀晚宴。

但他還得維持白痴王子的偽裝，所以什麼都不做就可以了。

白痴總是擁有搞砸一切的特權。

第二天，王宮要舉行招待巨人島王子的晚宴，這個消息傳出得有些匆忙，讓不少人都措手不及。

據說國王也很意外，依照原定計畫，他應該還要再兩天才會到達，但這位王子似乎復仇心切，一路快馬加鞭，硬生生提前兩天到達了王都。

被迫接下晚宴工作的阿爾弗雷德王子嘆了口氣，「真不知道他在著急什麼，就算他趕來王都，阿爾希亞也不會幫忙出兵的，他哪會知道我們本來就沒有多少軍隊。

「運過去的物資隊伍也已經出發了，根本不用等他親自到來。唉，真是沉不住氣的傢伙，偏偏在王都這麼混亂的時候闖進來。」

芙蕾一邊喝著茶，一邊撐著下巴閱讀庫珀收集來的資料，隨口回答，「也許人家只是天生急性子，迫不及待地想來向國王表示感謝呢？」

王子撇了撇嘴，他好奇地伸出頭，「妳拿到什麼新情報了嗎？」

芙蕾搖了搖頭，「沒有什麼對伊莉莎白有利的消息，散布在王都內的傭兵也表明自己看到了疑似伊莉莎白的身影，看樣子這並不是他們空穴來風。」

「但伊莉莎白說她在家裡睡覺。」王子皺起了眉頭，「妳也知道吧？那傢伙是不會說謊的……」

芙蕾重重嘆了口氣，「但是我們知道也沒用，她怎樣才能證明自己當時正在家睡覺呢？卡文迪許家女僕的證詞是不會被採信的。」

魔王撐著下巴，隨意開口，「要不然你站出來，說案發當時你跟她睡在一起。」

王子的臉「唰」地紅透了，他嚷道，「您、您在胡說八道什麼！」

「你們不是有婚約嗎？」魔王莫名其妙地看了他一眼，「這也沒什麼吧，還能順便洗清她的嫌疑。」

芙蕾憋著笑、清了清喉嚨，「咳，雖然是很有創意的想法，但我覺得大部分的人都不會相信的，魔王大人。」

「為什麼？」魔王似乎不太理解。

芙蕾絲毫不給白痴王子留面子，「因為大家不會相信那位伊莉莎白小姐，會在成婚之前讓王子爬上她的床。」

王子憤憤不平地抗議：「妳這是在對我的魅力無端中傷！」

「人類真奇怪。」魔王搖了搖頭，「他們一邊相信出身高貴少女的貞潔，認為她不會跟自己未來的丈夫在擁有所謂的結婚契約之前上床，一邊又懷疑她的品德，認為她會因為嫉妒接近自己未婚夫的少女而縱火燒死她全家。」

兩人都沉默了下來，王子和芙蕾面面相覷。

芙蕾面色沉重，「被您這麼一說，我也覺得我們人類很糟糕。」

王子抽了抽嘴角，「雖然我也有這種感覺，但妳也沒必要把自己一起罵進去吧。」

芙蕾正想要發笑，庫珀就敲了敲門，他禮貌地提醒，「芙蕾，有客人找妳。」

「嗯？」芙蕾有些意外，因為今天並沒有任何人預約做客。

庫珀看了王子一眼，臉上帶著難以遮掩的神祕笑容，「是那位八卦中心的人物，伊莉莎白．卡文迪許小姐，她說希望和您單獨談談。」

王子「唰」地站起來，「我是不是應該躲進衣櫃裡？」

芙蕾疑惑地看向他，「啊？霍華德府邸雖然不大，但讓您暫且休息的房間還是有的。或者，我也可以直接請人把您送回王宮。」

王子搔了搔頭，「我說，我們都結盟了，下次運送的時候可以不要讓我暈過去嗎？」

芙蕾站了起來，「您可以和庫珀商量一下。我先去招待伊莉莎白，希望不會讓她等急了。」

王子看向庫珀，對方露出笑容，「也不是不行。」

王子面露喜色，就聽見庫珀接著說，「但其實我們讓您昏過去，也是出於對您尊嚴的考量，畢竟您清醒地被一位女士橫抱著出入王宮，或許……」

王子抬起手，制止他繼續說下去，「我明白了，還是讓我昏過去吧。」

屋內的會客廳有王子在，伊莉莎白就被帶到庭院的小桌旁。庭院裡的草木長得格外茂盛，與一般園丁修整的花草相比，更有一種自然和野性的風味，坐在其中彷彿置身叢林。這是春季女神的傑作。

芙蕾趕到的時候，妮娜已經端上紅茶，熱情地向她推銷艾曼達的小甜餅。

儘管看起來有些心事，這位一頭紅髮的貴族少女依然十分禮貌地感謝她，並認真嘗了嘗點心。

芙蕾放緩了腳步，「伊莉莎白小姐。」

她迅速站起來，「芙蕾小姐！」

芙蕾看向妮娜，朝她擠了擠眼。她立刻意會過來，悄悄離開。

芙蕾在她面前坐下，黑色的蝴蝶落在她身後的花朵上。

她顯得有些意外，「您怎麼會想要來找我呢？」

伊莉莎白抿了抿唇，「我現在遇到了一點麻煩，照理說不應該和妳接觸，否則妳會受到我的牽連。」

「不，我不是這個意思。」芙蕾搖了搖頭，「而且我也相信您不會做出這樣的事。」

「謝謝。」伊莉莎白鬆了口氣，「我、我不擅長拐彎抹角，我就直說了。芙蕾小姐，妳成為風神的眷屬了嗎？」

芙蕾愣了一下。從她進入那座神廟之後，整個王都都有了她成為風神眷屬的傳言，但真的來到她面前詢問的人，伊莉莎白還是頭一個。

芙蕾也沒有隱瞞，她點了點頭，「是的。」

伊莉莎白深吸一口氣，語氣顯得有些急切，「那麼，妳見到風神了嗎？」

芙蕾有些摸不著頭緒，不明白她為什麼會在身陷輿論漩渦的時候，還要跑來向她詢問風神相關的事情……

但她還是如實回答，「是的。」

「祂……」伊莉莎白遲疑著開口，「祂是個什麼樣的神明呢？會讓人有不安的感覺嗎？」

芙蕾忽然感覺到身後沉重的視線。

「咳。」她清了清喉嚨，「您應該也有見到那幅壁畫吧，祂是如壁畫上的一般，溫柔又可靠的神明。」

「凡人稱頌神明的壁畫多少會描繪得比較誇張。」伊莉莎白帶著一如既往的直白，「祂本身也是那麼慈悲的神明嗎？」

芙蕾深吸一口氣。這是特地給她表現的機會，她得好好抓住。她認真地誇讚了魔王大人一番，「當然了，不僅品格如同壁畫上的一樣高尚，外表也像……不，是比壁畫更加貌美！」

「閉嘴。」她身後響起了魔王陰沉的聲音。

芙蕾乖巧地閉上了嘴。

「貌美？」伊莉莎白有些困惑，「一般稱讚神明不是都會說強大嗎……」

「……叫她也給我閉嘴。」

「咳。」芙蕾生硬地轉移了話題，「您怎麼會想問我這個呢，伊莉莎白小姐？」

伊莉莎白沉默了半晌，最後才有些掙扎地開口，「我……或許有機會成為一位神明的眷者，但是……那位神的名聲，不是那麼好聽……」

芙蕾的臉色有些古怪。她忽然露出幾分感同身受的表情，並且拉住伊莉莎白的手，「我明白的。」

「嗯？」伊莉莎白愣了一下。

芙蕾心想——當初我答應成為魔王的眷屬，也以為自己會從此背離正道、走上為非作歹的不歸路，心裡不知道有多掙扎。幸好魔王是個溫柔可靠的好魔王。

但她現在在王都的身分是風神的眷屬，這裡頭的曲曲折折一時間很難解釋，她只能含糊不清地握著伊莉莎白的手，說：「總之，其實也不能光看名聲。您知道有的神明即使擁有好名聲，本身也並不好相處。」

滿腹心計的智慧神，說的就是祢！

「但同樣的，即使身負惡名，有的神明也只是擁有令人畏懼的權柄，並不是真正窮凶極惡的傢伙。」

伊莉莎白沉默了半晌，她突然笑了起來。「妳說得對。」

她平常很少露出這樣的笑臉，明媚嬌豔，帶著少女的活潑和難掩的貴氣，「是我迷失了本心，在實際見到之前，不該以外表和傳聞斷定一個人，對神也是如此。即使祂以『欺詐』為名，也未必會是……」

「嗯？」芙蕾欣慰的笑容僵在臉上，「啊，不、等等，欺詐神？」

伊莉莎白點點頭，「雖然這應該是要保密的事情，但妳毫不遲疑地為我解答問題，我也不打算隱瞞。」

「不，等等！」芙蕾「唰」地站起來，一把握住她的手，「這個不行！這個是真的壞蛋！」

伊莉莎白眼中閃過一絲困惑。

芙蕾靈光乍現，一本正經地開口，「風神曾經告訴過我，有一些神千萬不能招惹，欺詐神正是榜上有名！祂是個以製造驚世騙局為樂、毫無慈悲心的傢伙！

「還有就是……」

她有些心虛地往身後瞥了一眼，魔王接收到她的求救信號，懶洋洋地補充，「黑夜女神一家子多多少少都有點毛病。復仇女神是個喜歡慫恿人復仇的傢伙，而復仇成功後，祂會拿走你的一切做為報酬。欺詐神也是那副德行，睡神則根本沒什麼善惡觀，疾病之神所到之處瘟疫橫行……

「哦，對了，還有酒神。那傢伙縱情享樂，美麗的少女不慎遇見祂會很危險。」

這些都是凡間的神譜上不會記載的祕辛，芙蕾板著臉正要繼續舉例，伊莉莎白卻苦笑了一聲，「我想也是。但既然被神明選中了，我也沒有別的選擇。抱歉，讓您為我操心了，這件事還請暫時保密。」

說完，她就起身告辭。

送走了伊莉莎白，芙蕾看起來也不是很高興，她沉默了半晌，忽然開口，「魔王大人，我們幫幫她吧。

「我們都是被神靈選中之人，我只是比較幸運，遇見了您而已。

「而且，讓欺詐神找到幫手也不好吧，不能讓卡文迪許家站到欺詐神那裡……」

魔王歪著頭，看著她努力為自己的請求找理由。他笑了一聲，在她身後展開翅膀，半瞇著狹長漂亮的金色眼瞳，「不用找那麼多理由，只要妳想救她，那就去救。妳不是對那個白痴王子說我很寵妳嗎？是對自己受寵的程度沒自信嗎？」

第七章

巨人島王子

CHAPTER

VII

阿爾希亞王都一直都是個神奇的地方，這裡被譽為富饒的黃金之城，擁有歷史悠久的神殿與血脈傳承的大貴族，古老的榮耀熠熠生輝。

這裡也被稱為大陸上最自由、包容的城鎮。來自各地的商隊及冒險者跨越千山，帶著蓬勃的野心和熱血來到這裡，每天都有無數新人在這裡嶄露頭角。

歷史的沉澱和新生的浪潮在這裡同時存在，以那一道城牆為界限，涇渭分明地劃分開來。

來自遙遠巨人島的年輕王子，從小在海岸邊與太陽下長大的精悍年輕人，即使心頭壓著揮之不去的家仇國恨，也不由自主地被眼前繁華的景象所震驚。

他那一身被陽光曬成漂亮古銅色的肌膚與周圍的人大不相同，更不要說接近兩公尺的身高，和那張充滿野性美的面孔了，再者……

「唉……王子殿下。」馬車內負責迎接的貴族目光帶有幾分微妙，他試圖從馬車內探出頭，但又覺得有些丟臉，只能小聲地提醒他，「請、請不要攀在馬車的門框上，這樣很危險的！」

王子不明所以地回過頭。他似乎絲毫不覺得自己打開行駛中的馬車大門，像爬在樹枝上探查遠方般、攀在半開的車門上有什麼不對，也不覺得周圍的視線有什麼讓人不好意思的。

「不危險，我不會掉下去的。」這位一身野性氣息的王子並沒有聽出貴族的言下之意，他打量著馬車內部，真誠地開口，「而且裡面也太狹窄了，你們擁有如此廣闊的土地，為什麼反而喜歡躲在狹小的箱子裡？」

如果是在前幾天，貴族還會耐心地跟他解釋——這不是狹小的箱子，他們也沒有躲，這只是出行的工具。但經過這幾天的相處，他已經充分了解到對方那個漂亮的腦袋或許根本記不住事情，也就不再多費口舌了。

他敷衍地哼哼笑了兩聲，扭頭在他看不到的另一邊，翻了個一點都不優雅的白眼，低聲嘲笑了一句「野蠻人」。

無論外面有多少腥風血雨，阿爾希亞王都夜晚的舞會總不會消失。而讓國王深感欣慰的是，這群貴族十分懂事——在需要展示身分地位的時候，即使他們在白天爭得你死我活、差點把對方推上了斷頭臺，晚上也能端著酒杯、笑意盎然地禮貌寒暄，然後轉頭發出一聲矜持但高貴的冷哼。

千里迢迢前來求助的海島王子歡迎會上，顯然就是各家貴族表現演技的好時機。圍繞著約拿德家的縱火事件，大動干戈的「反伊莉莎白派」和「挺伊莉莎白派」，彷彿在這一刻同時放下成見，端出了一張笑吟吟的面孔。即使看到這個事件風暴中心的當事人——伊莉莎白·卡文迪許出現在這裡，也沒有出現任何失禮的表情。

卡文迪許公爵面無表情，就如同他一貫出現在人前時那樣冷淡而威嚴。但實際上，他滿心焦急——那位神明說今天就會解決這件事，但都到晚上了，怎麼還是一點消息都沒有？

難道原本有什麼安排，但因為那位巨人島王子前來的事情耽擱了？

他面沉如水，腦海中不斷飛轉著各種猜測。還是說，祂又騙了他？祂根本不打算幫忙？

沒有人能猜到那個隨性又古怪的邪惡神明腦子裡在想些什麼，他從答應和祂交易開始，就注定要開始提心吊膽了。

芙蕾帶著魔王，縮在不起眼的角落裡，努力隱藏自己的存在感。王子看起來也很希望和她一起縮在一旁，順便再討論點什麼。

芙蕾認為這人完全是對這種祕密商議的氛圍上了癮，他大概是覺得在這種氣氛下，哪怕只是探討今晚的甜點糖分是不是過多，都顯得與世界的命運有關。

婉拒了幾位年輕貴族跳舞的邀請，芙蕾把目光落在妮娜身上。她本來打算和妮娜一起品鑒一下舞會上的甜品的——當初的晉封儀式，她被法師塔的同僚們帶去了隔壁房間，根本沒嘗到皇家等級的甜點。

然而妮娜似乎打定主意要讓她和魔王大人多多相處，一轉身就提著裙襬、和年輕的貴族少女們打成一片。芙蕾憂鬱地嘆了口氣。

她又看向伊莉莎白。那個一向一絲不苟的尊貴少女站在人群當中，看起來跟平常沒有什麼兩樣，只有眼底難以掩蓋的不安，稍稍暴露了她完美表現之下的脆弱。

她身上還沒有欺詐神的氣息，魔王的下屬在卡文迪許家外駐點，也暫時沒發現什麼異常。這些神明在不現身的情況下，根本抓不到，他們只能被動地等著欺詐神的出現，沒辦法主動追蹤。芙蕾的視線投到身側的魔王身上，眼帶欣慰——哪像他們魔王，在人間也有著「六翼魔王」傭兵團首領的身分，正大光明，絲毫不害怕這些黑暗中的鼠輩！

魔王猝不及防地對上她的視線，拿著草莓小蛋糕的手登時一頓，轉了個彎又把它丟回盤子，一臉嫌棄般地撇了撇嘴，「裝模作樣的，這種東西怎麼填得飽肚子。」

芙蕾體貼地假裝沒有看見他形狀優美的唇瓣上頭還沾著一點點糖粉。她把那個差點受到寵幸，又慘遭丟棄的可憐蛋糕拿起來，眼裡帶著笑意、遞給他，「我懂我懂，雖然裝模作樣，但還是稍微嘗一下吧？回去告訴艾曼達哪裡不好吃，以防她以後也做出這種虛有其表的東西！」

魔王掃了她一眼，勉為其難從她手裡接過那個蛋糕。他在芙蕾溫柔的目光下咬了一口，含糊不清地給出評價，「還行。」

芙蕾笑彎了眼，「哦，那我回家告訴艾曼達，偶爾做這麼華而不實的也可以。」

「嗯。」魔王不動聲色地應了一聲，不知道為什麼，他居然覺得耳朵有點發燙。他下意識避開了芙蕾的視線。

芙蕾看著魔王慢吞吞地吃著蛋糕，心裡明白他一定喜歡這個。她已經發現了，魔王在吃到自己喜歡的食物之時，眼睛會小幅度地瞇一下，彷彿像隻滿足愜意的貓。

芙蕾的笑容越發收不住。天底下怎麼會有這麼溫柔可愛的神明呢？

而就在她的不遠處，妮娜也正一臉溫柔地看著她。她忍不住捧著自己的臉頰，心想，世界上怎麼可能會有不喜歡姊姊的男人呢，真幸運啊，莫爾先生。

就在她走神的期間，大門忽然緩緩拉開。嘈雜的人群安靜了下來，輕快的音樂戛然而止，換成了氣勢更恢弘的曲調。

——那位王子來了。

不少人偷偷投去了好奇的視線，表情頓時都變得一言難盡、十分精彩。

阿爾弗雷德王子原本幫他準備了一身體面的服裝，但巨人島王子希爾・蓋特表示自己也帶了出席晚會要用的衣服，他還是想穿更符合他們風俗的服裝。

侍女們拗不過這位王子，對方甚至十分警覺，如臨大敵般根本不讓她們近身，侍女們最後只能跑去向阿爾弗雷德請示。

阿爾弗雷德十分不正經地大手一揮，「那就讓他穿嘛。」

在他眼裡，他本來應該準備一頓合他胃口的晚宴餐點給巨人島王子，現在為了掩蓋自己的過人智慧，只能讓他吃點不知道合不合口味的阿爾希亞美食，這已經夠委屈他了，穿什麼衣服就不要勉強了。

然而誰也沒想到，他會穿著這麼一身服裝出現。

他身著一襲長袍。那與其說是衣服，不如說是把一塊白布斜掛於身，打了幾個結，再順便繫了個腰帶——那條黃金腰帶倒是十分華貴，稱得上符合阿爾希亞的審美。

他一身黃金飾物，耳環、項鍊、臂環、手環、腰帶、足鍊齊備，裸露在外的大半個胸膛還撒上了金粉，難以掩飾渾身的野性與異域風情。

但他穿得實在是太少了。

透過寬大的長袍，走動起來時還能看見他肌肉精悍的雙腿，他甚至是赤足走上殿來的。

魔王笑了一聲，「還真是符合泰坦風格的裝扮。」

芙蕾神色微動，她忽然想起在風神的神殿內，壁畫上的風神也穿著類似風格的長袍，只不過稍稍含蓄了一點，沒有裸露出大片的胸膛。不過就算這樣也非常……

「怎麼了？」魔王看著她兀自紅起來的臉頰，有些不解。

「咳，沒什麼！」芙蕾飛快摸了摸自己的鼻子，有些心虛地移開視線，「我只是在想，這種裝扮在阿爾希亞內已經能算是『耍流氓』的等級了，不知道這些貴族能不能撐得住。」

「可以吧？」魔王不確定地開口，「我看他們演戲滿有一套的。」

無論心裡怎麼想，至少表面上應該不會給他難堪。

芙蕾小聲問道，「對了，我查了資料，巨人島上的居民傳聞是泰坦巨人的後裔，他們信奉泰坦神。那位神明是什麼樣的人呢？」

魔王毫不猶豫地開口：「是個笨蛋。」

芙蕾眨了眨眼，「那和春季女神一樣啊。」

「不，比格雷蒂婭能打。」魔王瞇起眼睛，「泰坦神驍勇善戰又衝動易怒、很容易被挑撥，如果不是因為大海是海神的主場，恐怕他的後裔也用不著潰逃。」

芙蕾若有所思。也就是說，那場海岸上的戰爭，表面是海神聯盟和巨人島的恩怨，實際上是海神和泰坦神之間的較量啊。

魔王開口，「有機會就去把泰坦也拉過來，不然那個笨蛋很容易被人利用，別為自己找麻煩了。」

芙蕾也覺得很有道理，但她還是忍不住嘀咕，「我們真的是淨找些笨蛋做為同盟耶。」

魔王罕見地沉默了一下子，他遲疑著開口，「……利亞姆？」

芙蕾警覺地抬起頭，「祂不算！我還沒有完全信任祂，祂不算是我們的核心成員！」

魔王看著她，「那就是妳比較喜歡笨蛋。」

芙蕾：「……」

好像也無法反駁。

芙蕾的視線回到坐在主座的國王上。她清楚看見他的嘴角抽了抽，但他飛快地壓制下來，朝希爾王子露出一個堪稱和藹的微笑，「歡迎你，孩子。一路舟車勞頓，辛苦了。

「這裡是遠離戰爭和紛擾的阿爾希亞王都，援助巨人島的物資也已經在路上了，你可以放下心、好好休息一下。」

希爾王子單膝跪下行禮，真誠地道謝，「感謝您的慷慨，做為謝禮，我將送上二十箱珍貴的香料給阿爾希亞王室，還有一些是父親囑咐我留下，可以當作在王都的立身之本的。如果其他貴族有需要的話，也可以找我購買。」

「噗。」芙蕾這時慶幸自己站得夠遠。她帶著難掩的笑意，小聲說，「不愧是被魔王稱為笨蛋的巨人後裔。在這麼盛大的歡迎儀式上張口就是賣東西，我看好幾個貴族的臉都快抽筋了。」

「呵呵，如果不想自己散賣的話，也可以找我們邦尼商會幫忙。」邦尼夫人接話，算是幫忙化解了這個尷尬的話題。

一時間，眾人都忍不住鬆了一口氣。

國王也微笑著點頭，「對了，孩子，跟我們說說深藍海域的情形吧。阿爾希亞王都雖然富饒，但我們很多人終其一生都沒有見過大海。」

「我也從來沒有見過這麼廣袤的土地。」希爾王子並不會賣關子，「深藍海域已知的島嶼共有三十二座，沿岸的居民也稱之為『三十二群島』，大家一向和平共處。巨人島是其中面積最大的島嶼，畢竟我們的祖先是巨人，島嶼面積太小的話，恐怕會連一個人都容不下。」

芙蕾好奇地看向魔王，「魔王大人，真正的巨人有多高啊？」

「高聳入雲，當初巨人族生下來的嬰兒都不會像他這麼嬌小。」魔王挑了挑眉毛，「不過當初巨人是生活在巨人海岸，現在那個地區已經變成一座島了。」

芙蕾看了看身高近兩公尺的「嬌小」巨人後裔，「大概是隨著時間推移，地形也產生變化了吧。」

希爾王子還在講述他的家鄉，「我們島上生產著獨特的香料，經常和沿岸做生意，日子一向過得很不錯。但自從那群自稱『大海遺民』的海盜出現後，商船就變得很難航行了。

「他們號稱背後有神靈庇佑，在大海之上來去無蹤，根本沒人能抓得住他們。而且每次他們出手，都會伴隨著恐怖的雷雨。光是海上的浪潮就能把商船給掀翻了，但他們好像完全不怕，也從沒見他們翻船過……真不知道他們是從哪裡找來掌舵技巧如此高超、能不讓船翻覆的好舵手的！

「更可怕的是，遭到他們劫掠的商船從來不會留下活口，哪怕是貴族。按理說，大多數的海盜都會把貴族留著，等待貴族家中送來贖金。但他們不是，他們每次享樂之後就會把人一腳踹進大海。

「還有一個更奇怪的疑點。哪怕是再頂尖的優秀水手，只要是被他們從海上踹下去的，所有人都會一個泡都不會冒地直接沉下去——明明他們連石頭都懶得綁，簡直就像是被大海吞噬了一般。」

國王沉默了下來。

他故意提起外面的話題，本來就是意圖讓希爾王子說點什麼，但沒想到對方會說得那麼詳細。會場裡好幾個人已經變得臉色慘白。這種野蠻粗魯的殺戮行為似乎遠在千里之外，而這個遠道而來、不合時宜的年輕人，一下子把他們試圖迴避的血腥故事端到他們眼前，讓他們避無可避。

有人乾巴巴地安慰了一句，「真、真慘啊，節哀。」

會場裡響起一陣嘈雜聲。

芙蕾偏頭看向魔王。他沒有等芙蕾開口，直接說道，「看樣子他們身後應該真的有海神的存在，那個自稱『海神遺民』的傢伙，有很大機率就是祂的眷屬。」

芙蕾有些遲疑地開口，「要活人祭祀……海神也和欺詐神那種傢伙一樣，是個不安好心的神嗎？」

魔王盯著她看了片刻，才開口，「未必是祂要求的。

「無論是用活人還是用牲畜祭祀，對我們而言都不會提供什麼額外的力量，只是人類對神靈表示尊敬的一種方式而已。

「但在大部分神的眼裡，人類和牲畜也沒有什麼差別，所以祂們也不會制止。別對祂們抱有太高的期許，大部分的神都並不慈悲，我以為妳早就知道了。」

芙蕾眨了眨眼，她看向魔王。「我知道。」

如果是以魔王大人做為標準，那恐怕根本沒有一個神能算得上是好傢伙。那樣的傢伙們如果成為了地上的國王，大概只會變成一個比一個荒唐的暴君，畢竟祂們是不會把人類當作和自己同樣的生物看待的，沒有共情、也沒有慈悲。

芙蕾垂下眼，小聲說：「跟祂們一比，我又想送甜餅給格雷蒂婭了。」

魔王輕笑了一聲。

國王也只是想讓他講講外面的局勢，並不希望王都的貴族們今晚集體做著一個被一腳踹進大海的噩夢。他有些生硬地打斷了希爾王子的敘述，宣布舞會開場。

大多數貴族都鐵青著臉，但他們還是盡責地在舞池中旋轉了起來。

芙蕾早就以今天身體不適為理由拒絕了好多人，沒想到居然還有不少人不死心地去邀請妮娜，芙蕾不由得揪心了起來。沒有人會比她更清楚妮娜的舞跳得有多糟糕！

之前在綠寶石領還有媽媽壓著她練習，但到了王都，芙蕾一向寵著她，所以妮娜早就把舞步練習都丟到一邊，大步邁向烹飪、縫紉、閱讀的快樂海洋去了。

她這時頂著一張絕望的臉，張開雙臂和人擺出了雙人舞的架勢，看上去活像一隻被架到烤架上的無辜禽類。

芙蕾正飛快思考著，該怎麼做才能把自己的妹妹從苦海裡拯救出來。但她還沒想出個辦法來，舞曲便開始了。舞池中的眾人邁著舞步旋轉了起來，芙蕾清晰地看見妮娜在對方鞋尖上踩下了一個腳印。

「唔！」年輕貴族的臉霎時有些扭曲，「沒、沒事！」

「對不起！」妮娜都快要哭出來了。她一不留神，左腳踩到了右腳，狠狠給了自己一記痛擊，當即慘叫出聲。

「嗷——」

舞池裡的空氣有一瞬間的凝滯。

芙蕾捂住了眼睛。

國王正笑吟吟地和希爾王子說著話，剛說到，「你也可以去跳一支舞……」

然後就聽到了那一聲慘烈的「嗷」。

眾人齊唰唰地扭過頭，妮娜欲哭無淚，無比悔恨當初沒跟媽媽好好學習怎麼假裝暈倒會比較自然。

「哈哈哈！」

妮娜正咬著牙，打算看看是哪個不長眼的傢伙敢這麼直接地笑她，結果轉頭就看見了朝她走來的希爾王子。

妮娜：「……」

希爾王子笑容燦爛，「真是中氣十足的聲音，您一定很健康！」

妮娜有些遲疑，臉上泛起可疑的紅暈，「……謝、謝謝？」

芙蕾「唰」地站了起來，面色凝重，「出大事了，魔王大人！」

「嗯？」魔王不明所以。

芙蕾深吸一口氣，「那個王子是妮娜喜歡的類型，她禁不住誘惑的！不行……巨人島還有其他王子嗎？他不回去繼承島嶼，入贅到綠寶石領可以嗎？」

魔王正打算安慰她，抬頭就看見那個王子已經朝妮娜伸出了手。妮娜以一種不同往常的姿態扭捏地扯了扯裙襬，才羞答答地把自己的手遞了出去。

魔王也沉默了下來。他問：「一旦被誘惑了，跳舞就不會踩到腳了嗎？」

芙蕾有些遲疑，「應該還是會吧？」

魔王臉上清清楚楚地寫出心聲——那她是不是傻了？

芙蕾看了舞池中央一眼，「那個王子還光著腳。」

魔王沉默了半晌，「那還滿相配的，兩個都是傻子。」

正當有人擔心妮娜會不會一腳踩壞兩國的友誼，有人擔心希爾王子寬鬆的長袍跳起舞來，是不是有傷風化，有人擔心自己的妹妹會不會被人拐跑的時候，宴會廳的大門就被人轟然撞了開來。

——是露西・約拿德。

看清來人的那瞬間，宴會廳響起了難以遏制的竊竊私語。

卡文迪許公爵心頭一震，這難道是那位神靈的安排？

露西・約拿德幾乎是一頭滾進了宴會廳，她不施粉黛的臉上掛著泫然欲泣的淚水，沒有聚焦的目光在宴會廳中搜尋著什麼。

周圍的侍女迅速反應過來，上去試圖把她扶起來。她像渾身沒有力氣一樣顫抖著，任人宰割般地被托著纖細的雙臂、站了起來。

終於，她找到了坐在國王身邊的王子殿下。她有些搖搖晃晃地往前一步，顫抖著喊出：

「殿下。」

許多人紛紛面露不忍，只當她因為害怕、長時間沒有看見阿爾弗雷德王子而失了分寸。

但也有人感覺到不對勁。芙蕾眼皮一跳，心頭忽然湧起一股不安。

與此同時，卡文迪許公爵卻彷彿聽到自己耳邊響起了那個惡魔般的神靈之聲——

「你知道故事最精彩的部分是什麼嗎？是反轉，所有人意想不到又錯愕的表情，是給幕後操縱者最好的禮物。」

好戲開場了。

卡文迪許公爵冷漠地看著露西，果不其然聽見她淒涼地喊出：「殿下，原來是您、原來是您……原來我一直深愛的人，才是殺害我一家的幕後黑手！」

這句話宛如一道驚雷，在宴會大廳內炸開。

所有人都被這突如其來的變故嚇呆了，就連一頭霧水的希爾王子都敏銳地嗅到了驚天八卦的味道，他驚愕地「哦」了一聲。

還沒來得及出聲，妮娜就一把拉住了他的手，一臉緊張，「噓！噓！別出聲！」

希爾王子決定給這位十分健康的年輕姑娘一點尊重，他老實地站在她旁邊，沒有開口。

阿爾弗雷德王子倏地從座位上站起來，雙手微微顫抖，他深吸了一口氣。芙蕾告訴他露西信仰欺詐神的時候，就叫他做好心裡準備了，只是直到被背叛的那一刻，他才覺得……被人背叛果然是一件十分難受的事情。

他看著哭得梨花帶雨的露西，深深吐出一口氣，說出他此刻應該說出的臺詞：「妳知道汙蔑王子的代價嗎？」

所有人的注意力都放在王子、和他傳聞中的小情人一觸即發的場面上，只有芙蕾盯著露西手裡拎著的那件長袍。

她不會無緣無故捧著一件破舊的長袍，這東西有什麼用？還是裡面包裹著什麼？

眾人目光正緊盯著她，露西卻恍若不覺。她踉踉蹌蹌地邁出一步，笑容淒涼，但語氣幾乎稱得上溫柔。「會是什麼下場呢？是會像我的家人一樣，被您一把火燒死在府邸裡，還是會像伊莉莎白小姐一樣，被您潑上汙名呢？」

現場一下子嘈雜了起來，即使知道遠道而來的客人就在眼前，他們還是忍不住交頭接耳、竊竊私語。

「安靜！」

國王突然出聲，整個會場彷彿瞬間被抽去了聲音。這位一向慈眉善目的國王如同一頭發怒的老獅子，他的目光落在露西．約拿德身上，「這位小姐，我能理解妳失去家人的心情，但因為妳，卡文迪許家的嫡女已經深陷無端的猜忌。出於謹慎和理智，妳都不應該在沒有確鑿證據的情況下，再把阿爾希亞的另一位王位繼承者拖下水。還是說，妳挑這個時間點來鬧事，是故意的？」

露西．約拿德的呼吸一滯，她不由自主地顫了顫。她面對的一直都是高高在上又脾氣詭異的神靈，因此不怎麼看得起凡人的王室貴族。但這位一向和藹、沒什麼鋒芒的國王，似乎並不如她想像中那樣，是個一無是處的廢物！

宴會廳內的風向已經變了，所有人忽然意識到，把王子拖下水以後，這就不僅僅是王子和他的未婚妻、小情人之間的八卦了。阿爾弗雷德和伊莉莎白有更為敏感的身分，他們同時身為王位繼承者！

露西．約拿德被人利用了？

幾乎所有人都在這麼想，但大部分人還不會那麼喪心病狂地認為，她為了這個計謀燒死了自己的家人。

隱晦的目光掃過邦尼家的卡繆拉、格雷斯家的奧尼爾，還有芙蕾。

縮在角落默默看戲的芙蕾沉默不語。

這把火終究還是燒到了她身上。

卡文迪許公爵不動聲色地皺了皺眉頭，他不悅地掃了露西一眼，心想，如果這就是欺詐神的信徒的話，做事也未免太不可靠了一點。他清了清喉嚨，「咳。」

等到吸引了眾人的目光，他才看向國王，「陛下，這件事已經鬧得滿城風雨，也給伊莉莎白帶來了很多麻煩。既然她一副篤定的樣子，就給她這個機會，讓她說一說為什麼會這樣認為吧。」

國王微微皺眉，看來不太滿意這個提議，「卡文迪許卿，希爾王子遠道而來，這是他的歡迎宴。就算真的要聽聽她的看法，也不該在這個時候。等宴會結束，我們會在諸位貴族的見證下好好詢問她的。」

卡文迪許公爵微微搖頭，「她已經開了口，想必諸位心裡也已經有了疑惑。現在再把事情壓下去，之後即使我們私下討論出什麼結果，恐怕也只會被傳成什麼王室祕辛，沒有多少說服力。不如就讓她在這裡把自己知道的一切都說清楚。」

國王的臉色不是很好看。

邦尼夫人笑了一聲，「卡文迪許卿護女心切，畢竟伊莉莎白這些日子也確實遭受了不少無端的猜測，但是……

「王都內從來不缺流言蜚語，也不必那麼在意。如果是為了堵住亂傳話的蠢貨的嘴，就要把所有事情都攤開來講清楚，那貴族議事會何必存在呢？以後所有的事都拉到王都廣場上，在平民的圍觀下講清楚不就好了？」

她臉上帶著笑意，話裡的意思也相當明顯——好了，我知道你心疼女兒被汙蔑，但差不多該見好就收了，幫國王留點面子。

可惜卡文迪許公爵今天並不想給這個面子，他朗聲道：「我也是為了國王著想，畢竟這件事牽扯到阿爾弗雷德王子，如果不說清楚，將來損害的會是王子的名聲！

「我不希望有任何人，指責我們英明的國王陛下包庇自己的親兒子。」

國王沒有開口，他森冷的目光盯住卡文迪許公爵，似乎明白了什麼。

半晌，在所有人都快喘不過氣的沉默裡，國王微微點了點頭。他冷著臉看向露西，「那就讓我聽聽吧，你們堅信的真相。」

邦尼夫人笑了一聲，眼底毫無笑意地瞥了卡文迪許公爵一眼，「得好好搞清楚啊，畢竟外面都說，是我們邦尼家的法師說現場有魔法的痕跡。如果真的發現了什麼不得了的真相，豈不是連我們家都要被當成共犯？」

現場隱隱燃起了火藥味。

格雷斯家的家主不在，貝利主教老神在在地閉著眼，絲毫不管場中如何暗潮洶湧，一副幹什麼都不關我們的事的樣子。

芙蕾也秉持著一位合格的八卦群眾本分，什麼也沒有多說。

阿爾弗雷德王子深深地望了卡文迪許公爵一眼，他身後的伊莉莎白眉頭緊鎖，不知道在想些什麼。

他露出一貫的囂張笑容，像是第一次認識露西一般上下打量著她，「喂，這麼大張旗鼓地指控我，妳應該有什麼證據吧？」

「我有，我有的！」露西像是終於找到了開口的機會，「王子把我帶回王宮後，告訴我有一個地方無論如何都不可以進去，那是他書房裡的隔間……」

阿爾弗雷德王子一臉莫名其妙，「當然不能隨便讓妳進去，裡面是我的個人藏寶庫啊！妳又不是我的王妃，我幹嘛……」

「您當然不敢隨便讓我進去。」露西忽然抬起頭冷笑一聲，「我原本也想乖乖聽話的，但在今天，我看見幾個侍女鬼鬼祟祟地進入那個房間，她們似乎偷偷拿了什麼，我以為她們是想偷您的東西，還上前制止！

「結果她們把東西往我手裡一塞，把我推進房間就逃走了。而我就看見了、看見了……」眾人翹首期盼，沒有去追究她先前講出的敘述，都想看看她能夠掏出什麼東西來。露西顫抖著手，取出了一疊魔法卷軸。

「這確實是我的收藏，有什麼問題嗎？」阿爾弗雷德王子冷眼看著她。

露西努力昂起自己的頭，露出毫不畏懼的神色，配上她微微發抖的手臂，更加惹人憐愛，「是的，您還按照火、木、土、水、光整理成一套。」

「那又怎樣？」阿爾弗雷德王子不覺得有什麼問題，「其他系的我也想要，但可惜十分稀少……怎麼了？」

露西．約拿德冷笑一聲，「您承認就好，畢竟您的收藏裡，有五套火系卷軸都消失了。」

「什麼！」阿爾弗雷德王子大驚失色，「不可能！我明明都是按照……」

芙蕾捂住了眼睛，這個笨蛋王子就不能閉上嘴嗎！

「安靜，阿爾弗雷德。」國王掃了他一眼，轉向貝利主教詢問，「如果要形成那樣的火勢，需要多少張卷軸？」

「最起碼也要三張吧？」貝利主教臉上露出幾分無奈，有些含糊地開口，「五張的話……

差不多吧。」

芙蕾束手無策地揉了揉太陽穴。她嘆了口氣，也走到人群中央，狀似無意地感嘆了一句：「真巧啊。」

本來她今天一整天都不打算出風頭的。

貝利主教看見她，立刻毫無立場地笑了起來，「對啊對啊，這也太巧了，怎麼就恰巧丟了五張呢？真不小心啊，王子殿下。」

露西臉色一白，「不！」

卡文迪許公爵的聲音比她更大，「這可不是巧合啊。」

「但也說不上是證據。」邦尼夫人無聊地看了看自己的手指，「要指控一國王子，我還以為你們肯定找到了滴水不漏的證據，結果就是這種捕風捉影的東西。

「如果你問我，我會說這種不知道天高地厚的女孩就該被吊死，給某些按捺不住野心的傢伙一點警示。」

露西暗地裡咬牙，這個難纏的女人！

她再次抬起頭，臉上看不出一點怨恨，只有不安和倔強。「國王大人！我還有證據！

「您還記得嗎，王子？有人說在火場周圍，看見了伊莉莎白小姐披著外袍的身影。」她抖開了其貌不揚的破舊外袍，緩緩地披在身上，然後揚起頭，「您看，我現在看起來像誰？」

所有人看著她披上那件外袍，身形一瞬間發生了改變，彷彿變成了另一個人——是伊莉莎白的模樣。

阿爾弗雷德王子也十分錯愕，他一臉震驚地來回看著披著外袍和沒披外袍的兩個伊莉莎白。

露西的聲音緩緩響起，「王子殿下，這也是從您的藏寶庫中找到的，這也是……您的收藏嗎？」

「不……」阿爾弗雷德想說他根本沒有這種東西，但他看著周圍人的眼神，忽然意識到……他們不會相信的。

他沒辦法證明這不是他的收藏，就像伊莉莎白無法證明她當天沒有外出一樣。

所有人都沒有料到這一齣，就連國王都「唰」地從王座上站了起來。

芙蕾瞇起眼睛打量著她，她察覺不到任何魔法的波動，這就像是一件普通的外套……

魔王瞇了瞇眼，「是芬克的神器。」

「嗯？」芙蕾露出了疑惑的表情。

魔王歪了歪頭，「哦，是欺詐神的神器。我不太叫祂的真名，因為祂從以前開始就是個麻煩的傢伙，聽到有人叫祂的話，說不定會從什麼地方突然跳出來嚇人。」

芙蕾若有所思地點點頭。她忽然靈光一現，阿爾希亞王室信仰的神靈，是不是也被說是

「不可談及之神」？如果是祂的話，那就能理解王室為什麼要隱瞞了，畢竟欺詐神的名頭可不是很好聽。之後必須和白痴王子打聽一下有沒有這個可能性。

但現在，她還得打起精神聽在場的這些貴族瞎扯。

「這是……這是……」

「難道當初我們在火場看到的『伊莉莎白』，其實是王子？」

阿爾弗雷德王子氣得跳腳，「你才會變成女的呢！」

但他止不住那些竊竊私語。

「說起來，王子從以前開始就經常去找伊莉莎白的碴？」

「露西．約拿德看起來也不是什麼好人，說不定她就是想扒著王子上位，但王子多半也只是玩玩……看看，結果反而被人利用，搞得全家屍骨無存。」

七嘴八舌的言論在宴會廳響起，芙蕾看著大聲爭辯的王子，憂鬱地摸了摸下巴。白痴王子和伊莉莎白，不論哪個都無法讓人不操心。他們一個是芙蕾還滿喜歡的小女孩，一個是「六翼魔王」傭兵團的頭號冤大頭，也不能不管。

芙蕾站到國王面前，「陛下，我有一個提議。」

國王的目光落到她身上，但周圍的嘈雜並沒有消失。芙蕾嘆了口氣，風精靈呼嘯而出，整個宴會廳眾人的呼吸一凜，同時驚疑不定地看向她。

如果剛剛呼嘯而來的不是尋常的風，而是帶有攻擊性的風刃，現在宴會廳會就躺滿貴族的屍體了。

芙蕾提高了音量，「國王陛下，我有個提議。」

國王臉上帶著溫和的笑意，「請說吧，芙蕾小姐。」

芙蕾優雅地行了一禮。「如果露西小姐沒有其他證據想要提出的話，這件事已經很明顯了——阿爾弗雷德王子和伊莉莎白小姐同樣擁有嫌疑。」

「哼！」卡文迪許公爵正要張嘴，貝利主教在他身後，拍了拍他的肩膀，「安靜點，小伙子，都一把年紀了，至少要學會不要打斷別人說話。」

敢把卡文迪許公爵稱做「小伙子」來教育的，整個王都恐怕只有他一個了。

邦尼夫人臉上流露出幸災樂禍的笑容。

芙蕾朝貝利主教點頭感謝，他便開心地朝她擠了擠眼。

她接著說，「但遺憾的是，這些證據都只是把兩位扯進這場火災的渾水裡而已，並沒有讓他們被定罪的確切依據。我想，現在不管下什麼結論，都會有很大一部分人沒辦法服氣吧。」

阿爾弗雷德王子第一個附和，身體力行地表現出自己的不服氣。

芙蕾笑了起來，「所以我提議，就不遮不掩地把這件事徹徹底底地調查清楚吧。如果您不介意的話，我倒是願意幫忙。」

「要是覺得還不夠，我們家的臭小子也可以幫芙蕾一點忙。」貝利主教第一時間表示贊同，他身後那位名為奧尼爾的青年邁出一步，朝芙蕾行了一禮。

同為王位候選人，芙蕾對他還算有點印象。

邦尼夫人湊熱鬧般地擺了擺手，「如果需要我這裡的人手，我們也沒問題。」

國王略略沉思，認真點了點頭，「那就拜託妳了，芙蕾小姐。我相信阿爾弗雷德不會做出這種事。」

「那當然啦，誰都知道王子一向坦率，怎麼會玩這種把戲呢？」邦尼夫人笑得風情萬種。

阿爾弗雷德王子皺了皺眉頭，懷疑這位夫人是在趁機嘲諷他是個笨蛋。

國王看向臺階下的露西，神色冷淡。「既然這樣，露西．約拿德小姐也不適合住在王子附近了，幫她換個地方吧。」

露西垂首，任由兩個侍女攙扶著她往外走去。她不動聲色地回頭一瞥，冷漠地望著身後神色各異的大貴族們——她的表演已經光榮落幕了，至於這些人相不相信，又有什麼要緊呢？重點是那位神明會不會覺得有趣。

她的目光落到伊莉莎白的身上。即使是這種時候，那位尊貴的少女臉上也看不出幾分憎惡。她只是皺著眉頭，似乎還在思索事實的真相。

露西眸光微微閃動。真是個傻瓜。

她收回視線，侍女們把她帶到原本的房間門口，態度也變得十分冷淡，「請稍等一下，我們幫您收拾東西。」

她們沒有請對方去喝茶坐著，便逕自走進房間收拾她的物品。當然，她們餘光還是注意著露西，以防她有什麼不軌的舉動。

露西安靜地站在門口，那位神靈交待她的事情已經做完了，接下來她得為自己考慮了。她早已得罪了王室和卡文迪許家，接下來恐怕不會有什麼好日子過了。但至少完成了神的任務，她不會受到欺詐神的懲罰了，這一切都是值得的。

下一步……

要用和欺詐神交易的消息威脅卡文迪許公爵，讓他出手搭救？

或者把這個祕密告訴其他王位候選人，為了這分籌碼，他們也許會願意出手保住她的性命……

「露西小姐！」

露西瞬間渾身緊繃。她有些神經質地回過頭，在看到來人的時候，不禁一愣——是斯派克．斯坦，那個腦子有點不好，又很有錢的商人之子。

從他蒼白的臉色來看，他恐怕也十分地緊張且著急。但他還是嚥了嚥口水，一點一點地向她接近，壓低了聲音說：「我、我是偷溜過來的，現在人都在宴會廳那裡，外面反而沒什麼人……您不要緊吧？」

露西瞥了收拾東西的侍女一眼，帶著還未消散的幾分錯愕，微微搖了搖頭。

斯派克臉上露出幾分憂慮，「您不該說出來的，無論您知道了什麼，王子和卡文迪許家的長女都不是我們這種小貴族能夠招惹的。」

露西捏緊了身側的拳頭，腦袋有些混亂。他為什麼會到這裡來？有什麼企圖？他不會也是欺詐神的人吧？

她臉色有些僵硬，壓低了聲音問道，「您來這裡做什麼？」

「無論結果怎麼樣，他們都不會放過您的！」斯派克咬了咬牙，像是下定了什麼重要的決心，他伸出顫抖的手，「我帶著您逃走吧！我們、我們可以去綠寶石領，我認識那裡的領主，他是個仁慈而慷慨的人……

「我們可以隱姓埋名，就算不做貴族，也可以做一點生意，我、我會保護您的！跟我走吧！」

並不算英俊的少年彷彿從骨頭裡榨出了畢生的勇氣，他不安又充滿希望地看著眼前的少女。她忽然有一種錯覺——即便天塌下來，他瘦弱的肩膀也能暫時替她擋一擋。

露西的瞳孔猛地一縮，是騙人的！

這一定是那位神明變的！等到她握住那隻手，祂就會哈哈大笑地露出原形，嘲笑她居然還妄想著，以為有人會真的愛她！都是假的！

不要相信他！不要相信他！

即便如此，她還是用力捏住自己的裙襬，幾乎無聲地問他：「您相信我嗎？」

「我相信您！」斯派克毫不猶豫地說。

少年純粹而盲目的信任，讓最狡詐的行騙者都忍不住要落下淚來。她恍惚間回到了那個下著雨的午後，她身在那條平民街，沒有等到紐因聖子，反而淋了一身雨。

女僕在她耳邊抱怨著問：「您為什麼要和那個出身低微的商人之子糾纏不清？他明明沒有足夠的利用價值。」

露西撐著下巴，看屋簷上連成線、落下來的水珠，她唇角微微翹起，「妳不懂，那種有權有勢的男人有什麼好？要我說的話，還是有錢人比較好。尤其是這種既有錢、還像傻瓜一般的，可以輕而易舉地騙他一輩子。」

「露西小姐？」

斯派克有些著急了，他擔心這裡隨時會有人過來。

露西濕漉漉的目光落到他身上，她笑了笑，「您喜歡我嗎？斯派克少爺。」

斯派克瞬間漲紅了臉，支支吾吾地說不出話來。

露西笑了起來。多麼傻的一個人啊，願意冒著生命危險來救她，卻不敢當著她的面說一句喜歡。

「我不能跟您走。」

斯派克臉色一白，還沒來得及再說些什麼，就聽見露西語氣溫柔地說：「但我希望您能幫我一個忙，可以嗎？」

「好！」斯派克幾乎毫不猶豫地答應下來。

露西低聲交待他事情，斯派克雖然滿腹疑慮，但還是用力點了點頭，「請不要擔心，我、我豁出性命也會辦到的！」

「那可不行呀。」露西溫柔地笑了起來，「您也要保重性命啊。」

斯派克臉上的紅暈怎麼都退不下去，他結結巴巴地開口：「我、我這就去！」

他說著，頭也不回地朝外跑去。

「真是個傻瓜。」露西無奈地看著他離開的背影，「如果你再走慢一點，我還能給你一個吻呢，連占便宜都不會。」

第八章

你的選擇

CHAPTER

VIII

宴會廳裡的貴族們吵了半天，明明誰也沒有更具有決定性的證據，卻依然扯到了深夜。

從卡文迪許家一向眼高於頂，到伊莉莎白曾說某位夫人的綠寶石項鍊不合適，再到某某貴族邀請她跳舞，卻被無情拒絕。

從王子自出生起就有違王家風範，到身為有未婚妻的王室成員還和其他女人拉拉扯扯，就是容易搞出事端，再到他曾經公然嘲笑過某位貴族脫髮。

芙蕾麻木地聽他們講著這些陳年往事，時不時還要被人意有所指地暗諷她出身於小貴族，只是運氣好、有點魔法天賦而成為伯爵、成了王位候選人，居然還敢真的誇下海口說要查出真相。

那席話讓貝利主教氣地捲起袖子，下場親自和人吵架，要不是身後那個名叫奧尼爾的青年奮力拉著他，芙蕾都擔心他會抽出法杖、敲在對方光亮的腦門上——法師們有個不成文的規定，和一般人打架的時候要盡量使用物理攻擊，因為用魔法容易出人命。

吵到深夜的後段，津津有味地聽著他們吵架的希爾王子，遺憾地打了第二十七個哈欠，終於撐不住、告退了。他表示自己要先去休息了，可不可以等他明天醒來再接著吵。

希爾王子臉上帶著真誠的笑容，「我覺得這是能最快融入王都的方法了，我彷彿親自參與了伊莉莎白小姐、阿爾弗雷德王子的成長過程，親眼看著他們在我面前為非作歹……咳，我是說長大。」

饒是見慣了大場面的國王，也忍不住在此刻沉默了下來。

芙蕾立刻趁機表示：「我覺得過於熟悉兩位當事人的童年，不利於我做出中立公平的判斷，我覺得我還是先回去睡覺……咳，我是說思考事件真相。」

國王疲憊地閉上眼睛，「都下去吧。」

劍拔弩張的氣氛終於緩和下來，貴族們維持著表面上的尊敬，紛紛行禮告別國王，離開了皇宮。

熱鬧的宴會廳中終於沉寂了下來，國王沉默地坐在王位上，久久沒有動彈。

在他們離開之後，王子很快就平息了臉上的憤怒，他扭頭看向自己的父親，目光複雜地開口，「父親……」

國王緩緩擺了擺手，「不用說了，阿爾弗雷德，我知道你沒有做這樣的事。」

阿爾弗雷德王子張了張嘴，最後還是按照自己的本心，開口說道，「父親，我覺得伊莉莎白也沒有做這樣的事。」

國王看向他，「但必須是她做的。如果不是她，就是你。」

王子垂下眼，「但您把這件事交給芙蕾去查……」

「她不會得到什麼真相的。」國王站了起來，「我也不過是把你和伊莉莎白會面對到的壓力轉嫁到她的身上。所有人都會盯著她的最後結論，所有的質疑也都會落到她身上。但大家也都明白，她是被神靈眷顧的大法師。萬一阿爾希亞即將面對什麼災難，她是不可多得的保護者，所以沒有人會對她過於苛責。她肯主動出面扛下這分責任，是再好不過的結果了。」

王子想說不是這樣的，以他對芙蕾的了解，她應該是真的想要找出真相。但他觀察著父親的神色，最後還是決定不出聲。

等著看吧，真相會水落石出的。王子握了握拳頭。

與此同時，好不容易坐進馬車裡的芙蕾忍不住揉了揉肩膀。魔王趕在妮娜之前一腳踏進了馬車，妮娜見狀，立刻識相地轉頭坐上了另一輛。

芙蕾忍不住打了個哈欠，「真能聊啊，那群傢伙，我都沒看見他們喝水解渴！喉嚨難道都不會痛嗎？」

魔王似笑非笑地掃了她一眼，「睏了？」

「有點吧。」芙蕾揉了揉眼睛。

「哦——」魔王拉長了語調，「那今天半夜如果收到了欺詐神出現的消息，也就不用叫妳了吧？」

「不！我一點都不睏！我還年輕，我能熬夜！」芙蕾努力睜大眼睛，以彰顯自己一點都沒有犯睏。

「可是我年紀大了。」魔王撐著下巴，瞥了芙蕾一眼。

「您在說什麼呢！」芙蕾板起臉，「您的美貌和活力永遠不會老去！」

「哼，油嘴滑舌的傢伙。」魔王揚起了下巴，眼裡卻帶著笑意，「那妳就抓緊時間睡一下吧，按照我對欺詐神的了解，祂今晚肯定會出現。」

芙蕾眨了眨眼睛，「哪怕知道我們在等著祂現身？」

「對。」魔王篤定地點了點頭，「祂就是這種傢伙。」

卡文迪許公爵的臉色不是很好看，步履匆匆上了自家的馬車。他這幾天都沒有好好休息，過分蒼白的臉色居然讓他也顯露出了幾分老態。

「父親。」

伊莉莎白從背後叫住他。

卡文迪許公爵這才回過頭，不顧伊莉莎白想要說些什麼的樣子，他開口：「回去再說。」說著，他便叫人關上自己的馬車門。

伊莉莎白沉默了下來。她知道父親應該已經猜到自己想要說什麼了——她認為阿爾弗雷德應該不是這起事件的始作俑者。

但對在場的貴族而言，這或許是最不重要的事情了。

伊莉莎白內心有些煩躁，但表面上根本看不出一絲異樣。她走向自己的馬車。就在這時，她聽見有人在叫她。

「伊莉莎白小姐，請稍等一下！請稍等一下！」

身邊的女僕立刻上前攔住來人，伊莉莎白回過頭——是繁星商會家的長子，那個暫時還沒有爵位的斯派克・斯坦。

她在腦海中搜索了一遍，確認自己和這位斯派克少爺沒有任何交集，但她還是示意女僕讓他過來，簡潔地詢問：「有什麼事？」

斯派克少爺說話有些結結巴巴的，但看上去又十分著急，伊莉莎白甚至以為他會咬到舌頭。他嚥了嚥口水，才終於冷靜下來，「有人要我傳話給您——

「不要答應祂，快逃。」

伊莉莎白瞳孔猛地一縮，下意識做出防備的姿態。如果此刻斯派克有任何動作，她可能已經發出一個火球、砸在他臉上了。

伊莉莎白謹慎地問：「誰要求你傳話的？」

「我、我不知道，我剛剛還在走廊的時候，有個黑影告訴我的。」斯派克有些心虛，但他說話一直有些結巴，伊莉莎白反而沒看出什麼異常。

這也是露西交待他的，如果這個時候說出露西的名字，或許會讓伊莉莎白反而起了疑心。

伊莉莎白擰起眉頭，仔細詢問了一番。直到再也問不出什麼有效的消息以後，她才向斯派克道謝，坐上了自己的馬車。

女僕有些猶豫，「小姐，我們還要回去嗎？」

伊莉莎白看了她一眼。「不回去的話，去哪？」

女僕沒有說話，她低下頭。

「回去吧。」伊莉莎白閉上眼睛休息，「那裡是我的家。」

車輪滾動向前，朝著卡文迪許府邸前進，如同命運的齒輪緩緩轉動，一切都駛向既定的結局。

然而有人正看著這一切。

斯派克抓住匆匆趕回來的僕人，問道：「怎麼樣？她們還是回府邸了嗎？」

僕人猛地點頭，跑得上氣不接下氣，「是、是的，還是朝卡文迪許宅邸的方向駛離了。這麼晚了，她們也不可能去別的地方啊，少爺？」

斯派克焦急地咬了咬牙，不行，她不能回去！這是露西小姐交待他的事情，他不能就這樣搞砸了！

他略略思考，「去霍華德府邸。」

僕人苦了臉，「少爺，已經午夜了，不適合吧！」

「別管什麼合不合適的了！快走！」

馬車噠噠朝著霍華德府邸出發。

卡文迪許府邸。

卡文迪許公爵的書房裡，燈火還沒有熄滅。

他的專屬座位被欺詐神占據了，他和伊莉莎白面前還有一張座椅，但誰都沒有坐上去。

欺詐神笑容滿面，「別那麼拘謹呀，坐下吧。」

兩個人都沒有移動。

欺詐神提出了問題，「伊莉莎白準備好成為我的眷者了嗎？」

伊莉莎白開口：「我認為……」

卡文迪許公爵看著她長大，她一張嘴就知道她要說什麼，他霎時眼皮一跳，搶先一步開口，「咳！神靈大人，您曾經說過要幫忙擺平伊莉莎白的麻煩，但現在也還沒有……」

「不對不對。」欺詐神搖頭晃腦地擺擺手，「我只答應會幫你把事情處理好，現在還不夠好嗎？她和王子徹徹底底地對立了，那分婚約已經變成了空談。你的願望實現了，你的寶貝女兒不會嫁給那個廢物了。

「而且現在已經沒人關心她到底有沒有縱火了。王子、伊莉莎白二選一，這已經不是一件縱火案了，而是政治鬥爭。我做得這麼好，你不會還打算找碴吧？」

祂的語氣一點威脅的意思也沒有，但卡文迪許公爵已經嚇出了一身冷汗，他趕緊搖頭，「不、不……我非常感激您做的一切。」

「父親？」伊莉莎白似乎從未見過父親露出這樣的神色，她有些意外，也有些不安。

「啊，妳還不知道吧。」欺詐神笑了起來，「妳的父親和我做了一些交易，所以妳以後得跟著我。妳的火系天賦很不錯，成為我的眷屬以後也能派上一點用場。」

伊莉莎白蹙起眉頭，「什麼交易？」

父親只告訴她欺詐神要讓她成為眷屬，並沒有提到自己和祂做過什麼交易。

「不對。」欺詐神擺了擺手，「現在還不是妳能提問的時候，我還沒問完。讓我來問問妳，伊莉莎白．卡文迪許，妳願意成為我的眷屬嗎？」

現場安靜得連一根針掉在地上都能聽見。伊莉莎白緩緩抬起頭，「我不願意，欺詐神冕下。」

卡文迪許公爵閉上了眼睛，深深地呼出一口氣。

欺詐神緩緩牽起嘴角，露出了一個意味深長的笑容。

所有人都劍拔弩張的緊張氣氛裡，欺詐神突然大笑出聲。

祂像是聽到了一個絕妙的笑話般，笑得東倒西歪，絲毫不顧優雅地把腿翹到了桌子上。

沒有人敢貿然提問祂為什麼發笑。祂自己停了下來，無聊地嘆了口氣，「真是沒創意的答案，就和我想像中一模一樣。

「畢竟妳是『那個』伊莉莎白嘛，擁有高貴品格、整個阿爾希亞王都最尊貴的少女。妳正直、高潔的靈魂不會向狡詐的神靈低頭，哪怕代價是為此付出生命。

「一般人類應該也挺喜歡這種故事的吧？」

祂口中說著伊莉莎白在無數宴會上聽過千百遍的恭維話，就連語氣都模仿得分毫不差。但祂眼中閃動著嘲弄，這讓伊莉莎白覺得，有什麼不好的事即將要發生了。

伊莉莎白眉頭緊鎖，背在身後的手隨時準備應對攻擊來襲。她想得相當簡單——拚死攔下欺詐神的攻擊，至少保護住父親。這裡是王都，她只要能拖延一時半刻，法師塔的同僚和各個教會的法師都會趕來支援的。

至於她，她畢竟惹怒了神靈，就算死在這裡……也只是應得的懲罰。

但如果能活下來，當然還是想活下來。

伊莉莎白抬起頭，眼神顯露出毫不掩飾的戰意。

欺詐神似乎覺得她很有意思，祂暫時還不想動手，只是半撐著下巴問：「我們來玩個遊戲吧，妳猜猜我一共準備了多少個騙局？」

伊莉莎白略一思索，她開口：「您打從一開始就不打算替我洗清嫌疑，您喜歡看見王都的貴族們看不清真相、被耍得團團轉的樣子。」

「嗯……」欺詐神為難地擰了擰眉頭，「這個答案我沒辦法給妳滿分耶，雖然我是覺得滿有意思的。

「我還撒了一個更明顯的謊——我根本就不想要妳當我的眷屬。就算妳剛剛答應了，我也會告訴妳，恭喜妳被騙了！我才不會把力量分給人類！」

「祢……」伊莉莎白眼中閃過一絲怒火。她不斷在心中提醒自己祂是神靈，才沒有說出什麼狂妄又冒犯的話。

然而這位神好像完全不懂什麼叫見好就收，祂振振有辭地解說：「我只是喜歡看人類違背自己的信念、忍辱做出選擇，然後發現一切只是徒勞無功時的錯愕表情，真是太精彩啦！」

伊莉莎白咬著牙，終於還是忍不住開口：「您這樣的神靈，是得不到人類的敬仰的！」

「伊莉莎白！」卡文迪許公爵臉色煞白地喝斥，生怕女兒的話惹怒了這位喜怒無常的神靈。

「那也沒關係，反正我不打算當國王。」欺詐神一點都不在意地擺了擺手，祂的眼中閃動著光芒，「說起來，神界本來就沒有國王和王國這種概念，就算我們到了人界，憑什麼要我們乖乖遵從人類的規則生活？

「混亂、無序、隨心所欲……這才是神靈的作風。誰更強大，誰就能說話，這才是神靈的規矩。

「聽起來很不可思議吧？沒關係，你們很快就會習慣了，我會把這片大陸變成我喜歡的模樣、能讓我感到舒適又安心的地方。」

伊莉莎白忍不住握緊了拳頭，她抿著唇看向自己的父親，「您到底……為什麼會和這種人扯上關係？」

「是這種神。」欺詐神似乎根本不介意她的無禮，笑咪咪地提醒她，「妳的父親和我做了交易哦，甚至還沒有付清代價。

「這分代價多半得由妳來支付啦，所以我也可以大發慈悲地告訴妳我們做了什麼樣的交易，妳想先聽哪個？之前的還是最近的？」

「不！等等，這和她無關，別告訴……」卡文迪許公爵話說到一半，突然就被人掐住了咽喉，半句話都吐不出來，只能發出「呃呃」的掙扎聲。

「父親！」

伊莉莎白撲到他身邊，然而她什麼也做不了，卡文迪許公爵的脖頸周圍被勒出了深色的痕跡，但他們什麼都摸不到。

欺詐神臉上的笑容更加深邃，「噓，別說話，你只是個和神交易之後還付不出代價的蠢貨，現在沒你開口的分。」

「好啦，伊莉莎白，該妳選擇了。妳要聽之前的、還是最近的交易內容？」

隨著祂的話音落下，扼住卡文迪許公爵脖子的手總算鬆開了。然而卡文迪許公爵此刻再也不敢隨意開口了，他甚至恨不得把咳嗽聲也通通吞進肚子裡。

伊莉莎白深吸一口氣，「之前的。」

她做出了選擇。她不知道為什麼對方要用一副心血來潮的模樣和他們閒聊，她只知道剛剛欺詐神顯露的實力讓她無從反擊，她根本不知道是什麼東西襲擊了父親！

她只能按照對方的意思乖乖回答。

欺詐神滿意地點點頭，「好吧，那就讓妳先聽聽最近的交易。」

伊莉莎白：「……」

她在內心勸解自己，和祂的其他行為相比，任性妄為、自說自話已經是個無足輕重的缺點了。

欺詐神興致勃勃地開口，「妳還不知道吧？妳父親找我，是因為他想要解除妳和那個廢物王子的婚約，為此他願意付出最珍貴的東西。

「多麼感人的父愛啊。」欺詐神語氣誇張地感嘆了一句，「妳想，他為了自己的女兒，都願意和惡名在外的神靈做交易了，那他最珍貴的東西就是他的女兒沒錯嘛！

「所以就算我一點都不想要眷者，也不得不考慮把妳帶走。」

卡文迪許公爵臉色瞬間變得慘白。他顫抖著唇，似乎想要說些什麼，但他什麼都說不出口。

「父親想要王子和我解除婚約的話，只要去找國王提出……」伊莉莎白下意識想要為自己的父親辯駁，但欺詐神搖了搖頭。

「那樣會被人說閒話的嘛。」欺詐神攤開手，「因為你們人類就是這麼卑劣的生物，即使知道那個王子是個遠近馳名的廢物，他們也要看妳老老實實地往裡面跳，不然妳就是背信棄義的壞女人了哦。

「妳父親怎麼會捨得讓妳承受罵名呢，所以只能搞點手段啦。妳不知道吧？那個露西也是我的信徒哦。」

伊莉莎白終於變了臉色，她似乎有些不敢置信，「那、那場火災也是她自導自演的？她燒死了自己的家人……」

「不不不！沒有那麼殘忍啦，這麼粗暴的自相殘殺可不符合我的美學。」欺詐神擺了擺手，「更何況那也不是她的家人。她是阿薩家族的女兒，是我最好用的棋子，只是暫時在約拿德家寄放一段時間。

「不過，這整件事確實都是我一手策劃的戲劇。但說到底，最開始的雇主是妳的父親，所以要找始作俑者的話，是他哦。」欺詐神露出幸災樂禍的表情，「如果那個風神眷者足夠聰明的話，說不定真的能抓到他呢。」

卡文迪許公爵很想反駁，他根本沒要求祂殺人，但想到剛剛被抓住脖子的情形，只能臉色扭曲地把話吞回去。

但比起欺詐神的嘲諷，他更不敢面對伊莉莎白愕然的眼神。

他把她教得太好了。她正直又強大，擁有堅定的信念和高潔的靈魂，她不會認同這種上不了檯面的手段。所以這種骯髒的事情只能由他去做，也絕對不能讓伊莉莎白知道。

卡文迪許公爵閉上眼睛，不想面對女兒的眼神。

可欺詐神不會讓他如意，祂笑嘻嘻地開口，一句一句撕開他掩藏骯髒內在的面具，「不想讓女兒知道自己的父親是怎樣卑劣的混蛋嗎？但你本來就是這樣的人嘛。」

他伸手指著卡文迪許公爵，笑嘻嘻地看向伊莉莎白，「他早就知道露西是我的人了，也早就知道那場大火和王子一點關係都沒有。但今天在宴會廳裡，他還是毫不猶豫地試圖汙蔑王子，讓他沒資格再當妳的未婚夫，最好還能順便把他從王位競爭者的位子上拉下來。」

伊莉莎白眼神動搖，她低聲喊了一聲，「父親。」

卡文迪許公爵沒有回答，他把視線偏向一邊。

伊莉莎白知道這個動作的含義——他承認了。

欺詐神暢快地大笑了起來。

伊莉莎白忍住心裡不斷蔓延的悲哀和憤怒，她努力保持平靜地問，「那還有一個交易呢？以前的交易是什麼？」

欺詐神露出意味深長的笑容，祂瞥了卡文迪許公爵一眼，「以前的啊——」

「不！」卡文迪許公爵顫抖了起來，他滿眼絕望地拉住欺詐神的衣襬，即使會被扭斷脖子，也無所畏懼般地哀求，「求求您，不要告訴她，不要告訴她！」

欺詐神抬了抬腿，他的手便無力地垂落下去。祂的目光投向牆面上的那張畫，道出讚賞，「真漂亮啊，卡文迪許夫人，可惜年紀輕輕就死了。

「妳知道妳的父親為什麼會祈求我幫忙解除妳和王子的婚約嗎？因為他很信任我，他覺得我是無所不能的神靈。畢竟……

「我曾經讓他的女兒起死回生。」

「起死回生？」

伊莉莎白呆愣了半晌。她茫然無措地瞪大眼睛，一時間有些反應不過來。

她死過一次？這位狡詐的欺詐神是她的救命恩人？那她該怎麼做？跟著他為非作歹嗎？

到底是怎麼回事……

伊莉莎白下意識地望向自己的父親，彷彿想要尋求什麼答案。

卡文迪許公爵萬念俱灰，沒有回看她。他已經意識到了，無論他如何哀求、如何發狂，欺詐神都不會改變自己的主意。他是任性妄為的神靈，怎麼會因為區區人類而改變想法。

果然，欺詐神眼帶憐憫地說：「妳那時候還是個繈褓中的嬰兒，也難怪什麼都不知道。

「當年的卡文迪許夫人懷著身孕……」欺詐神以一種要述說長篇故事的語氣開口，語句卻戛然而止，「帶著孩子一起死去啦！」

「都死了？」伊莉莎白腦海裡轟隆作響，她看向欺詐神，「那我是……」

「難產嘛，大的小的都活不下來也很正常。」欺詐神看起來似乎十分了解，「雖然我不是人類，我的母親生下我也不用懷胎十個月，但我好歹見過這樣的場面。

「人類這種生物啊，光是要延續自己的種族都得拚盡全力，真是弱小又悲哀。卡文迪許夫人失敗了，她沒替卡文迪許家族帶來一個新的生命，還把自己的命也搭上了。」

「是我的錯。」卡文迪許公爵眼裡一片絕望，「當初是我不能接受這個結局，我逼他們去找醫生、牧師，哪怕去找邪惡的亡靈法師……」

欺詐神熱情地張開雙臂，「然後我就來到了他的面前！

「我告訴他，我可以復活她們，只要把她們的屍體交給我——我猜他一開始只認為我是個邪惡的亡靈法師。然後我就做到啦，我拿走染著鮮血的屍體，還給了他兩個鮮活的人。

「臉色蒼白、身體虛弱但還能對他微笑的妻子，還在繈褓中、但任誰看了都會覺得是他親生的女兒。他當時在我面前痛哭流涕，簡直像是把我當成了至高神！其實也不用那麼誇張啦，畢竟我是個信守承諾的神，我從來不騙人。」

看著祂燦爛的笑臉，伊莉莎白動了動嘴：「……這句話也是騙人的吧。」

「被識破啦？」欺詐神笑了起來，笑意卻到不了眼底，「妳比妳愚蠢的父親聰明多了。人怎麼可能死而復生呢？就連神的永恆都是有期限的，區區人類……」

伊莉莎白沒注意到欺詐神說這句話時，眼底有一瞬的異樣，她被自己的父親拉住了手。那個一向一絲不苟又嚴謹的中年男人正痛哭流涕，他嘶喊著，「不是的！不是假的！不是假的！這就是我的伊莉莎白！她是我的女兒……」

「父親。」伊莉莎白也忍不住跟著落淚，「到底、到底是怎麼回事……」

卡文迪許公爵痛苦地捂住了腦袋。

一開始妻子和女兒的回歸讓他很高興，儘管死而復生的事情十分駭人聽聞，但他當時根本無暇顧及這些。卡文迪許夫人的身體除了缺乏營養之外，幾乎沒有大礙，而伊莉莎白完全是個健康的孩子，這根本不符合難產過後大難不死的狀態。

他找了理由，暫且讓妻子和女兒住到別處的莊園裡，說是去幫她們尋找名醫，等避過這陣風頭，就會把她們帶回來。

而他只要一有空，就會坐著馬車，一路穿越華貴的王都、繁榮的外城區，到達那座小莊園——他得親眼看見她們，確認她們還活著，才能閉上眼睛睡去。

一開始他是如此得幸福。他悄悄把那位不曾留下名號的神靈給予的神像供奉起來，每天虔誠地向祂祈禱。

但他逐漸察覺到了不對。也許是發現妻子開始使用以前不常噴的香水，也許是她開始頻繁品嘗以前不喜歡的菜，也許是他心底打從一開始就知道——他深愛的妻子已經死了。如今在他面前的，只是一個擁有相同面孔的其他人。

他最終只帶回了年幼的伊莉莎白，他把那個冒牌的卡文迪許夫人暗中留在那座莊園裡，對外宣稱她當時就因為難產死去了。

他當時為什麼會帶走那個孩子，沒把她一起留在那個莊園裡呢？

卡文迪許公爵有些模糊的視線看向伊莉莎白。

是因為他的孩子還沒有出生，醫師只透過未成形的胎兒告訴他可能是個女孩，也沒有像夫人一樣有個對照，所以他還能自欺欺人地覺得這就是他的女兒？

是因為他得有一個繼承人，否則家族裡那些老古董一定會費盡心機，要他再娶一個新的妻子、留下子嗣？

還是因為那個孩子有一雙和他一樣的眼睛，他想著，無論大人們有什麼樣的陰謀，但這麼小的一個孩子，她肯定什麼都還不知道，一定是無辜的？

不，都不是。

是因為他多希望、多希望她就是那個孩子。

卡文迪許公爵猛地伸出手，他一把拉住伊莉莎白、將她護在身後，像一頭窮途末路的發怒雄獅般，對著欺詐神怒吼：「她是我的女兒！我已經按照約定把卡文迪許家半數的礦山交給祢了！交易已經完成了，祢不能把她從我身邊奪走！」

「你的女兒早就死了。」欺詐神笑咪咪地揭穿他的謊言，「而且，我也根本不想要什麼礦山，在我眼裡，那些石頭的價值遠不及你的痛苦和煎熬有趣，這才是我要的代價。」

「我已經接受了，我都已經接受了這些代價，為什麼您還要出現……」卡文迪許公爵跪倒在地，「求您放過這個孩子離開吧，求求您……」

「我還沒說完呢。」欺詐神撐著下巴，「你都沒讀過故事嗎？大結局的時候，惡徒都得仔仔細細地交待自己做了哪些壞事，這是必經的過程。

「我的露西，我準備的漂亮棋子，她剛剛來到王都的時候、遇見了妳，我就想起來啦，這也是我的棋子嘛。所以我就來打了個招呼，順便問問許久不見的卡文迪許公爵想不想再和我做個交易。

「他一開始還說自己可以解決呢，但在我說想要見妳之後，他又改變想法了，同意和我交易。妳猜是為什麼？」

「他想保護我。」伊莉莎白終於忍不住眼中的淚水，「他、他不想讓祢……」

「多麼愚蠢的人類。他付出了慘痛的代價換回一個假貨，還把她當成真的寶貝。」欺詐神露出充滿惡意的笑容，「如果不是因為妳，他也不會像個蠢貨一樣任我擺布。

「他明明已經知曉了我的名號，也該猜到所謂的死而復生，就是我找了兩個阿薩家族的人來充數，卻還是捨不得這個虛假的幻象呢。」

欺詐神用近乎溫柔的語氣說出了殘酷的話，「妳回頭看看那幅畫呀，伊莉莎白，妳多像那位已經死去的卡文迪許夫人，哪個女兒會跟媽媽長得一模一樣呢？」

伊莉莎白的身軀一陣搖晃，她腦海中瞬間浮現了一幅景象——一個亞麻色頭髮的女人抱著她，跪在神靈面前哭泣，而神靈毫無慈悲。

「開心點，以後妳就是高貴的卡文迪許夫人了，妳的女兒就要當貴族小姐啦。」祂說。

她那時還是個繈褓中的嬰兒，她不該有這些記憶，是欺詐神特地讓她看見的。

壞蛋的自白終於到了尾聲，祂伸了伸懶腰，給出了最後的結語，「說真的，我很討厭貴族。區區人類卻擺出高人一等的姿態，開什麼玩笑，他們把自己當成是神明了嗎？

「你看，年輕貴族裡最高貴的伊莉莎白小姐，其實出身於低賤的騙子家族，多麼可笑啊，可見他們一向推崇的尊貴血統根本就是個笑話。」

他彈了下手指，房間內憑空燃起一叢火焰，就如同當時的約拿德家一樣。

欺詐神張開嘴，「好了，現在……」

祂話音未落，神色微動，微微側頭躲過了門口飛射而來的風刃。

所有人都錯愕地轉頭看去。芙蕾．霍華德披著一件黑色的、用於掩蓋身形的外袍，在沉沉夜色裡乘風而來，腳尖輕巧地落在露臺的欄杆上。

她開口：「抱歉，魔王大人，我實在忍不住了！世界上怎麼會有這麼欠揍的神！簡直比利亞姆還欠揍！」

欺詐神的表情瞬間變得有些微妙。

魔王無奈地搖了搖頭，「妳都已經出手了，現在道歉還有什麼用。」

伊莉莎白這才反應過來，她一手拉起卡文迪許公爵，有些緊張地開口，「芙蕾小姐，小心！」

欺詐神笑了一聲，「你們來了啊，我還擔心夜已經深了，你們會不會不來了。」

「為什麼？」魔王懶洋洋地抬起眼，「因為祢是黑夜女神的兒子，天生擁有黑夜的眷顧，所以我們就得等到天亮以後再來嗎？」

「一般來說是這樣沒錯。」欺詐神從書桌上站起來，漆黑的影子從祂腳下蔓延出去，祂瞇起眼睛，笑了笑，「但我也知道你從來不是一般的傢伙。讓我猜猜，你和你的眷屬能不能在這裡抓住我呢？」

祂的身形看起來就要消失在影子裡了，然而一眨眼，祂忽然伸手探向伊莉莎白的喉嚨，用力收緊了手腕。

祂面無表情地說：「我想了想，還是不能就這樣放過妳。阿薩家族的一切都是屬於我的，從一生下來，妳的靈魂就已經有了我的烙印。居然想反抗自己信奉的神靈，真是貪婪又愚蠢的凡人。」

銀色的長槍順著風飛來，擦著欺詐神的手腕而過，逼迫祂鬆開了手。芙蕾已經抽出身後的弓箭，瞄準了神靈。

欺詐神的表情難以捉摸，祂看向魔王，冷冷開口，「喂，澤維爾，這也是你允許的嗎？」

「嗯。」魔王撐著下巴笑了起來，「怎麼了，芬克，我只驅使了眷者來對付祢，讓祢自尊心受損了嗎？可是祢總得表現一下，讓我知道祢值得我親自動手才行啊。」

「你從以前開始就是這個樣子。」欺詐神嘆了口氣，「我總是不明白你做這些事的理由。你救下我的棋子、救下這些愚蠢的凡人，又有什麼意義呢？」

「又不是我要救他們。」魔王扭頭看向芙蕾，「該由妳來回答。」

越過燃起的火焰，芙蕾和伊莉莎白對視了一眼。她看見對方眼裡的不安和痛苦，看見她被火舌燒破的裙襬，看見她緊緊護著卡文迪許公爵的雙手。

芙蕾抬起頭，毫無畏懼地瞄準了欺詐神，風精靈歡欣鼓舞地圍繞著她，包裹著箭尖的風獵獵作響。

「我要給她選擇的權力。成為伊莉莎白・卡文迪許，還是成為伊莉莎白・阿薩，我要她自己選！」

利箭和她的話一起被風送進了房間，她站在露臺的欄杆上，彷彿將整個王都都踩在腳下。

第九章

睡　神

CHAPTER

IX

風神弓射出的箭條然炸開，伊莉莎白拉著卡文迪許公爵從窗口一躍而下，錯身而過的時候，她看見芙蕾彎起了嘴角。她微微抬手，溫柔的風托著他們落地。

然而欺詐神忽然從地底出現，祂像是神出鬼沒的鬼魅，執著地想要奪取伊莉莎白的性命。

伊莉莎白擰緊眉頭，一把推開卡文迪許公爵。她口中吟誦咒語，毫不猶豫地發動攻擊，「火！」

巨大的火球沖天而起，欺詐神的身影在高溫灼燒下化作一個扭曲的焦影，但伊莉莎白還沒有鬆口氣，帶著火焰的焦黑手掌就穿過火焰，死死地捏住了她的脖子。

欺詐神英俊的面孔已經變得無從辨認，但祂依然盯著伊莉莎白，「妳以為妳能逃得掉嗎？阿薩家族和我做了交易，流著他們血脈的子嗣，生生世世都是我的奴僕。無論妳走到哪裡，這雙手都會如影隨形、緊緊地掐住妳。」

「呃……」伊莉莎白抬起頭，喉嚨被灼燒的壓迫讓她不由自主地擠出生理上的淚水。恍惚間，她看到露臺上的芙蕾舉著弓，但只要她發動攻擊，利箭就會把她和欺詐神一起射穿。

伊莉莎白不知道自己從哪裡來的力量，她伸出手，不顧被灼傷的痛楚和傷害，啞著喉嚨發出一聲一點都不像貴族的吼叫，狠狠用額頭給了祂一記頭槌。

她奮力側過身，死死拉住祂的手臂，沙啞地喊出：「芙蕾，攻擊！」

包裹著風的利箭命中了祂，但是能把城牆轟穿的神箭，也不過在祂身上打出了一個血洞。

欺詐神站了起來，像甩開什麼髒東西一樣、甩開了伊莉莎白的手。祂瞇著眼睛看向芙蕾，忽然笑了一聲。

祂身上焦黑的皮膚宛如蛻皮一般層層落下，露出嶄新的軀殼，只有被芙蕾射穿的那個血洞依然存在。祂面容抽動著把箭抽出，無奈地嘆了口氣，「神不會死，但被神器攻擊依然很痛啊。

「芙蕾．霍華德，記得小心點，我會詛咒妳哦，還有妳遠在綠寶石領的家……」

回應祂的是一支擦著祂臉頰飛過的箭。欺詐神摸了摸自己臉上滲出的鮮血，忍不住咋舌，「真是個壞脾氣的小女孩。澤維爾，你看女人的眼光真的不怎麼樣，就不知道挑個溫柔懂事的嗎？」

魔王伸手點了點伊莉莎白，「祢是說祢挑的那個？還是在王宮裡悄悄傳來消息，讓人來抓祢的那個？」

欺詐神瞇了瞇眼，「你也不是毫無變化，至少嘴巴變得壞多了。」

魔王掀了掀嘴角，「說起來，祢不是最喜歡看戲嗎？這場戲劇怎麼樣，凡人對抗神靈的戲碼。」

「這可真是……我最討厭的把戲了。」欺詐神真誠地回答。

「哦！」魔王露出了驚喜的表情，「我想也是。那真是太好了。」

芙蕾歪了歪頭，「如果聊完的話，我可以繼續了嗎，魔王大人？」

「別著急。」魔王伸手按了按她的手腕，「只要祂還是神，妳在祂身上開再多洞也只是讓祂有點痛楚而已。想要真正地殺死神，就得先把祂變成……魔物。」

魔王笑了一聲，欺詐神終於變了臉色，祂不再猶豫，迅速化作一道黑影，試圖逃跑。

魔王張開翅膀，安撫芙蕾，「別急，到時候留給妳殺。」

芙蕾張了張嘴，懷疑自己在魔王心裡的形象是不是不太對，她也不是那麼執著於弒神的人啊！

她從露臺上躍下，檢查了一下伊莉莎白的傷勢，扭頭看向卡文迪許公爵，「去叫醫生來。」

卡文迪許公爵的情緒經歷了一整天的大起大落，此刻聽到她發話，也顧不得什麼貴族威嚴和禮儀了。他猛地點頭，手腳並用地爬起來，朝著外面呼喊，「來人啊！救火！救火！」

其實他們在書房內搞出這麼大的動靜，整個府邸的僕人卻像什麼都沒有聽到一樣，這本身已經十分不可思議了。

卡文迪許公爵的呼喊終於喚醒了這寂靜的長夜，有人驚呼起來，「書房著火了！快來救火！」

「小姐！老爺！」

芙蕾低頭，溫柔地拍了拍伊莉莎白的腦袋，「別擔心，剩下的我會解決，妳可以稍微休息一下了。」

她站起來，在別人看到自己的身影之前，循著魔王離開的方向追去。

她吹了聲口哨，珍珠就如同一道白色閃電般破風而來。芙蕾翻身上馬，在黑夜中疾行。

她仰起頭尋找著魔王的身影，「魔王大人，別在天上打啊，太黑了看不清楚！」

接著她就看見一團黑影從天而降地砸在她眼前，如果不是她及時拉住轡繩，珍珠差點就從祂臉上踏過去了。

「咳咳！」欺詐神冷冷地掃了她一眼，十分能屈能伸地笑了起來，「好吧好吧，即使在深淵待了這麼久，我依然不是你的對手。我認輸。」

魔王舒展著翅膀，緩緩落下。芙蕾看了他的表情一眼，就知道他多半還沒有打過癮。她十分體貼地開口，「我不急著補最後一箭，您可以再多打幾下的。」

「咳！」欺詐神深吸一口氣，祂看向魔王，「說吧，我要付出怎樣的代價？我聽說你在收集神血，我要獻上多少血液才能抵銷冒犯魔王的罪責？」

魔王饒有興趣地看著祂，他笑了一聲，「全部。」

欺詐神沉下臉。

魔王抖了抖翅膀，「這也沒有辦法，我的眷屬很討厭祢，而我碰巧是個寵……無度的魔王。」

「哈哈哈！」欺詐神搖搖晃晃地直起身，祂上上下下打量著魔王，「你知道嗎？從我誕生之時開始，就常常聽見有人說你是諸神中最像至高神的那一個，甚至有神說你——是『至高神的親生之子』。可我從沒見過至高神。

「說不定你們真的很像，或許就連命運都如此相似，被深淵汙染的魔王……」

聽祂意有所指，魔王便收起了笑意。

芙蕾自認自己已經對諸神了解頗多了，但對至高神依然知之甚少，她只知道對方似乎在深淵出現之前，就已經消失不見了。

儘管心裡有所疑惑，但她知道現在不該被敵人牽著鼻子走。

「魔王大人。」芙蕾低聲叫住他。

魔王回過頭，眼中猩紅色的光芒一閃而過。但芙蕾還沒確認到，他就已經閉上眼睛，再睜開時又變回了暗金色的瞳孔。

——他生氣了。

「啊啊！」

芙蕾只覺得眼前一花，魔王已經單手掐著欺詐神的脖子、把祂提了起來，他的語氣不帶憐憫，「芬克，大多數的神不和祢計較，是因為祢有很多麻煩的兄弟姊妹，還有一位護短的母親。但祢其實很弱，祢不知道嗎？」

芬克有些吸不進空氣，但祂還沒有開口，就忽然臉色驟變、發出了驚叫。

祂腳下的地面浮現出一個黑洞，濃郁的魔氣從裡面蒸騰而起，絲絲縷縷地纏繞上欺詐神的身體。他修長的雙足最先開始產生異變，在祂痛苦的嘶吼裡變成了一雙鳥腿。

芙蕾微微擰起眉頭。

她像是忽然感受到某種不祥的預感，猛地出聲提醒：「魔王大人！」

魔王有一瞬間覺得自己就要睡去了。聽到芙蕾的呼喊後，他迅速睜大眼睛，勉強打起精神，掙脫睡意。但就這樣一晃神的時間，也足夠讓人把欺詐神帶走了。

身著星月黑裙的少女單手扛著欺詐神，面無表情地手起刀落，斬斷了祂已經魔化成鳥類雙足的小腿。

「啊啊啊啊啊！」欺詐神發出淒慘地喊叫，祂死死拉住少女的手臂，「殺了他，殺了他！朵薇拉！」

少女提起裙襬，朝魔王行了一禮，嘴上毫不留情，「閉嘴吧，這個麻煩的傢伙，祢這次惹的麻煩已經夠多的了。」

魔王沒有接話，芙蕾迅速來到他的身邊，伸手拉住了他。

朵薇拉眉毛一挑。別人可能看不出來，但祂知道魔王剛剛差點就睡去了。失去意識的壓制，深淵主宰的暴虐情緒就會讓他變成毫無神志的強大魔物。

祂以為這個擅自接近魔王的人類會被撕成碎片，但他好像快要恢復過來了。

祂嘆了口氣，真是個比想像中還要麻煩的敵人。

睡神不再戀戰，祂拖著下半身鮮血淋漓，但已經開始長出一雙新腿的欺詐神，往後一躍。黑夜對祂們張開懷抱，隱匿了祂們的蹤影。

芙蕾一愣，魔王卻拉住了她，「算了。那是睡神朵薇拉，那傢伙對付起來有點麻煩。」

芙蕾很快就反應過來——魔王還在和深淵的汙染對抗，一旦失去意識，精神就會被深淵的陰暗面主宰。這位睡神確實是個麻煩的對手。

「沒關係的！就暫時放祂一馬。如果祂還敢來，就把祂打到連黑夜女神都認不出祂！」芙蕾揮了揮拳頭，十分大度地放了句狠話。

魔王從喉嚨裡憋出一聲悶笑。他低下頭，把下巴壓在芙蕾肩膀上，並按住她的腦袋，不讓她回過頭看見自己有些失控的猩紅雙眼。

他深吸一口氣，「我有點累了。」

這簡直像是一個擁抱。

芙蕾直覺魔王的心情低落，或許和剛剛欺詐神口不擇言地提到的至高神有關。如果自己現在開口的話，他說不定會願意滿足她的好奇心。

但芙蕾還是眨了眨眼，緩緩伸出手、拍了拍他的後背，「我們回家吧，魔王大人。我們回去吃宵夜，大家都在家裡等著我們呢。」

王宮內，翻箱倒櫃收拾著行李的露西似有所感地回過頭，接著她就發出了一聲慘烈的尖叫。

欺詐神的一隻腳剛剛恢復了原樣，還有一隻還差了一小截。祂彷彿渾然感受不到痛楚，只是對露西冷笑一聲，「嚇壞啦？妳看，就是因為妳試圖背叛我，才會害我這般流血。」

「不、不！不是我！」露西跌坐在地，渾身顫抖得劇烈。

「不是妳？」欺詐神扯出一個笑容，「那麼，那是斯派克．斯坦自己的主意？」

哭叫聲戛然而止。露西攥緊了裙襬，她咬緊牙關，從牙縫裡一點一點地擠出：「不。是我背叛了您。」

「啊，難道是因為所謂的『愛情』？」欺詐神露出嫌惡的表情，「真噁心。」

露西絕望地想，她要死了。

她一定是這個世界上最愚蠢的白痴。

她要為一個白痴少爺丟掉性命了。

她閉上眼睛。她想，就算她不承認，欺詐神也不會放過她的，所以其實也沒有區別。至少她在死之前，給這位高高在上的神明找了一點小麻煩。

然而預料中的劇痛和死亡都沒有到來。她顫顫巍巍地睜開眼，看見一位陌生的高貴女士站在她身前，一把匕首已經貫穿了欺詐神的咽喉。

「啊！」露西忍不住驚叫出聲。死了？欺詐神死了？她殺死了神明！

「安靜點，小傢伙。」貝利主教對她揮了揮手，示意她站到自己身後。

露西已經沒有站起來的力氣了。脫離了死亡的恐懼後，她渾身無力，只能移動自己的身軀，緩緩挪到貝利主教身後。這時她才發現，貝利主教身後還站著阿爾弗雷德王子。

王子看見了她，目光顯得有些複雜。

露西囁嚅了兩下，但她還沒開口，王子就收回了視線，冷哼一聲，「別跟我道歉，反正我也不會原諒妳。」

欺詐神的臉色有些古怪，祂張了張嘴，漏風的喉嚨卻只能發出咳血聲。

春季女神皺起眉頭，擺正了祂的腦袋。「別亂動。」

祂從衣袖裡拿出一個小瓷瓶，看了看祂的出血量，又把瓷瓶塞回去。她朝貝利招了招手，「貝利，把那個花瓶給我。」

貝利主教迅速往前一步，把花瓶裡的花和水全部倒光，還用自己的教士袍仔仔細細擦乾裡面的水漬，這才遞給了春季女神。

欺詐神眼前一黑，終於忍不住「哇」地吐出一口血來。

春季女神迅速用花瓶接住，眼帶慈愛。「沒事，慢慢吐啊。」

睡神朵薇拉站到窗沿上，目光複雜，「祢居然會在這裡，格雷蒂婭。」

春季女神微微點頭，「魔王說，芬克這種最討厭人類違抗神明、還非常小心眼的傢伙，知道露西．約拿德居然敢背著祂傳遞消息，一定會來找她麻煩的，我們只要守在這裡、等牠過來就好。」

祂一邊說，一邊看了欺詐神一眼，「但是我也沒想到，祢傷得這麼重居然還會過來，祢是笨蛋嗎？」

十分虛弱的欺詐神無法逃離春季女神的鉗制，祂咬牙切齒，「朵薇拉！祢還在等什麼？」

朵薇拉在窗沿上晃了晃腳，「沒關係，哥哥。祂又沒有要殺祢，只是放點血而已，祢可是神，又不會死。」

春季女神點了點頭，「嗯，不用擔心，我不是魔王，沒辦法殺了祂。只要這裡面裝滿了，我就會放祂離開。」

「嗯，好。」睡神打了個哈欠，「好了的話再叫我一聲。唉，現在本來是睡覺的黃金時間啊。下次我一定要把照顧芬克的工作丟給其他人，嗯……」

幾乎只是一個呼吸的間隔，祂就坐在岌岌可危的窗沿上，搖搖晃晃地陷入了沉眠。

阿爾弗雷德王子張了張口，最後還是閉上了嘴。

露西幾乎要被嚇傻了，她看著欺詐神像隻被人捏著脖子放血的雞，滿腦子都是——自己看到了這一幕，欺詐神之後一定會想盡辦法殺了她的。

春季女神也沒有真的放滿一整個花瓶，大概只放了半瓶，祂就沒了耐心。祂叫醒了睡神，把祂有些乾癟的哥哥還給祂。

春季女神說：「讓黑夜女神幫祂進補一下，不然祂下次再來找碴，都要擠不出血了。」

「嗯，好……」睡神似乎還有點迷迷糊糊的。祂含糊不清地咂了咂嘴，應了一聲，接著就拎著欺詐神，轉身鑽進了黑夜裡。

春季女神把裝滿半個花瓶的神血放在桌上，回過頭來看著露西。

露西臉色煞白，不由自主地發抖了起來。

女神把手拍在她的額頭上。「從今天起，妳就是春風女神的信徒了。好了，芬克的印記已經消除了，妳走吧。」

「……我該去哪？」露西努力找回自己的聲音。

春季女神看了看她收拾到一半的小包袱，「妳原本打算去哪，就去哪。」

「咳咳。」貝利主教出聲提醒，「女神大人，還有芙蕾小姐拜託您傳的話。」

「哦，差點忘了。接下來是芙蕾．霍華德要轉達給妳的話。」春季女神清了清喉嚨——

「妳給大家添了很多麻煩，但看在妳是被脅迫的分上，把妳知道的一切都告訴他們，追究的事就算了。

「妳不是自己選擇成為欺詐神信徒的，阿薩家族別無選擇，你們生來就套著枷鎖。現在，妳身上的枷鎖已經被摘掉了，從今以後，妳走的每一步都是自己的選擇。

「沒有人會阻止妳，當然，也不會再有從天而降的幫助。」

露西呆愣了半晌，才猛地點頭，「我、我會把我知道的，都告訴你們的！」

春季女神看向阿爾弗雷德。他點點頭，攤開了紙張，「妳說吧。」

等做完了記錄，阿爾弗雷德王子揉了揉酸疼的手腕，揚起下巴，「妳可以走了。」

露西沉默了半晌，忽然開口，「我能留下來嗎？」

阿爾弗雷德王子愣了一下，隨即面露難色，「我對妳其實真的沒有那種意思……」

但露西已經跪在了女神面前，「我不知道您是哪位神靈，也不知道芙蕾小姐到底是何方神聖，但你們說了，之後的每一步都是我的選擇。

「我選擇留下來。如果我用一生償還這分恩情，你們能不能……能不能拯救阿薩家族……

「我們是欺詐神的信眾，是祂豢養的棋子，因為最初的先祖立下的契約，我們無法違抗祂的命令。求求你們，把阿薩家族從神的詛咒之下拯救出來吧！」

春季女神沉默下來，祂看向貝利主教。「芙蕾沒有教過我這個局面該怎麼應對，要不然帶回去問問吧？」

貝利主教恭敬地點頭稱是。

春季女神伸手點了點那個花瓶，示意他抱上。貝利主教當即倒吸了一口涼氣，伸出顫抖的雙手。

阿爾弗雷德王子搶先一步，把花瓶穩穩當當地抱在了懷裡。他露出笑容，「嘿嘿，我來吧我來吧，老人家的手都在顫抖了。」

貝利主教不好意思地摸了摸自己的後腦杓，「抱歉，女神大人，我一想到這是神靈的血，還是會忍不住發抖……」

春季女神寬容地點頭，「沒關係，以後習慣就好了。」

貝利主教咋舌。「以後還會有啊……」

春季女神抬頭看向深邃的夜空。

「會有的。」

天穹將傾，神界搖搖欲墜。阿爾希亞王都，這座負有盛名的「黃金之城」，誰知道還會引來多少神明呢。

春季女神帶著貝利主教、王子、露西，還有半瓶的神血，來到了霍華德府邸，接著才從庫珀口中得知，為了準備明天的「表演」，芙蕾已經分秒必爭地就寢了。

春季女神眨了眨眼。「哦，那魔王呢，他不用睡覺吧？」

「咳。」庫珀尷尬地清了清喉嚨，「魔王現在也不太方便。大家先到客房裡睡一覺吧，今晚的事也夠多了。」

「好吧。」春季女神有些失望，祂把神血抱在懷裡，「那這個我要明天親自給他們看。」

庫珀面露善意地誇獎祂，「他們一定會驚訝的，您居然取得了這麼多。」

春季女神才露出了滿意的微笑。

而此時，被眾人惦記著的魔王大人正坐在芙蕾房間的窗臺上，毫不留情地開口，「閉上眼睛，老實睡覺。」

芙蕾小聲抗議：「我剛剛才揍了神明啊，魔王大人，今晚睡不著也是很正常的事情。」

魔王撐著下巴，瞇起眼睛，「妳昨天就沒有好好睡覺，人類可是很脆弱的，別以為成為魔王的眷屬就會得到優待。如果妳生病了，是要我把醫藥之神抓過來給妳治病嗎？」

芙蕾翻了個身，正對著窗臺上的魔王，「我覺得醫藥之神聽起來也很有用的樣子，不如提前把祂抓過來吧？」

「誰知道祂躲在哪個角落。」魔王掃了她一眼，「閉上眼睛。」

芙蕾只好聽話地闔上眼皮，含糊不清地嘟囔了一句。

魔王放緩了語調，「別擔心，明天早上不坐馬車，我帶妳飛過去，妳可以稍微多睡一下。」

芙蕾閉著眼睛，沒發現他的目光有多麼溫柔，就連嘴角都隱隱帶著笑意。

她蹭了蹭枕頭，「我有點緊張，魔王大人。明天我就要在大家面前演一個對王位野心勃勃的霸道伯爵了，萬一沒演好怎麼辦？」

魔王笑了起來，「妳好好睡覺，明天就能表演好了。」

「這跟睡覺有什麼關係……」芙蕾小聲抗議，但呼吸還是漸漸平穩了下來。

魔王盯著她盯了半晌，這才扭頭看向窗外。夜晚的王都一片沉寂，哪怕今夜卡文迪許府邸發生了大事，也沒有完全驚醒這座城鎮。

也可能是因為不久前才剛經歷過一次大火，所以大家已經迅速習慣了。

「霸道伯爵……」魔王又忍不住笑了一聲。

他知道，芙蕾在王都既沒有聲望，也沒有高貴的出身，她要奪下王位，只能依靠純粹的力量和鐵血的手段。但這樣……她恐怕沒辦法得到什麼好名聲。

「**就是要有這種壞名聲，才配得上魔王的眷屬這個身分嘛。就算被人當成是滅世的魔女、奪取王位的邪惡女巫，不是也和深淵裡爬出來的魔王很相配嗎？**」

他耳邊再次響起芙蕾的話，忍不住舒展了下翅膀。

真奇怪，他似乎覺得心裡柔軟又滾燙。明明就算往他頭上澆了岩漿，他也不會眨一下眼睛。

他守在這個狹小的、連翅膀都伸展不開的窗邊，就好像巨龍守著洞穴裡的寶藏。

他忍不住又回頭看了一眼。

「睡得真傻。」魔王笑出聲。

真可愛，他心想。

第二天，芙蕾一個翻身從床上醒來。就發現妮娜正一把推開她的房門，眼裡閃著亮光。她擺出一排梳妝工具，露出躊躇滿志到有幾分猙獰的笑容，「嘿嘿！來吧姊姊，讓我幫妳梳一個符合霸道伯爵身分的髮型！」

她手裡還捧著一條長裙，它那雍容華貴的黑金色調，充滿野心勃勃的高貴和難以壓制的叛逆氣息，很符合她目前要扮演的角色身分。

她換上禮服，看著鏡子中的自己。成熟的色調把她本身的年輕嬌豔壓下去了不少，只要不露出笑容，居然也能隱隱透出些威嚴。

芙蕾摸了摸下巴，「要不要再把眼睛周圍塗黑一點？」

「那就太誇張了。」妮娜十分不贊同。她雙手扠腰，以一副專家的口吻開口，「現在這樣正好，又美又危險！是帶刺的野玫瑰，是反擊的荊棘鳥！」

芙蕾哭笑不得，「這又是從哪本書看來的臺詞啊？」

妮娜老實交代，「是新書──《神明寵愛的叛逆少女》，嘿嘿，主角依然是充滿男子氣概的太陽神哦！」

芙蕾沉默了半晌，接著拍了拍她的肩膀，語重心長地說：「妮娜，理想和現實總是會有差距的，妳也不要太失望了。」

太陽神有沒有男子氣概她是不知道，但多半是個龜毛又自戀的傢伙。

妮娜呆一呆，顯然是沒聽出她的言下之意。芙蕾提起裙襬，一腳踩上了窗臺，回過頭對她眨了眨眼睛，「那麼，野玫瑰出發了。」

魔王「唰」地張開黑色的羽翼，伸手攬住她纖細的腰肢，轉身朝著王宮飛去。

妮娜的表情從震驚逐漸轉成呆滯。「翅膀……六個……難道說……

「六翼魔王！

「不不不，只有六翼而已，是不是魔王還很難說呢！我、我可是大法師霍華德伯爵的妹妹，我是見過大場面的女生，區區六翼……」

她魂不守舍地朝著門口走去，腳一軟、「砰」的一聲撞上了門。她扶著門的把手，喃喃說道，「不、不行，我必須去找點參考資料，我得去把《魔王的愛》《只鍾情於我的魔王》《惡魔本紀》通通找出來……」

宮殿內，人員都差不多到齊了，芙蕾姍姍來遲，是最後一個。

這也是他們之前商量好的。遲到，也是霸道伯爵的一種體現。

芙蕾揚起臉，帶著沒有半點愧疚的笑容走進大廳。她還沒有站定，就有人迫不及待地開口，「昨夜也起了大火！和約拿德家一模一樣！霍華德伯爵，這可真是……」

阿爾希亞王都的貴族說話多半都有這個毛病，他們喜歡只說一半，留下一半讓你自己補充。

芙蕾沒有理會。她對國王行完禮後，才慢悠悠地站直身體，笑容不減地開口，「我知道啊，但事情已經解決了。」

現場的氣氛凝滯了半晌。

她餘光瞥見站在一旁的伊莉莎白。她的狀態看上去不太好，脖子、手腕上纏了厚厚一層紗布，就連臉上也留著尚未消退的瘀青。一向從容典雅的高貴女子，此刻反而顯露出幾分脆弱的美感。

相較之下，卡文迪許公爵看起來就好多了，他只有從露臺落下去時受了一點擦傷，除此以外幾乎算得上毫髮無損。

芙蕾原本是想請他們在家好好休息的，但他們說什麼都要來幫忙撐撐場面，說是擔心其他貴族為難她。

也不知道是不是錯覺，總覺得他們經歷了這樣一場生死劫難，父女之間反而更加和睦了。

芙蕾也只交待了他們一句「見機行事，好好配合」，畢竟今天的主角不是他們，主要是靠她自己演戲。

「事情解決了。」邦尼夫人眼中流露出幾分好奇，「是怎麼解決的呢？罪魁禍首究竟是……」

她的目光在受傷的伊莉莎白和毫髮無損的王子之間轉了一圈，除非是卡文迪許家這麼狠心，肯讓自家長女上演苦肉計，否則，應當是王子沒錯了吧？

芙蕾笑吟吟地回答，「別著急嘛，事情已經水落石出了。罪魁禍首不是王子殿下，也不是伊莉莎白小姐，是……一頭狡猾的魔物。」

芙蕾沒有說是欺詐神。就算是在崇尚自由、沒有官方信仰的阿爾希亞，指責神靈是兇手也太過駭人聽聞了。更何況他們也沒有將欺詐神抓住，毫無證據就想定罪於神靈，怎麼想都會被人當作是胡扯。

即使如此，滿場的貴族也對這樣的結果並不滿意。他們大聲喧嘩了起來，指責芙蕾是在敷衍他們。

「哼，我就知道，一個偏遠領地來的小女孩……」

「大概是不敢得罪卡文迪許家，也不敢冒犯王室吧，居然想出了這種耍小聰明般的說詞……」

「把事情推到魔物身上，真可笑，怎麼不說是女巫呢！黃金之城內已經多少年沒出現過魔物了！」

芙蕾似乎對越演越烈的質疑聲毫不在意，這種反應也是在預料之中。她接了這個麻煩的工作，不知道多少人等著看她出醜，或是得罪某位大人物。這時見她還想刻意不偏袒任何一方，那些人顯然不會讓她這麼輕易地糊弄過去的。

等眾人稍稍發洩了心中的不滿，芙蕾才慢悠悠地開口：「我有證據。」

她象徵性地抬頭，看了不發一言的國王陛下一眼，「我請他們拿過來？」

國王還沒發話，阿爾弗雷德已經率先跳了起來，「既然有能證明我清白的東西，還不趕快讓他們拿上來！」

他眼中閃爍著興奮的光芒，旁人都以為那是即將洗清嫌疑的快樂，只有芙蕾知道，這是對演這場戲的一腔赤誠。

她給了阿爾弗雷德王子一個眼神，示意他老實點、不要壞事，這才轉過頭看向門口。

大廳的大門再次打開，魔王大人頂著一張冷淡又俊美的臉邁進大廳，徒手……不，也不算徒手，他怕髒般地在手心墊了塊手帕，身後拖著欺詐神被斬斷的兩隻鳥腿，一路沿著紅毯走了進來。

芙蕾覺得國王抽動的嘴角，也許是在心疼自己的紅毯。

魔王把兩隻鳥腿朝大廳中央一扔，往後一步退到了芙蕾的身側。

血腥味和隱隱散發的魔氣無法作假，不少貴族都不由自主地往後退了幾步，還有人忍不住乾嘔了兩聲。

有人憤怒地開口：「妳把這種東西帶來做什麼！」

當然是威懾啦，芙蕾在內心回答。但她還是必須保持笑容，「這是我提供的證據啊，當然要拿上來給大家看看。不然口說無憑，你們也不會相信我抓到了魔物。」

「順便一提，這就是昨天卡文迪許府邸火災發生時，被我們抓到的縱火現行犯，兩位也看到了吧？」

卡文迪許公爵和伊莉莎白並沒有看見欺詐神被魔王魔化的場面，但這並不妨礙他們的回答。

伊莉莎白喉嚨受傷，只能真誠地點頭。卡文迪許公爵往前一步，「是的，如果不是芙蕾大法師及時趕到，這場火災恐怕會奪去我們的性命。」

貝利主教也跟著出聲，「芙蕾小姐早就猜測今晚幕後黑手會現身，她自己前往了卡文迪許府邸，請我留在王宮內照看王子。火災發生時，王子並沒有離開王宮，也沒有任何異常的舉動。」

芙蕾十分滿意自己小弟自覺的表現，接著往下說：「咳，總之，欺……這狡猾的魔物在攻擊伊莉莎白小姐失利之後，去王宮找露西．約拿德滅口。當時伊莉莎白小姐也在眾目睽睽之下，沒有任何異動。」

「王宮？」國王終於有了點表情，他目光驚恐，「妳是說，這魔物出現在王宮，妳、妳是在王宮內斬殺了牠？」

昨夜他們只注意到卡文迪許家的大火，卻沒人知道當天晚上，王宮內也闖進了一隻魔物，這位大法師還在這裡輕而易舉地殺了牠！

所有人略略一想，看向芙蕾的眼神也隱晦地戒備了起來。王宮內就算沒有法師塔護衛，國王也擁有自己的軍隊，卻沒有一個人察覺到芙蕾的行蹤。如果換到他們身上，他們家中訓練的那點家僕就更不是對手了！

一時間，在場眾人的臉色多少都有些微妙。

芙蕾露出了笑容。沒錯，這也是她的目的之一——展露自己的實力。

人群之中終於有個人大著膽子開口，「可是王子宮殿內的袍子，還有不見蹤影的火系卷軸，這些該怎麼解釋呢！」

這個人倒是膽大心細，芙蕾忍不住多看了他一眼。那人臉色瞬間一白，看樣子有點後悔出了這個頭。

芙蕾笑了起來，她搖搖頭，「你們見過魔物嗎？」

無人應答。

第二紀元之後，世上本來就沒有多少魔物了。更別說魔法消退以來，傳說中的生物紛紛滅絕，魔物在死亡之森外，也變成了偶爾才會出現的珍稀物種。

假如生活在深山老林裡、或是國境邊界內，或許偶爾還能見到一、兩隻漏網之魚，但身在繁華王都的大貴族們多半是沒見過什麼魔物的。

芙蕾這麼一問，眾人都面面相覷。

「沒見過啊？」芙蕾笑著打量了一圈，「那你們怎麼知道，會不會有魔物狡詐得像人類一樣？

「有的魔物比人類更知道如何團隊合作，有的魔物比人類更擅長使用陰謀詭計，有的魔物甚至……」芙蕾悄悄看了魔王一眼，露出一個壞心眼的笑容，「比人類更擅長爬窗。」

魔王：「……」

「咳。」阿爾弗雷德王子清了清喉嚨，「我說，你們不如問問露西吧。」

慘白著一張臉的露西往前一步，撲通一聲跪倒在地，斗大的淚珠滾落臉頰，她的身軀開始顫抖。她閉上雙眼，「像我這樣的騙子，還有人會相信嗎？」

芙蕾頓時對她肅然起敬，這才是真正的演技大師。這樣一比，她的小弟們雖然也稱得上努力，但在情感處理上面還是太粗糙了！

第十章

落　幕

CHAPTER

X

露西的表演開始了。

她流著淚，公開了自己被魔物威脅的悲慘身世。她繪聲繪影地講述了一位柔弱無助的貴族少女，在魔物威脅下，一邊恐懼著對方的力量、一邊偷偷傳遞消息，試圖為自己無辜慘死的家人報仇的驚心動魄的故事。

芙蕾看見有幾位夫人悄悄地拿起了手絹，擦了擦眼淚。

這時候，斯派克少爺按捺不住地往前了一步，他壯著膽子，大聲地說：「是真的，露西小姐把這個消息告訴我，叫我通知伊莉莎白小姐不要回家，快點逃跑！但伊莉莎白小姐沒有聽我的，她還是回到了府邸。我擔心她的安全，就去找了芙蕾小姐……她說的都是真的！」

照理說，斯派克這種成年了、還沒有繼承爵位的邊緣貴族，是沒有資格參加這麼重要的集會的。但芙蕾需要他作證，所以就讓貝利主教想辦法把他帶了進來。

周圍響起了一陣竊竊私語。芙蕾知道，大部分人都已經相信了，畢竟他們雖沒有多少物證，但口供卻串得嚴絲合縫。

在旁人眼裡，她不可能是信口開河，除非她能讓王子、卡文迪許家、春風女神教會全都站在她這邊。

但誰能想到，他們真的就是全部都站在她這邊。

有人按捺不住、往前了一步，大概是看準了芙蕾不敢在大庭廣眾下動手，他大聲喝斥，

「國王陛下把這個重責大任委託給妳，妳就拿這種東西來敷衍我們！」

他的手指著地上那兩條鳥腿，漲紅著臉，「就這樣的兩條腿，妳就說是從魔物身上現取下來的，誰知道妳是不是找出什麼陳年的收藏……」

他們可不希望芙蕾這麼大出風頭，他們還等著趁機拉下一個王位繼承人呢！

「收藏……」芙蕾的臉色有些古怪，誰會沒事收藏魔物的腿？不，也不一定，這些閒著無聊的貴族總是讓她難以想像。有人喜歡養熊、養猛獸，那有人收藏魔物的兩條腿，好像也不是那麼難以理解？

芙蕾和藹地看了對方一眼，「您喜歡這個啊？送給您、讓您掛在家門口怎麼樣？」

想想還挺威風的，只是不知道欺詐神會不會聞到了味道，就過來殺人滅口。

開口的貴族避之唯恐不及，「誰要這東西啊！」

「出身高貴的貴族老爺，怎麼會喜歡低賤的魔物呢？」魔王懶洋洋地開口，似笑非笑地掃了他一眼。

對方忽然渾身寒毛直豎，身體裡的每個零件都在盡自己所能地向他示警。他張了張嘴，發現自己的牙齒居然在喀喀作響地打顫著。

芙蕾從善如流地接過話，「也對，貴族老爺是不會喜歡魔物的，那他門口還是比較適合掛顆貴族的腦袋。」

貴族喉嚨一緊。他覺得對方似乎已經看中了他這顆腦袋，他要是敢再多說一句，等等就會被人提著回去當裝飾了！

邦尼夫人笑了一聲，她饒有興致地摸了摸下巴。「真厲害呀，但我也有點好奇，怎麼只剩一雙腿了呢，芙蕾小姐？」

芙蕾笑容不減，「這就和戰爭時一樣，交差時只要取下對方的腦袋就行了。而且，我出手時有些不知輕重，除了這兩條腿，其他都毀壞得差不多了，如果真的全都拿上來，我怕會嚇壞大家。」

沒有人敢再貿然出聲。

現場的氣氛一時間變得有些詭異，眾貴族你看我、我看你，都沒人敢當下一個出頭鳥——畢竟大廳中央，那兩條鳥腿還擺在那呢。

「咳。」大概是看大廳內的氛圍太過古怪，王子清了清喉嚨，幫忙附和，「真的，我也看見那個魔物了，牠真的有著好大一隻鳥腿呢！」

他欲蓋彌彰地指了指地面的鳥腿，「就跟那個差不多大！」

芙蕾差點忍不住笑。

「芙蕾小姐救了我的性命。」伊莉莎白接著開口，她的喉嚨受了傷，聲音沙啞低沉，「她沒有說謊。她說的都是真的。」

這位一看也知道是不擅長說謊的人，最後強調的那句，怎麼看都透著幾分心虛。

露西深吸一口氣，明白又是自己該承擔責任的時候了。她再次擠出幾滴眼淚，「我本來就是個罪人，即使死了也不可惜。但芙蕾小姐讓我能活下去，我會將從魔物那裡得到的神器獻給芙蕾小姐，並發誓為她效忠。從今往後，我是您虔誠的信徒。」

有人敏銳地察覺到了什麼。她要向芙蕾效忠，卻不是向著王室，這似乎……

不少人斜眼打量著王座上的國王。

國王神色晦暗不明，白痴王子絲毫沒有察覺到他的父親正在考慮著什麼，還在吹噓芙蕾的實力。

「國王陛下。」芙蕾仰起頭，露出微笑，「這件事，就這樣結束吧？」

國王居高臨下地看著她。這位偏遠領地出生的貴族少女，似乎在今天第一次露出了她的頭角崢嶸和勃勃野心——那塊小小的領土裝不下她的實力，她在謀求更大的舞臺，也許正看著他身下的王位。

國王沉默的時間有點長，彷彿在和芙蕾·霍華德隔空對峙。許久之後，他開口，「就這樣結束吧。保全了王子和大貴族的顏面，是很好的處理方式。」

滿大廳的貴族們神色各異，國王從王位上站起來，他擺了擺手，示意大家退下。

這件事就這樣塵埃落定。

卡文迪許公爵忍不住多看了芙蕾轉身離開的身影一眼，他低聲說：「伊莉莎白，我們也許正在見證一個新時代的誕生。」

伊莉莎白沉默地點了點頭。

不僅如此，他們也正身處於這個時代。

霸道伯爵的名聲傳出去之後，倒是有不少人上門來。有的想要打探芙蕾接下來的計畫，有的想要摸清，那個和她關係匪淺的「六翼魔王」傭兵團究竟是什麼來頭，有的想問問她有沒有考慮跟誰訂下婚約，不然她妹妹也可以。

別看妮娜．霍華德現在還是個沒有爵位的貴族，誰也不知道她將來能走到哪一步呢。

芙蕾嫌麻煩，索性閉門不見客，只讓庫珀和妮娜處理來客。等到後來聽說很多人是衝著妮娜來的，她馬上把妮娜也抓了回來，將事情全權交給庫珀。

庫珀幽怨地看著她們，「唉，剛見面的時候還叫人家先祖，現在倒是把麻煩的事都交給我了。」

「喏，神血也有了，什麼時候再找點人手來？最近好像有其他人也知道了『六翼魔王』的僱傭方法，有不少人都在悄悄嘗試，現在人手有點不夠了。」

「嚯。」芙蕾呆滯地看著這裝滿半花瓶的神血，「格雷蒂婭是不是把欺詐神榨乾了啊？」

「據說是癟了不少。」庫珀點了點頭，「祂本來是想要親自交給妳的，但妳這兩天都很忙，祂找不到機會見妳。下次見面記得誇獎祂一下。

「對了，下午智慧神會來拜訪，要見祂嗎？祂對於自己想見魔王，卻還要過我這關而表示不滿。呵，我們這次圍毆欺詐神都沒通知祂，祂還不清楚自己在這裡的地位嗎？」

芙蕾眉毛一挑。「嗯……就見見吧。」

雖然她對智慧神保持著警惕，但也沒有什麼深仇大恨，見一面也無所謂。

下午，智慧神、也就是如今的智慧神教聖子利亞姆如約而來。

芙蕾意外地打量了他一眼，「您看起來很操勞嘛，智慧神冕下。」

他看起來確實有些疲憊，這種神色在神靈的臉上是很罕見的。祂抬起頭看了芙蕾一眼，「哦，因為智慧神教的事務比妳想像中的更多，而且我發現裝出這副勞苦的模樣，更容易讓我的信眾心疼。」

他一抬手，整張臉瞬間煥然一新。芙蕾抽了抽嘴角，決定收回自己遞出去的關懷。

芙蕾切入正題。「找我們有什麼事嗎？」

利亞姆看了魔王一眼，確認他沒有要插嘴的意思，似乎是把這件事全權交給了芙蕾，這才開口，「我要離開王都一陣子。」

魔王抬了抬眼，「其他神有動靜？」

利亞姆微微點頭，「西邊。」

芙蕾摸著下巴，「西方沒有大國，倒是坐落著很多小國。一部分的國家領土也不過跟阿爾希亞的一個領差不多大，並且常年大小摩擦不斷，並不團結。」

「但這一盤散沙被整合起來了，似乎對阿爾希亞的邊境蠢蠢欲動。」利亞姆的臉色有些凝重，「根據我得到的消息，那邊的領頭人應該是戰爭之神。」

「不是祂的眷屬，是戰爭之神親臨。」

魔王擰起了眉頭。看到他這副模樣，芙蕾稍稍有些擔憂，「很難對付嗎？祂會對阿爾希亞出手嗎？」

「祂的強項並不在個人的實力，戰爭之神的可怕之處，只有在戰爭中才能體現。」利亞姆面色凝重，「他過往的戰績，只用一個詞就可以說明──戰無不勝。」

「如果說欺詐神的願望是製造一個驚世騙局的話，戰爭之神的願望就是掀起一場席捲整個大陸的戰爭、用胯下的戰馬丈量大陸的版圖。」魔王突然開口，「如果有誰真心為神界的墜落感到高興的話，祂應該會是其中一個。」

芙蕾也跟著深吸了一口氣。「一般來說，這種傢伙的腦子都不怎麼正常。」

利亞姆煞有其事地點點頭，「所以只能我去，以我的智慧或許能暫且阻攔戰爭之神的鐵蹄。」

芙蕾面無表情地看著他。

利亞姆認真地說：「如果不是對手，我會迅速求援。我們就算還算不上是可以交託性命的盟友，但我好歹還是站在妳這邊的。你們會來救我的吧？」

芙蕾擺了擺手，不怎麼真心地說：「如果我們剛好有空的話。」

她心裡覺得西方邊境一定暫時沒什麼問題，不然的話，這個怕死怕疼的智慧神怎麼會自己主動前往西方？

魔王撐著下巴，忽然說道，「現在就走？」

智慧神愣了一下，他點了點頭，「對，很快，最早明天就離開，今天回去收拾一下東西。」

「我離開王都的話，也正好方便你的眷屬爭奪王位。現在應該只有邦尼家的那個還能算得上是對手了吧？」

魔王不置可否地垂下眼，剛剛的突然開口彷彿是心血來潮一般。沒有其他要說的，芙蕾便把他送出了府邸，恰好見到紐因站在門口。

利亞姆成為聖子以後，紐因就卸下了聖子的身分，成為智慧神教最年輕的大主教。當然，智慧神教不只有一個大主教，但內部人員多少都知道他特殊的身分，他儼然已經是智慧神教的實際掌權者了。

他看見芙蕾時，揚起了一個笑容，看起來有些欲言又止。但最後他還是只露出了些許的歉意，接著就告了別，跟上了利亞姆的腳步。

芙蕾開口：「魔王大人，他看起來好像有什麼話要說。」

魔王懶洋洋地應了一聲。

芙蕾再接再厲，「他看起來也很疲憊啊，這也是智慧神教的方針嗎？」

魔王嘀咕了一句，「誰知道呢？」

芙蕾喚了他一聲，「魔王大人——」

魔王嘆了口氣，「妳真是個愛管閒事的傢伙。知道了知道了，我帶妳偷偷跟上去看看。」

芙蕾笑顏逐開。智慧神果然不可能動搖她在魔王心裡的地位！

魔王帶著芙蕾追了上去，熟練地從智慧神教的窗口爬進紐因的房間。

托魔王的福，芙蕾現在已經能從容優雅地從窗戶躍下，不會再像一開始那樣窘迫了。

紐因一開始還保持著警戒，在看到來人之後，他露出了訝異的神色，最後還是無奈地笑了起來，「芙蕾小姐，魔王大人，沒想到你們會親自前來。」

芙蕾清了清喉嚨，擺出情報販子一般的模樣，「因為我看您一副欲言又止的樣子。怎麼了，是不是智慧神有什麼問題？難道說，西方的戰況是假消息，祂其實是打算偷偷溜走？」

紐因啞然失笑，但他也不意外自家神靈被人想成這樣，畢竟智慧神冕下平時的表現，確實很容易被當成是這種不誠信之人。

說起來，智慧神教的教義裡，好像也沒有「必須為人誠信」這一條。他嘆了口氣，「抱歉，讓您擔心了。但我只是苦惱於沒有親自跟您告別而已，並不是智慧神冕下有什麼異常。」

魔王哼了一聲。他斜睨著芙蕾，一隻腳已經跨上了窗臺，似乎是打算就這樣離開。

芙蕾拍了拍他，「耐心一點嘛，魔王大人。」

她回過頭，打量著紐因，再次提問，「真的只是要告別嗎？沒有其他要說的？」

紐因張了張嘴，最後依然表示：「……真的。」

「好吧。」芙蕾看上去有點失落，但她還是友善體貼地點了點頭，「那我來都來了，就跟您好好告別吧。

「西方天氣怎麼樣？厚衣服都帶夠了嗎？

「調味料多帶一些，如果食材不合胃口，至少可以做成熟悉的調味。

「有些可以在當地買的東西就不要帶了，不然也只是增加負擔……」

紐因無奈地笑了起來，但神色卻出乎意料地溫柔，「芙蕾小姐，謝謝您，請不用擔心，教會都已經準備好了。」

「這樣啊。」芙蕾抓了抓腦袋，她不好意思地笑了笑，「其實我也不是很擅長告別，不過我的母親在我離開的時候，都是這樣交代我的。我想，為朋友送別應該也差不了多少吧？」

紐因啞然失笑，他垂下眼，「是嗎，我也不太清楚。我……我沒什麼聽過母親的交待。」

芙蕾這才想起來，他在很小的時候就被教會帶走了。智慧神教的聖子，為了表明自己的身心都已經奉獻給了神靈，是不會再回去原來的家的，等於是把自己賣給了教會。

紐因當初還因為天賦過人，教會給他家人獎賞了十個金幣，他也因此被王都的眾人蔑稱為「值十金幣的」。

芙蕾看著他的眼神帶上了幾分憐愛，她拉住紐因的手，真誠地開口，「紐因閣下，如果您不介意的話，可以把我……」

「喂！」魔王如臨大敵地擰起了眉頭，然後他就聽見芙蕾接著說：「……當成媽媽！」

魔王：「……」

他覺得這位前聖子也不是一無是處，至少涵養應該不錯，才沒有當著芙蕾的面罵出聲來。

紐因不僅沒有罵她，他還捂著肚子，像是再也忍耐不住般，不顧形象地大笑出聲。他一邊笑，一邊擦著眼角的淚水，真摯地說：「那真是麻煩您了，媽……噗！」

一句話都還沒說完，他又笑彎了腰。

芙蕾抿了抿唇，有點委屈地轉頭看向魔王，「魔王大人，我覺得他在嘲笑我的真心誠意。」

雖然突然說要當對方的媽媽，這樣確實是有點奇怪，但她也只是一時失言，應該還是能感受得到她的真誠善意吧，怎麼可以笑成這樣！

魔王難得沒有順著她的意思安慰她，他挑了挑眉，「我也覺得很好笑。」

芙蕾沉默下來。她落寞地走到窗口，拒絕了魔王的幫忙，「我要走了，我自己回去，您不用帶我飛了。」

魔王短暫思考了一下，最後還是違心地哄了她，「是他不對，一點都不好笑，要我幫你打他嗎？」

紐因的笑聲戛然而止。

「咳。」紐因清了清喉嚨，恢復了平常端莊的模樣，「抱歉，我隱瞞了一些事情，芙蕾小姐。我的確有一些操心的事，如果您願意聽我說的話……就請讓我為您泡杯茶吧？」

芙蕾回頭看了他們一眼，又扭頭看了看窗外的景色，這才慢吞吞地從窗臺上爬下來。她點了點頭，「好吧，我再給您一次機會。」

「呼。」痛快地笑了一場後，紐因心裡的鬱結一掃而空。他收斂了神色，說起正事，「不知道是不是我的錯覺，最近的智慧神冕下……似乎有些虛弱。但也有可能是偽裝的，我也沒什麼證據，只是感覺他的虛弱似乎是真的。」

芙蕾和魔王對視一眼，同時在對方眼裡看到了點古怪。

「而且我還做了夢。您還記得我之前和您說的，我總是會做噩夢嗎？」紐因苦笑一聲，「最近越演越烈了，我覺得這可能是某種預知夢。

「我夢見智慧神被鎖鍊穿透骨肉，被鎖在自己的神廟裡，神血流了一地。」

魔王挑了挑眉毛，「每次都是這樣？」

「都是一樣的事，但事情似乎在一步步推進。」回想起了那個畫面，他的臉色變得很不好看，「第一次做的夢境內容，是我發現了一座被時空魔法隱藏起來的智慧神廟，我嘗試進入，然後夢境就戛然而止。

「之後每次都會夢見同一個開頭，但事情會再進一步發展。我進入了神廟，走到最深處供奉神像的地方，看見了我的神明被鐵鍊貫穿鎖骨，如同囚犯一般被吊掛在神像之前。

「最近的夢境就到這裡。我聽見了來自身後的腳步聲，但我還沒來得及回頭，就從夢裡醒了過來。」

魔王若有所思。「你告訴利亞姆了嗎？」

紐因遲疑著，微微搖頭，「沒有，我……我有些不安。有幾次打算開口，但最終還是沒有說出來。不過，智慧神冕下全知全能，如果祂想要知道的話，我是瞞不過祂的。」

「那只要祂沒問，就先別告訴祂。」魔王看了他一眼，回頭對芙蕾說，「妳有沒有什麼可以做為信物的東西？給他一個。」

芙蕾摸了摸自己的裙襬，上上下下搜索了一遍之後，她一臉心疼地顫抖著手，伸向自己脖子上的寶石項鍊。

「算了。」魔王嘆了口氣，他張開翅膀，撿了一根自己的羽毛，遞給他。

紐因遲疑著接過。「這是……」

魔王看著他，「你是全系法師，會火系魔法嗎？」

紐因點頭。

「那就拿著。遇到危險時就點燃它，我會察覺到的。」魔王走到了窗邊，「如果你夠機靈、懂得拖延時間，也許還有機會活下去。」

「說起來，利亞姆冕下可能也察覺到了什麼。」芙蕾摸著下巴，若有所思，「祂今天還特地提到，如果祂求救了，讓我們一定要去救祂。」

紐因聞言，鬆了口氣，他臉上露出真誠的笑容，「智慧神冕下也有警覺，那就再好不過了。」

他把羽毛貼身收藏好，鄭重地向他們道謝。

然而他一抬頭，芙蕾和魔王已經不在原地了。他無奈地笑了，他差點忘記這兩位都不是喜歡被正經八百地道謝的人。

這次從西方帶點特色食物回來、送給他們吧，他們應該會喜歡的。

他眼帶笑意，壓低了聲音，「我很期待為您效忠的那一天，尊敬的女王陛下。」

阿爾希亞的冬天到了。最明顯的徵兆就是人們走在街道上呼氣時、能呼出白煙了。貴族的房屋裡，暖和的壁爐也燒了起來。

芙蕾最近過得很悠閒。狼皇的軍隊知道阿爾西亞的邊境守著一位大魔法師，所以沒有貿然進攻。據邦奇先生在前線傳回來的情報，他們內部也還有好幾場仗要打，暫時也沒那麼多餘力來進攻阿爾希亞。

在西邊的紐因也常常寄信回來，據說離開王都之後，他就不太做噩夢了，也許當初那些只是他的幻覺，只不過他還是有點好奇夢境裡，身後腳步聲的主人究竟是誰。

綠寶石領也傳來了信件。今年的鼠患在尚未萌芽之時就被掐斷了，看樣子能過一個豐收的好年。這封信寄出的時候，他們還不知道芙蕾已經成了王位候選人，還在操心她有沒有足夠的錢，添購好一點的過冬衣服。

芙蕾從暖爐旁爬了起來，「庫珀先生，外城區有去綠寶石領的商隊嗎？魔王又從深淵補充了那麼多人手，我們應該賺了不少錢吧？」

「當然。」庫珀挑了挑眉毛，擺出一個相當闊氣的表情，「您想要買什麼嗎？什麼都可以！」

「我想買一些過冬的衣服寄回家裡。比起綠寶石領的，果然還是繁華王都的東西更好吧？爸爸媽媽一定會高興的！」芙蕾眼睛一亮，「然後再寄點金幣回去，告訴他們我這邊一切都好，他們不用再寄錢給我了……

「還有……好吧，東西好像有點多。」

芙蕾苦惱地搔了搔腦袋。魔王笑了起來，「那我們就自己組個商隊吧。」

芙蕾愣了一下，有些不好意思。「會不會太麻煩了？我、我也沒有這麼任性……」

「我正打算派點人手去綠寶石領。」魔王撐著下巴，「雖然一般神明不會跟人類過不去，但芬克是個不擇手段的傢伙。

「反正有那半瓶神血在，我們現在人手充足，安排幾個到綠寶石領，妳也能安心一點。」

芙蕾眨了眨眼睛，她一點一點地磨蹭著，坐回魔王身邊，「您有什麼想要的禮物嗎？魔王大人。」

「嗯？」魔王側過頭看著她。

「因為我覺得您對我太好了。」芙蕾小聲回答，「我現在有很多金幣了，雖然本來就有一部分是您的，但您如果有什麼想要的話，我還是可以買給您！」

魔王瞇著眼睛看她，冬日的爐火把他烤得暖烘烘的，少女的臉頰和漂亮的瞳孔也帶著讓人心安的溫度。這是個普通的、讓人鬥志消退的冬日午後。

魔王壞心眼地笑了笑，故意舉手指了指天上，「去，給我把神界打下來。」

芙蕾「唰」地站起來，捲起袖子，雄糾糾氣昂昂地走到門口，「那我走了！魔王大人！」

「嗯。」魔王笑著看她。

芙蕾把手放到門把上，「我去了哦？」

「去吧。」魔王的唇角壓不下去。

芙蕾打開了一點門縫，呼嘯的冷風灌了進來，她「啪」地又把門關上，回過頭、一本正經地說：「太冷了，魔王大人，還是等春天吧？」

魔王終於忍不住，哈哈大笑了起來。

芙蕾很快就收到了綠寶石領的回信，是「六翼魔王」傭兵團的成員快馬加鞭送回來的。霍華德子爵對芙蕾送來的幾個傭兵十分滿意，稱讚他們是挖坑、砌牆、捕獵的好手，如果早點有這樣的手下，那即使遇見鼠患也不用擔心了。

芙蕾不好意思告訴他，那裡面還有一個是路易士家的先祖，為了看看路易士家僅存的後裔——現在的霍華德夫人才特地前往的。但願男爵大人不會讓他們做太麻煩的工作。

接著他才對芙蕾成為了女王候選人這件事表示震驚，他說他一直知道自己的女兒將來會很有出息，但沒想到會這麼有出息。不知道為什麼，芙蕾透過薄薄的信紙，似乎能看出霍華德子爵的震驚有點虛假，她摸著下巴思索著。

魔王清了清喉嚨，「咳，不往下念了嗎？」

「哦。」芙蕾這才接著往下看。後面的字跡一下子變得娟秀了起來，是媽媽的筆跡。

媽媽照例地什麼都操心了一遍，告訴她當不當女王也沒什麼關係，重要的是冬天出門時一定要搓搓臉頰，否則疾病可不會因為尊貴的身分而對你有所優待。她憂心忡忡地表示，綠寶石領邊緣的領地似乎爆發了瘟疫，所幸現在是冬天，傳染性並不高，要芙蕾即使遠在王都也要多多注意。

「嗯？」魔王抬起頭，「瘟疫？」

芙蕾似乎也覺得有哪裡不對，她遲疑著開口，「魔王大人，這會跟神靈有關嗎？」

「有可能。」魔王沒有把話說死，「這個時間點爆發瘟疫也很奇怪，通常應該會是在夏天……更重要的是，欺詐神有個名為疾病之神的兄弟。」

芙蕾沉默了半秒，她憤憤地敲了敲桌子，「那傢伙到底有多少個兄弟！而且笨蛋女神挨打了，也沒去找姊妹報仇啊，祂怎麼那麼小心眼！」

整個冬天都不是很有精神的春季女神，茫然地抬起頭，「嗯？」

魔王隨口回答，「在誇獎祢。」

「唔。」春季女神喝了口溫暖的紅茶，再次拉緊自己身上的毛毯，又窩下去躺好。

芙蕾忍不住有些擔心。「祂這樣沒問題吧？」

「沒問題，就像大部分植物在冬天時，也會顯得病懨懨的，她也是這樣而已。」魔王意興闌珊地說，「瘟疫的事妳打算怎麼辦？」

「我雖然是想立刻回去看看……但我們去了好像也沒什麼用，畢竟我們也不會治病。」芙蕾露出了苦惱的神色，「還是先把這個情況告訴國王吧，暗示他這背後或許有神靈在操作，請他先做好準備。等一下我就跟白痴王子通個信。」

「如果真的是疾病之神，我們應該怎麼做呢，魔王大人？」

魔王毫不猶豫地開口，「去找醫藥之神。」

「該怎麼找到祂呢？」芙蕾嘀咕了一聲。這些神靈如果有心要隱藏蹤跡，通常是很難被找到的。

「要找是找不到的，只能讓祂自己現身。」魔王撐著下巴，「找點祂感興趣的東西，把祂引出來。」

「草藥。」春季女神微微抬起腦袋，「極其珍稀的草藥，祂一定會感興趣的。

「不過，欺詐神在這裡被魔王斬斷雙腿的消息已經傳開了，那個傢伙敢不敢現身也是個問題。」

「哦？祂們聽說了？」魔王饒有興趣地坐直身體，「祂們有什麼反應？」

「其他神也很難說，不過……」春季女神臉上露出了點笑意，「太陽神改變主意了，祂現在只要一座高塔，還有您保證不會砍斷祂的腿，祂就願意加入我們。」

芙蕾忍不住好奇，「太陽神為什麼會這麼想要來這裡？」

「誰知道。」魔王並不想深究，「祂一直是個腦袋有點問題的傢伙。」

春季女神回答：「因為祂覺得『黃金之城』這個稱號，特別適合做為太陽神的居住地。」

芙蕾陷入了沉默。

魔王一副見怪不怪的模樣。「我就說吧，祂有病。」

芙蕾正在腦內完善計畫，「藥草的功效也不能傳得太誇張，否則一聽就知道是假的……啊，就說是吃下以後，能抵禦嚴寒的神奇草藥？編一個快要凍死的迷途之人，吃了這株草藥，從風雪中活下來的傳說！」

「就說是從泰坦的島上來的。」魔王往後靠上椅背，「醫藥之神從以前開始就是個謹慎的傢伙，一般都會離力量強大的神遠遠的。我猜祂應該沒去過泰坦的島。」

春季女神嘀咕了一聲，「這樣行得通嗎？」

魔王點了點頭。「我覺得可以，那傢伙也是個笨蛋。」

芙蕾讚嘆了一句，「那聽起來很適合我們。」

春季女神被爐火烤得反應遲鈍的腦袋轉了兩下，才後知後覺地說：「也？」

芙蕾順手遞給她一個甜餅，「要吃嗎？」

「謝謝。」春季女神接過。祂現在已經很習慣對凡人道謝了。

有了大概的計畫，現在他們唯一的問題，就是和希爾王子不是很熟，萬一他出口否認泰坦島上根本沒有這種草藥，那就糟糕了……

「姊姊，我出去一下！」妮娜正巧往門外走。

芙蕾隨口問：「好，妳要去哪裡？」

妮娜站在門口，「希爾王子想逛逛王都，難得今天沒下雪、放晴了。晚上的舞會他也邀請我去做女伴，姊姊妳又推掉了吧？現在外面都說妳是整個王都最傲慢的伯爵呢。」

「哈哈。」芙蕾乾笑了兩聲，「那妳路上小心啊，就算沒有下雪，外面也還是很冷。」

「知道啦！」妮娜邁著輕快的步伐出發。

芙蕾目送她離開。「魔王大人，您看……」

魔王點了點頭，「看樣子她和那個王子相處得還不錯，可以從她身上下手。」

他的目光落到芙蕾身上，卻發現她似乎根本沒有聽到自己在說什麼。她滿臉震驚地轉過頭，「魔王大人，妮娜該不會是談戀愛了吧！」

魔王：「……」

芙蕾「唰」地站了起來，她緊張地來回踱步，點了點頭，「我們跟上去看看吧！」

魔王眼皮也不抬一下，他冷漠地開口，「不去。」

「魔王大人！」芙蕾一把拉住他的手腕，「我們和希爾王子還不熟，無論是做為妮娜的戀愛對象，還是我們計畫的合作對象，我覺得我們都需要觀察他一下！」

魔王有些頭痛地揉了揉腦袋，「她已經不是小孩子了……」

「她還沒成年呢！您平時都叫我小鬼，那妮娜不就更是小朋友了！」芙蕾可憐兮兮地吸了吸鼻子，「我知道我不該過度保護，我保證不會打擾他們，我只想遠遠地看個兩眼！」

魔王嘆了口氣，最後還是認命地被她從椅子裡拉起來。出門前，他扭過頭交待春季女神，「不准吃完。」

正準備拿不知道第幾塊小甜餅的春季女神，手頓了一下。

整個阿爾希亞王都都被大雪覆蓋了，即使今天沒有下雪，往日的積雪也根本化不開。這種天氣下，馬車也只能慢慢地走。芙蕾坐在溫暖的馬車裡，看著窗邊忽然飛過一片焦黑的落葉，頗為幽怨地貼在她的馬車玻璃上。

確認沒什麼人看見後，芙蕾才打開車窗。落葉化成魔王、坐在她對面，他臭著臉道：「我打聽到了，妮娜陪巨人王子去買阿爾希亞風格的衣服，因為到了冬天，那個王子也覺得巨人島風格的宴會服裝穿起來太冷了。

「他覺得王都大部分的人都不真誠，所以找了健康又真誠的妮娜幫忙參謀一下，就這樣。」

芙蕾露出一個討好的笑容，用溫暖的大衣外套裹住魔王的翅膀，「我幫您暖和一下！」

魔王沉默地看著被她摟在懷裡的翅膀，倏地紅了耳朵，他僵硬地把翅膀從她懷裡掙脫出來。「沒大沒小的小鬼！」

翅膀也是他身體的一部分，這個小鬼該不會是把他的翅膀當成是沒知覺的裝飾了吧？魔王狐疑地打量著芙蕾。

芙蕾只當他是不好意思，她「嘿嘿」地笑了起來，「那我們就先去那家裁縫店，躲起來觀察一下！」

知道目的地以後，芙蕾指揮馬夫走了一條小路，並在妮娜抵達之前來到了裁縫店。

這是一家男士裁縫店，外面掛著展示用的各種禮服外套，還有寬大的禮帽和拐杖。芙蕾打量了幾眼，年邁的店主立刻迎了上來，「您好，這位貴族小姐，您是想……」

芙蕾指了指魔王，露出笑容，「當然是幫這位先生做衣服啦，我們先看看樣式。」

「哦！」店主看向魔王，眼中閃著驚豔的光芒，他真誠地說，「這位先生無論穿什麼都會很好看的。腰很細，肩膀又夠寬，這就足以撐起大部分樣式的衣服了，我想他不需要墊肩……」

店主對著魔王的身材侃侃而談，魔王被他的熱情逼退兩步，扭頭看向芙蕾求助，「喂，芙蕾！」

芙蕾瞇起眼睛打量著這裡的衣服，「我也覺得，魔王大人的身體條件這麼優秀，平常只穿黑色也太浪費了！」

而且每次他變成其他模樣，衣服也都會消失，說不定這身衣服也是魔王用黑霧變的……這樣說起來，魔王不就是一直都沒有穿衣服？

芙蕾看著魔王的眼神變得古怪了起來，她認真地說：「還是做兩件吧。」

店主知道，一般貴族說「做兩件」，就是有大生意上門的意思！

他眼睛一亮，帶著熱情的微笑為芙蕾介紹，「這一身能襯得身形更加修長，而且樣式也不誇張，很適合日常出行。這一套就是晚宴必備，我發誓，整個王都都還沒出現過這樣的花紋呢，這是最新的！對了，外出打獵時的專用服裝也得來一套吧？」

他已經看出來了。根本不用推薦給魔王本人，只要盯著芙蕾熱情推銷就好。

芙蕾看看這件衣服，再看看魔王，點頭，「好看。」

芙蕾再看看那件衣服，看看魔王，再次點頭，「真好看。」

魔王忍無可忍。「是我好看，不是衣服好看。」

店主插嘴，「也不能這麼說，是都好看……」

眾人身後的門鈴響了一聲，芙蕾隱約聽見妮娜的聲音。她立刻隨手扯過一件樣衣，推著魔王往裡面去，「您先招待新客人，我去讓他試穿這件……」

「哎！」店主只來得及叫了一聲，身後的人就已經跨進來了，他也只好先去招呼新客人。

裁縫店並沒有什麼可以換衣服的地方，不過這裡大部分製作的都是外套，也不用特地遮擋。

裡面算是店主的製衣間，有些狹小，還零零散散地擺滿了衣架、布料和模型。魔王被芙蕾一把推了進來，只覺得哪裡都無法伸展。

他微微嘆了口氣。芙蕾正小心翼翼地探出半個腦袋、往外查看，雙手還搭在他的胸口，魔王看了看她隨手拎進來的衣服，猶豫著開口：「我說……」

「噓！」

芙蕾趕緊扭過頭示意他噤聲。外面妮娜的聲音很輕快，但也聽不清他們到底在說什麼。忽然，他們爆出了一陣歡笑，芙蕾不由得在意，「真是的，到底在說什麼啊？怎麼突然笑得那麼開心……」

魔王看了她一眼，又嘆了口氣。「那個王子在問妮娜，第一次在宴會上見到他是什麼感覺。」

芙蕾這才想到，只要魔王想，別人說的話根本逃不過他的耳朵。她猛地回過頭，有些期待地看著魔王，「妮娜怎麼說？」

這麼狹小的空間根本避無可避，魔王眼睜睜看著芙蕾挨近，只能尷尬地清了清喉嚨，以掩蓋自己的不自然。他老實複述兩人的對話，「妮娜說，簡直像叢林裡出沒的野獸。

「希爾試穿了樣衣，問她，現在呢？

「妮娜說，嗯，穿上衣服的野獸。然後他們就笑得那麼開心了。」

芙蕾沉默了半晌，遲疑著開口，「這……不算戀愛吧？」

「誰知道。」魔王看起來興致缺缺，他有些彆扭地別開視線，「可以出去了嗎？這裡太擠了，我想抖一下翅膀。」

「嗯？」芙蕾疑惑地抬起頭。她忽然反應過來，魔王每次在掩飾尷尬的時候，都會下意識地抖抖翅膀，也就是說，他現在……

芙蕾後知後覺地注意到他們的動作。

她剛剛一手推著魔王，一手隨便拽了件衣服就進來了。他們這時還維持著兩人進來的姿勢，也就是她膽大包天地把魔王壓在牆上的動作。

芙蕾緩慢僵硬地把自己的手收回來。她想偷偷觀察魔王的表情，卻正好對上了魔王的視線。

在魔王面無表情的目光下，芙蕾倏地紅了大半張臉。她把眼睛一閉，狠下心把手伸了出去。

魔王看了看她橫到自己眼前的手臂，有些茫然，「幹什麼？」

芙蕾偷看他一眼，小聲說：「我以為我這樣冒犯您，這隻手可能保不住了。」

魔王想，我要妳這隻手幹嘛？但他看著芙蕾的表情，心裡知道這個狡猾的小鬼又在賣乖。

於是他故意露出笑容，拍了拍她的手腕，「先留著。回去之後趁新鮮，切下來下酒。」

芙蕾：「……」

她覺得魔王多半是跟著狡黠的人類學壞了。

魔王看向她手裡的衣服，「還要試嗎？」

「哦哦！」芙蕾應了一聲。她既然用試衣服的藉口把人推了進來，那為了掩人耳目，當然也得讓魔王試一試這件衣服。然後她抬起手，終於注意到自己手裡提著的，是一件圍裙。

這間店鋪似乎只有老闆一個人在打理，他既是裁縫也是店主。大概是剛剛聽到客人來了，才解下圍裙、隨手放在一邊出來招待，誰知道這麼巧，就被芙蕾順手拎了進來。

魔王沒看出芙蕾臉上的尷尬，他有些疑惑地問：「這個，要脫衣服試嗎？」

芙蕾：「……不了吧。」

「兩位客人。」店主搓著手，有些不安地站在門口，在接觸到兩人的視線之後，迅速扯出一個討好的笑容，「他們都走啦，店裡沒人了。」

「咳。」芙蕾強忍著尷尬，把那個圍裙還給他，「不好意思，剛剛一時著急拿錯了。」

「我懂我懂。」店主露出了和善的笑容，「總是會有不方便被其他人看見的時候，請您放心，我絕對不會多嘴的。」

芙蕾沉默地看了他一陣子，忍住沒問他到底懂了什麼。

夜晚，妮娜從舞會上歸來。才剛剛踏進霍華德府邸的大門，就看見了端坐在大廳裡的芙蕾和魔王。

有那麼一瞬間，她以為自己回到了小時候。她偷偷跑出去玩、忘了在晚飯之前回家，霍華德子爵和霍華德夫人就是用這副表情、這個姿勢看著她的。

妮娜的表情有些古怪，「你們……是特地在等我嗎？」

芙蕾緩緩點了點頭，意味深長地看向她，「先坐吧，喝口熱茶。」

妮娜往自己房間的方向悄悄邁出了一步。「姊姊，妳知道嗎，妳現在的表情跟媽媽要揍我時一模一樣……我先走了！」

說完，她立刻朝自己房間竄上去。芙蕾眉頭一挑，也動作迅捷地跟了上去，「站住！妮娜，別害怕呀，姊姊只是想跟妳好好聊聊而已！」

「妳的表情可不是那麼說的，不要過來啊——」妮娜一邊笑一邊逃，然後「嗷」的一聲倒進自己的房間。

魔王仰著頭看了一陣子，接著懶洋洋地打了個哈欠。確認附近沒人後，他張開翅膀蹲到火爐前，挑了個舒服的姿勢躺下。

這種麻煩事就交給芙蕾吧，魔王想。

「救命呀，救命呀——」妮娜在床上打滾求饒，「我不敢啦，姊姊，我什麼都願意說，妳到底想問什麼呀？」

芙蕾瞇起了眼睛，她倒是很想問問妮娜和希爾王子的關係，但是……她看著笑得上氣不接下氣的妮娜，最後還是把話嚥了回去。

她已經不是小孩子了，芙蕾想，她一向是懂事的孩子，不會亂胡鬧的。而且……如果她真的喜歡，那麼不管是王子，還是泰坦神的信眾，也都沒什麼大不了的。做為姊姊，就是要把所有敢攔在她妹妹追求愛情路上的絆腳石，全都一腳踹開！

妮娜縮了縮脖子，「怎麼了姊姊？妳看起來殺氣騰騰的。」

「哦，沒事。」芙蕾迅速恢復成平常的笑容，她嘿嘿笑著挨過去，「別害怕啦，我只是想請妳幫個忙。妳最近和希爾王子相處得還不錯吧？」

妮娜思考了一下，用力點了點頭，「不是我在吹噓，我應該是希爾王子在整個王都裡最好的朋友了！」

「朋友啊——」芙蕾拉長了語調，意味深長地看了她一眼，「那妳能幫我請他來家裡做客嗎？我想和他談一點生意。」

妮娜有些好奇，「什麼生意？」

芙蕾笑咪咪地說：「當然是他從巨人島帶來的香料和草藥之類的啦。」

「好啊！希爾一定也會很高興的！他最近正在為這個煩惱呢！」妮娜滿口答應，眼睛都亮了起來，「妳不知道，姊姊，王都這些貴族一個個都精明透了，他們都忍著不肯去買，就等著希爾打包賣給邦尼商會呢！」

芙蕾點了點頭，零售價格當然比大批打包要貴得多，就是要花點精力。

但希爾王子帶著這麼多香料來到阿爾希亞王都，肯定不僅僅是為了換點金幣，他應該是希望藉此打入王都社交圈，真正立足。全部打包賣給邦尼商會，價格上或許沒有虧多少，但意義上可就大不相同了。

芙蕾的笑容更加深邃，「那就請他過來吧。告訴他，如果計畫成功，我們雙方都可以大賺一筆。」

「真的嗎！」妮娜高興得差點從床上跳了起來，「他一定會很高興的！姊姊妳真厲害，什麼都能做到！」

「嗯嗯！」芙蕾滿足地聽著妹妹的誇獎，有些飄飄然地走出了妮娜的房間。

她從樓梯上往下看，魔王正窩在火爐前的座椅裡。

她忍不住和他分享一切順利的喜訊，「魔王大人！」

魔王仰起頭來看她，「嗯？」

芙蕾撐著樓梯，探出半個身體，「一切順利，沒意外的話，明天希爾王子就會來做客了！

不知道他和泰坦神有沒有聯繫……」

魔王聽她說了片刻，才撐著身體坐起來。他巨大的翅膀舒展開來，奮力一揮，乘著風站到了芙蕾眼前。他隔著欄杆、把她探出來的半個身體按回去，「別毛毛躁躁的，小心摔下去。」

「哦。」芙蕾乖乖應了一聲。她看著腳底懸空的魔王，心想她也是受風元素寵愛的眷者了，這種事她也能做到，哪裡危險了。

但魔王這麼溫柔地和她說話，芙蕾也根本興不起什麼反對的念頭。她老老實實地答應了，還偷偷看了魔王的表情一眼。

魔王注意到她眼神，忽然露出一個笑容，「妳的事做完了——」

他拉過芙蕾的手，似笑非笑地看著她，「我想想，要給我下酒的是哪隻手？」

芙蕾：「……」

魔王笑了起來，「妳不回答，我就隨便挑了？」

他正打算繼續嚇唬這個膽子越來越大的小女孩，妮娜的房門卻突然打開，她大喊一聲，「對了，姊……」

說話聲戛然而止。她一邊道歉，一邊飛快地退回房間，芙蕾隱隱約約還能聽見她抱怨了一句——

「不要在人家房門前調情啊！」

第十一章

神 草

CHAPTER

XI

一個天氣微晴的午後，巨人島的希爾王子受邀來到霍華德府邸做客。

妮娜忙前忙後，很有一副當家主人翁的姿態。

芙蕾幽幽的目光落在自己的妹妹身上，十分矜持地和希爾打招呼，「您好，希爾王子殿下，之前的舞會沒來得及和您說到話。我是妮娜的姊姊，芙蕾．霍華德。」

希爾王子穿著王都風格的禮服，大概是那天妮娜陪他一起去買的，他的笑容依舊純真而燦爛，「雖然沒有說上話，但我已經聽說過您的威名了，王都赫赫有名的芙蕾大法師。

「我之前還覺得您的身材太過瘦弱了。父親說得對，人的強大不能只看體格。」

芙蕾：「……」

她剛剛還想誇這位王子，短短幾天已經適應了王都的寒暄方式，能夠說出這種沒營養的場面話了，沒想到還是一如既往的率直。

「那當然啦！」妮娜十分驕傲地端著小甜餅，走了過來，「用希爾的話來說，姊姊應該是非常、非常健康的人！」

「不不不，健康是用來誇讚女孩子的。」希爾連連擺手澄清，他笑了起來，「真要說的話，芙蕾大法師應該是強大才對。

「而且……」希爾意味深長地看了站在芙蕾身後、打著哈欠的魔王一眼，「這位先生身上也有著非常強大的氣場。」

妮娜皺起眉頭，「你又不會說話了，姊姊怎樣不是女孩子了？」

「欸？」希爾王子一臉苦惱地抓了抓頭髮，「我是想說不應該把她當成一般的女孩子看待，我又說錯了嗎？」

「不對！」妮娜一臉頭疼，正煩惱該怎麼解釋其中的差別，就看到芙蕾擺了擺手。

「沒關係，我知道希爾王子這是在稱讚我的意思。」

「對對！」希爾王子飛快點頭，看起來有點害怕妮娜生氣的樣子，讓人看了忍不住覺得好笑，「不只本人，府邸周圍也感覺非常強大！」

芙蕾心想——那當然了，門口接待的庫珀，以及暗藏在府邸周圍、保護家中安全的魔族，再加上外城區的傭兵團，光論武力的話，霍華德府邸毫無疑問已經站到了整個阿爾希亞的頂端。一些領土的護衛隊都遠遠沒有這個規模，更不用說實力差距了。

芙蕾也是來了王都才漸漸意識到，其實綠寶石領的護衛隊跟諸多廣大領土相比，也能算得上精銳。畢竟他們周圍有鼠群這種難纏的魔獸，領主還是騎士出身，在這方面當然得更重視一點。實際上大多數領地貴族之間的領土戰爭，幾乎都只稱得上是村民械鬥。

「咳。」把思緒從強大和健康的話題上扯回來，芙蕾微笑著看向希爾，切入正題，「我聽說您從巨人島上帶來了很多阿爾希亞沒有的香料和草藥。」

「是的，您感興趣嗎？妮娜已經和我說了！」希爾王子聊天的方式相當開門見山，他看起來是發自內心的高興，「我原本還在擔心是不是我哪裡做得不好，才讓你們王都貴族都不願意來跟我做生意……」

「不，倒不是您做得不夠好。」芙蕾露出微笑，妮娜在待人接物上能為王子指點一二，但涉及貴族們的明爭暗鬥，這個小女生的經驗就不夠用了。

「您應該知道王都的三大貴族，其中之一的邦尼家族是有名的商業大家，邦尼夫人之前透露過想要收購您的貨物。就算她只是隨口一提，也有很多人會想等邦尼家族收購您的貨物，他們再從邦尼商會那裡購買。

「更何況在阿爾希亞經營了這麼多年，邦尼家族的信譽是有所保證的，而您初來乍到，他們會擔心您不懂行情，隨意定價，這也是沒有辦法的。」

芙蕾有意細細解釋給他聽，這也算是示好的一個信號，但看希爾王子痛苦的表情，這或許還是有點難理解。

希爾王子努力擺出一張聽懂了的表情，他皺起眉頭，「但我並不想把貨物打包賣出去，芙蕾小姐，您有什麼辦法嗎？」

雖然過程聽不太懂，但既然她特地請了自己過來，應該就是有什麼解決方法吧？

他有些期待地看著芙蕾，這讓芙蕾莫名產生一種哄騙老實人的心虛。

不，不能這麼想，她這邊還有笨蛋女神、白痴王子這些傢伙在，平均一下也沒有比希爾王子聰明多少，這還不能算是在欺負他！

「方法當然有。」芙蕾臉上露出了微妙的笑容，似乎還有點不好意思，「前提是需要您的配合，不知道您……介不介意說一點小謊？」

「要看是什麼謊。」希爾王子明顯有願意配合的意思，但也沒有一口答應下來，他擺出了傾聽的姿態。

「您看，阿爾希亞的冬天是十分難熬的。」芙蕾扭頭看向窗外。才沒多久的時間，雪又開始下了。舊雪還沒融化，新雪又覆蓋上去，屋簷下掛著冰錐，簡直是肉眼可見的冰寒，「如果您從巨人島帶來的草藥裡，有吃下就能讓人不畏嚴寒的神祕藥草的話……在這個冬天一定會大受歡迎的。」

王子的表情略微遲疑。「但是我沒有啊？」

芙蕾露出了狡猾狐狸般的笑容，「我們可以假裝您有。當然也不是要您真的去賣假貨，您只需要在別人問起的時候，矢口否認、說從來沒有這種東西。然後在對方百般哀求下，您才稍微透露一點點口風，就說……霍華德家是您的大主顧，待遇當然不同。」

「啊！」希爾王子似乎還沒有反應過來，但妮娜已經聽懂了，她一拍手、向他解釋，「讓對方以為我們在希爾那裡買了太多東西，所以他才會給我們神祕的藥草！對方要是想知道草藥的消息，當然也得成為大客戶才行！

「但他們會相信我們身上有藥草嗎？」

「他們會相信的。」芙蕾挑了挑眉毛，「最近一次的舞會是什麼時候？把我夏天那條裙子拿出來，我要穿去參加。」

妮娜神色微動，只要芙蕾穿著夏天的裙子出現在嚴寒中，必然就會有人去打聽。這確實是十分直接的方法，但是……

妮娜露出了擔心的模樣，「姊姊，妳這樣真的不會凍壞嗎？」

「放心吧。」芙蕾自信地點點頭。

她有風元素的眷顧，至少冬日的冷風不會對她造成一點傷害，還能遮擋雨雪。雖然如此，冬天的溫度還是很低，但也不是不能忍受，反正只有一小段路，進了屋子就有火爐了。

妮娜猶豫了半晌，她咬了咬牙，「那我和妳一起，我也要穿夏天的裙子！妳可是大法師，萬一他們覺得妳只是用了魔法呢？

「我的話，我只是個沒有魔法天賦的普通人，如果我也能在冬天只穿夏天的衣服，他們才會覺得我們真的拿到了能夠抵禦嚴寒的神藥吧！」

芙蕾不得不承認她說得很有道理，但又有些猶豫，她是可以讓風元素不去危害妮娜，可冬天本身的溫度就夠她們受的了……

希爾王子擰起眉頭，「抱歉，雖然是為了我的事，但我還是不希望妳們去做傷害自己的事情，我……」

魔王的目光一直停留在窗外，他突然開口，「法師塔的頂端是幹嘛用的？」

芙蕾愣了一下，似乎沒跟上他跳躍的思維，但還是老實回答，「因為是最高的一層，要拿東西不太方便，所以一般都是拿來放些平常用不上的雜物。」

「也就是沒什麼特別的用處。」魔王點了點頭，用只有芙蕾一個人聽得見的聲音說，「那就讓太陽神住那裡吧，那裡是整個王都最高的地方，他要的高塔有了。

「叫祂給妳們太陽神的賜福，即便在冬日也會被溫暖的太陽籠罩，和妳描述的神草是同樣的效果。」

芙蕾眼睛一亮，她笑盈盈地看向希爾王子，「別擔心，我可不會為了幫您的忙，而去傷害自己的妹妹，更何況，我們也有利可圖。」

希爾王子有些好奇，「你們要去找那個神奇的草藥？」

「不，我們要找想要這株草藥的人。」芙蕾也沒有隱瞞。更準確地說，是找神，但還是先不嚇唬他了。

「那如果有人來問我神草的來歷，我會提供你們那些人的名單。」希爾摸著下巴，似乎還有點擔心，「妳們真的沒問題嗎？外面真的很冷，我在巨人島都沒有見過這樣的冬天……」

妮娜一臉驕傲地拍了拍他的肩膀，「以後你就會明白了，我姊姊說沒問題，那就一定沒問題！別想啦，你到底幫不幫？」

希爾王子遲疑地揉了揉腦袋，「幫，我當然幫。妳是我的朋友，如果是妳需要的話，就算無利可圖我也會幫忙，更何況這件事對我也有好處。不過你們雖然要我幫忙，但我好像也不需要特別去做什麼。」

確實，芙蕾點了點頭。如今她的一舉一動都在被整個王都的人盯著，希爾王子只要在這裡待個半天，所有貴族很快都會知道他們之間有過交集，根本不用他們特地放出風聲。

送走了希爾王子，芙蕾拿出了神靈之書。

她遲疑著問：「魔王大人，我們是不是還沒把欺詐神的血液塗上去？」

「不用，以後再說。」魔王看起來一點都不著急。

芙蕾有些好奇，「是會被祂感知到嗎？」

「不是，祂哪有那麼厲害。不是跟妳說過了嗎，別把那種傢伙放在心上，祂很弱的。」魔王翹起了腿，十分嫌棄地撇了撇嘴，「我只是嫌髒。

「妳應該不會有那種強迫症吧？一定要把神靈之書上所有神靈的血液都收集完嗎？」

那豈不是要把整個神族都揍一遍。

芙蕾抽了抽嘴角，「我絕對沒有這種膽大妄為的想法。」

「也不是不行。」魔王呢喃了一句，抬手指了指神靈之書，「先把太陽神叫過來吧。」

魔王的語氣十分平常，就好像她平時呼喚艾曼達一樣。芙蕾覺得再這樣下去，她以後面對神靈時都提不起任何尊敬了，雖然現在也已經差不多了。

芙蕾還算莊重地準備好了筆墨，魔王指示她：「第二頁，斐迪南。」

芙蕾一頁翻開，她還在認真思考應該要寫些什麼，魔王就有些不耐煩地把手伸過來。他一手撐在桌沿，一手握著她的手唰唰寫下：「**過來。**」

真是簡潔明瞭又有魔王風範的留言。

只不過這個姿勢……

芙蕾有些僵硬地看了看自己被魔王圈在懷裡寫字的姿勢，腦袋裡不由自主地想起妮娜平常推薦的書籍名稱——大多是《霸道神明愛上我》《魔王的愛》這種類型的。

完了，芙蕾絕望地想，她回不去了。都怪妮娜平常總說些奇奇怪怪的話，現在她滿腦子都是膽大包天的想法，甚至都開始臉紅了！

芙蕾努力轉動腦子。她應該說點什麼的，否則也顯得太心虛了。

「魔……」

她話才說到一半，太陽神已經飛快趕到了。

一個渾身都散發著光芒的華麗男子憑空出現，在她面前顯露出真容。芙蕾面無表情地想，所謂的太陽神也太沒有面子了吧，居然真的被魔王用一句話叫了過來。

但也幸虧祂來了，不然她還真不知道要說什麼。

「想好了嗎？澤維爾。」太陽神順了順頭髮。祂渾身散發著光芒，就連髮梢都金光閃閃的。芙蕾忍不住瞇了瞇眼睛，她不正經地想，這個亮度也太高了，晚上睡覺的時候，和祂待在同一個房間的人不知道會有多痛苦？

還是魔王好，魔王晚上不發光。

不對，她晚上又不跟魔王一起睡，魔王晚上發不發光又有什麼關係！

芙蕾心中警鈴大作。她不對勁，最近的想法和舉動都太過放肆了，就算魔王自己不在意這些，也不能對他、對他……

芙蕾越想，頭垂得越低。

「關於我要的高塔和專用的梳妝女僕……嗯？」太陽神的話停頓了一下。

魔王完全無視了祂的要求，他抬起眼，「這個等一下再說，祢先……」

太陽神在兩人不尋常的姿勢之間來回打量，忽然露出了恍然大悟的表情。祂隨即擺出爽朗耀眼到有些過分的笑容，「啊，我明白了，不是要聊高塔和梳妝女僕的話，難道你想請我當證婚人？

「我能理解，我能理解，做為至高神的右眼，沒有人比我更適合這個職務了！」

「不、不是的！」芙蕾猛地抬起頭，後腦杓「咚」的一聲，撞上魔王的下巴。

「唔。」魔王捂著自己的下巴，後退了兩步。

芙蕾手忙腳亂地去扶他，「您沒事吧，魔王大人！嗚嗚嗚，完了我撞到魔王大人了，我的腦袋還保得住嗎？」

太陽神一副過來人的模樣點點頭，「我原本還在擔心澤維爾你這個木頭腦袋不會談戀愛呢，沒想到也還滿行的嘛。」

「區區凡人的腦袋怎麼能撞傷神明呢？他明顯是在騙妳，想要得到一點撫慰，真是個傻瓜。」

芙蕾伸出去的手一頓，看向魔王的眼神稍微有些微妙。

魔王氣得眉頭直跳，「凡人的腦袋撞到我的確是不會痛，但她讓我的牙齒咬到自己的舌頭！」

「哇哦，聽起來就很痛。」太陽神一點也不真誠地表示遺憾，「但你為什麼捂著下巴？」

魔王沉默地把手移到自己嘴上。

太陽神也不打算在這個問題上糾結，「對了，你們打算什麼時候舉辦婚禮？我覺得冬天其實不太適合，夏天的話造型上會有更多選擇……」

「不，不是這回事。」看祂再說下去，都要申請當他們未出世孩子的教父了，魔王馬上打斷了祂的話。

「同為至高神的神子，為了表示慶祝，我也該給你的新娘一點太陽神的賜福，比如能夠抵禦寒冬的溫暖陽光……嗯？」太陽神露出了相當困惑的神情，「什麼不是？」

魔王沉默了一會兒，他看了芙蕾一眼，「……不，沒什麼，祢就當作是這回事吧，順便幫她妹妹也加個賜福。」

芙蕾「唰」地紅了臉，但也不敢反駁。她低下頭，把手背到身後，短暫地應下了「魔王的新娘」這個身分。

太陽神沒有立刻答應，還在試圖討價還價，「那我可以要個絕世美人，讓她當我的梳妝女僕嗎？放心，我不會做什麼奇怪的事情，只是覺得漂亮的人看上去心情會比較好。」

「我們會盡力幫您尋找的。」芙蕾露出了真誠的笑容。

「很好。」太陽神滿意地點了點頭，看向她的眼神多了幾分讚賞，「妳比一般摳門的凡人好多了。」

芙蕾露出溫和的笑容，「感謝您的誇讚，那我現在就去把妮娜叫過來！」

她扭頭對著魔王眨了眨眼。她早已不是綠寶石領那個天真魯莽的小女孩了，她如今是阿爾希亞王都聲名顯赫、詭計多端又野心勃勃的芙蕾伯爵。別看她現在答應得輕鬆，其實早就在心裡將之後要拿來應付太陽神的說法想好了。

——畢竟身為絕世美人的梳妝女僕確實不好找，這也不能怪他們，只能怪太陽神的要求太高。

芙蕾把妮娜帶到房間，只告訴她這是某位神祕的大法師，沒告訴她這就是她心心念念的太陽神——她怕孩子夢想幻滅。

妮娜不明所以，只看見眼前一道聖光閃過，渾身就暖了起來。她感謝了太陽神之後，飛快地朝門口衝了出去。

既然這個冬天都不用擔心了，那當然要趁機去雪地裡打轉一下！

芙蕾目送妮娜離去，無奈地搖了搖頭。她看向太陽神，再次保證，一定會讓祂住進法師塔頂端。

不過她現在還沒有成為女王，塔也還不是她的，所以需要太陽神再稍微等一等。只要等她成為女王，會立刻快馬加鞭地叫人幫祂把法師塔尊貴的頂端騰出空間來。她還會絕口不提那裡本來是雜物間的過往。

太陽神很好說話地表示理解。芙蕾還帶祂參觀了一下霍華德府邸，見到了躺在壁爐前面的春季女神，體驗了一把牌局的快樂，這讓太陽神不由得感嘆，人界真容易腐蝕神的意志。祂走的時候，還順便端走了一盤艾曼達的小甜餅。

離開之前，太陽神語重心長地拍了拍芙蕾的肩膀，「我覺得妳是個不錯的人類，其實和澤維爾結婚的事倒不用那麼著急，但是當女王的事妳得加油一點。記得我的塔啊。」

芙蕾呵呵乾笑。

在魔王的拳頭砸到祂臉上之前，太陽神捧著甜餅，一道光似的消失了。

妮娜已經從外面跑一圈回來了，她興高采烈地對芙蕾說：「真的有效啊，姊姊！我現在覺得身體裡像住著一個小太陽一樣，穿多少都暖呼呼的！」

芙蕾慈愛地看著她，「嗯嗯，知道啦。小心中暑，過兩天我們還得去參加晚宴呢。」是時候讓冬天包得扎扎實實的王都人民感受一下久違的夏天了！

芙蕾躊躇滿志地回頭，但是一對上魔王的眼神，她又莫名地忽然生出一股心虛。她還沒來得及細想這股心虛來自何處，就硬是找話般地低下頭，小聲說：「計畫沒什麼問題吧，魔王大人？」

聽到魔王一貫懶散地應了一聲，芙蕾才放下心來。但她還是忍不住多看了魔王一眼，然後又看了他第二眼。

就在芙蕾第三次偷看他的時候，魔王終於抬起頭，兩人視線相交，魔王問：「看我幹嘛？」

芙蕾脫口而出，「關於魔王的新娘……」

話一出口，她就差點咬斷了自己的舌頭。她紅著臉，飛快地思考這時候該說些什麼，才能夠稍微補救一下，魔王卻突然笑了起來。

他撐著下巴說，「我之前提醒過妳覬覦神靈的下場吧？等斐迪南住進法師塔以後，就把妳掛到塔上吧。

「就算找不到擁有絕世美貌的梳妝女僕，祂看著妳，應該也不會太生氣了吧。」

芙蕾愣了幾秒才反應過來，魔王好像是拐著彎在誇自己好看，大概是能讓喜歡絕世美人的太陽神滿意的好看。

芙蕾有點不好意思，但還是忍不住小聲反駁，「我才沒有覬覦神靈……」

「是嗎？」魔王上上下下打量了她一遍，「雖然我現在不是神靈了，但我沒有傻，也沒有瞎。」

芙蕾心虛地看了看自家的天花板，眼神飄忽，不敢跟魔王大人對視。

魔王瞥了她一眼，再次問：「沒有嗎？」

芙蕾結結巴巴地反問，「有、有嗎？」

「這是該由妳來回答的。」魔王饒有興致地跟她玩這種含糊其辭的猜謎遊戲，他看著她，再問了一次，「有嗎？」

芙蕾垂下眼。她已經很久沒有這麼緊張過了，感覺自己的手心都在冒汗。

一定是太陽神賜福的溫度太高了，芙蕾有些心虛地想。

其實也可以說沒有，但在魔王的視線之下，她就是不太想說謊。哪怕她平常為了應付王都那些人，已經能很熟練地說謊了。

她不敢直視魔王的眼睛，只能硬著頭皮說：「有、有一點吧，只有偶爾……」

「哼，膽大包天的人類。」魔王一副了然的模樣，輕哼了一聲，眼裡帶著點笑意。芙蕾抬起頭，似乎想說些什麼，但魔王打斷了她，「再去拿一份甜餅過來，誰允許妳擅自把那份甜餅送給斐迪南的？妳都不知道祂的信徒會給祂多少貢品！」

「從今以後，霍華德府邸的貢品只能給魔王享用！」芙蕾從善如流地答應下來，飛一般地溜向了廚房。

魔王看著她的背影。

「嘖嘖。」靠在牆邊偷聽的庫珀探出腦袋，「我看到了哦，魔王您在欺負我們家的小女孩。」

「沒有。」魔王連給他一個眼神都懶。

「沒有嗎？」庫珀模仿著魔王剛剛的語氣，他笑了起來，「為什麼不和她說清楚呢？您也應該……」

「她還不懂。」魔王沒讓他繼續說下去，目光看向芙蕾消失的方向。

「如果選擇我，她的命運就要和即將消亡的神族、墮落腐朽的魔族緊緊相連。人類的宿命承受不住這種因果，我只會把她拖上世間最難走的路。

「你看她現在這樣多好啊，庫珀……我有點捨不得帶上她。」

庫珀垂下眼，深深地嘆了口氣。

三天後，邦尼家族艾德蒙少爺的訂婚宴上，霍華德姊妹一身盛裝夏裙出場。因為妮娜要和姊姊擠同一輛馬車，魔王大人今天勉為其難地和車夫坐在一起。

車廂裡，妮娜對王都內的八卦侃侃而談，「沒想到艾德蒙少爺這麼快就訂婚了。對方似乎是格雷斯家的小姐，聽說是個很喜歡擺弄花草，又很溫柔的人，平常也不太喜歡參加什麼晚會，以至於很少有人能見到她的模樣。一開始聽說這些的時候，我還以為會不會是常來我們家的那位格雷斯小姐呢！」

芙蕾的表情一瞬間變得有些古怪。

春季女神偶爾需要人類身分的時候，就會對外宣稱是格雷斯家不愛出門的女兒。反正這種大貴族，每年總會冒出幾個來歷不明的孩子——有些是落魄分家的後人，有些則是貴族老爺們的私生子。

妮娜嘿嘿一笑，「而且我之前總覺得，艾德蒙少爺似乎是對姊姊有點意思呢……」

「在人家的訂婚宴上說這種事情，可是會挨打的哦，妮娜。」芙蕾無奈地笑了笑，伸手彈了一下她的額頭，「先不說妳那毫無根據的猜測是不是真的，在王都的貴族眼裡，結婚這種事，感情是最不重要的東西了。」

「嗯……也對。」妮娜無奈地噘了噘嘴，「但我果然還是不喜歡這種類型的愛情故事。」

「那就聊點開心的。」芙蕾活動了下手臂，朝她擠了擠眼，「準備好迎接大家震驚的目光了嗎？」

妮娜仰起頭，甩了一下頭髮，展示自己光潔的肩膀和修長的手臂。她裝模作樣又有些生疏地擺出成熟女性的架勢，露出一個表現自己萬種風情的笑容，「當然，我等一下就把他們嚇得眼珠子跟下巴都掉下來！」

「那也太嚇人了，記得適可而止一點哦。」芙蕾忍不住笑了出來。

她們很快就到了目的地，馬車緩緩停在邦尼府邸門口，不少賓客一邊寒暄，一邊朝著宴會廳走去——這種天氣，即使是熱愛寒暄的阿爾希亞貴族，也會希望能盡快進入燒著暖爐的室內。

妮娜朝芙蕾點了點頭，推開車門，歡快地跳了下去。

在眾多穿著皮草皮革大衣的夫人中間，裸露著手臂和肩膀的妮娜簡直像是來自另一個時空的怪人，一時間眾人都露出了「霍華德家的女兒是不是瘋了」的表情。

緊接著，他們就看到那位大名鼎鼎的芙蕾伯爵，她也穿著一身豪華的露背禮服，從馬車上優雅且從容地走了下來。她臉上還帶著得體的笑容，似乎完全不把這點溫度放在眼裡。

現場賓客的眼神瞬間就變了。

沉不住氣的人已經開始竊竊私語了，「成為大法師還有這種力量嗎？」

「不可能吧，卡文迪許家的那個都穿著厚厚的大衣呢！」

「那究竟是怎麼回事？」

「誰知道呢……」

妮娜豎著耳朵，聽了片刻，臉上露出了滿意的笑容。不過光是這樣，大家還沒那麼容易聯想到希爾王子身上。

正巧這時希爾王子也到場了，他剛走下馬車，看到妮娜，立刻眼睛一亮地迎了上來。妮娜也十分熱情地和他打招呼，一副一切都在計畫中的表情，朝他擠了擠眼。

這也是芙蕾特意交代的，要讓貴族看出她們和希爾王子關係匪淺。

有和妮娜相熟的貴族走到她身邊，小聲詢問，「妮娜小姐，您……不怕冷嗎？」

妮娜和希爾王子對視了一眼，心照不宣地笑了笑。妮娜眼睛一轉，露出得意的笑容，和她們走近，「這個嘛，也不是什麼大不了的事情，只是得到了一點特殊的好東西……」

芙蕾注意著這邊的動靜，微微露出笑容。現在這種事還是拜託妮娜比較合適，她現在在王都也逐漸有了家主的威嚴，自從王都縱火案之後，很少有人敢隨意跟她搭話了。

但貴族們也有自己的辦法，很快就有腦子靈活的貴族，派遣自己的家僕去找霍華德家的僕人了解情況。

芙蕾早就交代過他們了。

僕人們當然也不會馬上把情報全盤托出。他們在得到一些適當的好處之後，才含含糊糊地說，霍華德家似乎從希爾王子那裡得到了什麼好東西。負責趕馬的馬夫則信誓旦旦地說，她們是吃下了某種神奇的草藥。

再結合前幾天希爾王子突然拜訪霍華德府邸的傳言，真相呼之欲出。

——希爾王子擁有一種吃下去以後，能夠不畏嚴寒的神祕草藥，並悄悄賣給了霍華德家。

這個消息在會場裡不脛而走，所有人都面露激動，但大家眼下還記得這個宴會的主題，表面上都紛紛專心地對艾德蒙先生表示祝賀。

正在二樓準備致詞的邦尼夫人，也很快得到了這個消息。

她有些訝異地挑了挑眉毛，「能抵禦嚴寒的神祕草藥？希爾王子承認了嗎？」

管家搖了搖頭，「從其他人去打探的情況來看，希爾王子根本不承認自己擁有這種神祕的藥草。不過他倒是爽快承認自己和霍華德家做了筆生意，她們購買了大量的草藥和香料，現在是他名副其實的大主顧了。」

「這樣啊……」邦尼夫人笑了一聲，她似乎很快就想通了其中的關聯，「不管這個神祕草藥是不是真的存在，看樣子巨人島的那批香料我們是拿不下來了。」

站在她身側的一位英俊男子，聽到這話微微皺起了眉頭。他就是邦尼家族頗負盛名的商會二把手，通常能在邦尼夫人的緋聞故事裡占據一席之地的、平民出身的傳奇商人——阿庫洛先生。

「巨人島的那些香料和草藥也不過是錦上添花而已，現在更重要的是從外面收購更多的糧食，還有常用的藥草似乎也需要囤積一些。」阿庫洛先生的目光透過賓客，看向站在艾德蒙少爺身邊的文靜少女，「格雷斯家能夠聽到神諭，他們一直在做囤糧的準備，這其中一定有所關聯。我們跟著他們走總沒錯。」

「嗯。」邦尼夫人整理著自己的著裝，漫不經心地聽他說著。

「我懷疑他們是在為接下來即將發生的戰爭做準備。一旦發生戰爭，糧食和草藥都能派上很大的用場，多準備一些，有備無患。就算沒有打起來，以邦尼商會的實力，也能輕而易舉地把這些貨物分銷到各地，不至於脫不了手。」

「戰爭啊……」邦尼夫人撥動了一下耳環，幽幽地嘆了口氣，「要在戰爭中占有一席之地，還必須擁有武器，但阿爾希亞的鐵礦都在卡文迪許家手裡，他們家族代代相傳的礦山從不允許別家插手。

「博格特那個老傢伙，自從女兒被芙蕾・霍華德救了以後，已經一心一意要為對方賣命了。他之前還來了幾次，想要說服我們也一起入伙，甚至來打聽我們身後到底有沒有商業之神。

「開什麼玩笑？」邦尼夫人翻了個白眼，「我背後要是真的有神存在，還需要這麼小心謹慎嗎？唉，亂世中的錢真不值錢，得趁戰亂之前，把手裡的錢變成可靠的物資才行。」

「咳。」阿庫洛的表情有些不自然，「商業之神啊……」

邦尼夫人甩了甩頭髮，準備走下樓去。她倨傲地抬起線條優美的下巴，「別想那麼多了，小傢伙，如果世間有商業之神，那就是我本人！」

「……在外人面前，您可千萬別這麼說。」阿庫洛的表情有些微妙。就是因為這位家主總是這樣，外面那些傳言才會越演越烈。

邦尼夫人已經下樓去主持訂婚儀式了。

阿庫洛先生居高臨下地掃了滿場的賓客一眼，精準地從裝扮鮮豔的人群裡找到了一身夏裝的芙蕾．霍華德，目光隨後又落在她身旁的俊美男子身上。

他只不過多看了幾眼，對方就像是察覺到了什麼一般，抬起頭來。阿庫洛馬上側身隱入陰影之中。

這場訂婚宴之後，神祕藥草的消息迅速在王都內傳開。不少貴族為了和希爾王子打好關係，藥草和香料的銷量都飛速增長。

為了表達對芙蕾的謝意，小王子送來了不少草藥和香料。可惜的是，他們等待的醫藥之神卻一直沒出現。

而國王那邊終於對在阿爾希亞國境內蔓延的瘟疫，執行了動作。

國王宣布支援深受瘟疫困擾的幾個領，王國騎士團則帶著幾位德高望重的醫師，快馬加鞭地前去援助。

雖然瘟疫擴散的事情，芙蕾早就透過阿爾弗雷德王子轉達了，但王都內的大小事務總要和貴族們討論過幾輪才能決定，彷彿非得要這樣才顯得足夠慎重。

好在魔族們一直關注著綠寶石領的情況，霍華德子爵也十分機警，目前一切穩妥，安然無恙。

就在芙蕾以為一切都在控制之中的時候，這場瘟疫以一種所有人都沒有料到的方式，飛快地傳播開來。大部分的領都遭了殃，轉眼間就要朝王都蔓延。

更可怕的是，一大群患病的流民正茫然無措地湧向王都。

高寶書版集團
gobooks.com.tw

輕世代 FW391

魔王在上02

作　　者　魔法少女兔英俊
繪　　者　四三
編　　輯　王念恩 / 莊書瑀
美術編輯　單宇
排　　版　彭立瑋
企　　畫　方慧娟

發 行 人　朱凱蕾
出　　版　三日月書版股份有限公司
　　　　　Printed in Taiwan
地　　址　臺北市內湖區洲子街88號3樓
網　　址　www.gobooks.com.tw
電　　話　(02) 27992788
電　　郵　readers@gobooks.com.tw（讀者服務部）
傳　　真　出版部　(02) 27990909　行銷部 (02) 27993088
郵政劃撥　50404557
戶　　名　英屬維京群島商高寶國際有限公司台灣分公司
發　　行　英屬維京群島商高寶國際有限公司台灣分公司
　　　　　Global Group Holdings, Ltd.
初版日期　2023年4月

本著作物《魔王在上》，作者：魔法少女兔英俊，由北京晉江原創網絡科技有限公司授權出版。

國家圖書館出版品預行編目(CIP)資料

魔王在上/魔法少女兔英俊著.-- 初版. -- 臺北市：三日月書版股份有限公司出版：英屬維京群島高寶國際有限公司臺灣分公司發行, 2023.04-
面；　公分. --

ISBN 978-626-7152-60-7(第2冊：平裝)

857.7　　112001224

三日月書版

三日月書版